MENSONGE

Du même auteur

La Fille d'avant, J. P. Delaney, traduit de l'anglais par Jean Esch, Éditions Mazarine, 2016 ; LGF, 2018.

J.P. DELANEY

MENSONGE

THRILLER

traduit de l'anglais (États-Unis)
par Jean Esch

MAZARINE

Couverture : Cédric Parisot
Crédit iconographique : © iStock (856152322)
et Adobe Stock (175581612)

Cet ouvrage est la traduction intégrale,
publiée pour la première fois en France, du livre de langue anglaise :
BELIEVE ME
Édité par Ballantine Books, New York

Cette traduction est publiée en accord avec Ballantine Books,
marque de Random House, division de Penguin Random House LLC,
New York

L'auteur a publié une première version de cette histoire,
intitulée The Decoy, sous le nom de Tony Strong.

ISBN : 978-2-863-74513-7
Dépôt légal : septembre 2019

AVERTISSEMENT DE L'AUTEUR

Les traductions des poèmes de Baudelaire sont de moi. J'ai pris la liberté de condenser, de transformer certains vers afin de les plier aux exigences du récit. En aucun cas, cependant, je n'en ai modifié substantiellement le sens.

On joue avec ses cicatrices.

Shelley Winters

PROLOGUE

Le jour de leur départ, les clients doivent libérer la chambre à midi.

À 11 heures, le cinquième étage du Lexington Hotel s'est presque entièrement vidé. Nous sommes dans le centre de Manhattan, où même les touristes ont un planning chargé : musées, grands magasins et monuments. Les clients qui espéraient faire la grasse matinée ont été réveillés par les voix des femmes de ménage, qui s'interpellent en espagnol quand elles entrent et sortent de la buanderie située à côté de l'ascenseur. Elles préparent les chambres pour l'invasion de l'après-midi.

Les plateaux de petit-déjeuner qui parsèment le couloir indiquent celles qui n'ont pas encore été nettoyées.

Il n'y a pas de plateau devant la porte de la suite avec terrasse.

Tous les matins, un exemplaire du *New York Times* est distribué gracieusement dans chaque chambre.

Cadeau négligé par l'occupant de la suite. Le journal est toujours sur le paillasson, intact. L'écriteau « NE PAS DÉRANGER » pend à la poignée.

Consuela Alvarez choisit de garder cette chambre pour la fin. Puis, lorsque toutes les autres ont été faites, elle ne peut plus attendre. Une vive douleur dans le bas du dos la fait grimacer : elle a déjà changé une dizaine de lits ce matin et récuré autant de cabines de douche. Elle frappe à la porte avec son passe magnétique. « Femme de chambre ! » s'écrie-t-elle et elle attend la réponse.

Rien.

La première chose qu'elle remarque en entrant, c'est le froid. Un courant d'air glacé passe entre les rideaux. Faisant claquer sa langue d'un air désapprobateur, elle marche jusqu'à la fenêtre et tire sur le cordon. Une lumière grise envahit la chambre.

Où règne le plus grand désordre. Elle ferme brutalement la porte.

La personne couchée dans le lit ne bouge pas.

« S'il vous plaît… Il faut vous réveiller », dit Consuela, gênée.

Le drap couvre le visage. Il estompe les contours du corps, qui semble enseveli sous plusieurs épaisseurs de neige.

En balayant du regard la lampe renversée, le verre à vin brisé, Consuela est soudain gagnée par un mauvais pressentiment. L'année dernière, il y a eu un décès au premier étage. Une sale histoire. Un jeune homme a fait une overdose dans la salle de bains. Et l'hôtel était complet. Il a fallu nettoyer la chambre pour accueillir le nouvel arrivant, à 17 heures.

À y regarder de plus près, plusieurs détails lui semblent anormaux, voire étranges, dans cette suite. Qui se couche en laissant un verre brisé sur la moquette, au risque de marcher dessus le lendemain matin ? Qui dort avec le drap sur la tête ? Des chambres d'hôtel, Consuela en a vu un paquet, et la scène qui s'offre à ses yeux lui paraît bizarre.

Fabriquée, même.

Elle se signe. Et pose une main tremblante sur le drap, là où doit se trouver l'épaule. Elle la secoue délicatement.

Au bout d'un moment, une fleur rouge éclot sur le coton blanc, à l'endroit où s'est posée sa main.

Elle sait maintenant qu'il se passe quelque chose de grave. De nouveau, elle touche le drap, d'un doigt seulement. Et de nouveau, comme de l'encre qui traverse un mouchoir en papier, un pétale écarlate se déploie.

Consuela rassemble tout son courage et, de la main gauche, elle soulève le drap.

Avant même de pouvoir enregistrer ce qu'elle voit, sa main droite se lève pour exécuter un autre signe de croix. Mais, cette fois, elle n'a pas le temps d'atteindre le front. Elle redescend vers la bouche pour étouffer un hurlement.

PREMIÈRE PARTIE

(CINQ JOURS PLUS TÔT)

1

La personne que j'attends n'est pas encore arrivée.

Voilà ce que vous penseriez en me voyant là, perchée au bar de cet hôtel new-yorkais, chic et décontracté, essayant de faire durer mon virgin mary. Une jeune femme semblable à beaucoup d'autres qui attend son rencard. Peut-être un peu plus habillée que la moyenne parmi celles présentes. Je ne donne pas l'impression de sortir du bureau.

À l'autre extrémité du bar, plusieurs jeunes hommes boivent et plaisantent, en se donnant des coups de poing dans l'épaule. L'un d'eux – beau, bien mis, athlétique – croise mon regard. Il sourit. Je tourne la tête.

Peu de temps après, une table se libère près du fond. Je vais m'y asseoir en emportant mon verre. C'est là que, soudain, je vois se dérouler cette petite scène :

INT. BAR DU DELTON HOTEL.
44e RUE OUEST. NEW YORK. NUIT

HOMME
(avec agressivité)

Excusez-moi ?

Quelqu'un se tient devant moi. Un homme d'affaires, quarante-cinq ans environ, vêtu d'un coûteux costume à la coupe décontractée, qui suggère qu'il n'est pas un vulgaire employé modèle. Les cheveux qui viennent lécher le col sont un peu trop longs pour Wall Street.

Il est en colère. *Très* en colère.

MOI

Oui ?

HOMME

C'est *ma* table. J'étais parti aux toilettes.

Il montre l'ordinateur portable, le verre et le magazine que j'avais réussi, je ne sais comment, à ne pas voir.

HOMME

C'est *mon* verre. *Mes* affaires. Il semble évident que cette table est occupée.

Autour de nous, des têtes pivotent dans notre direction. Mais il n'y aura pas d'affrontement, pas d'éruption de stress new-yorkais. Déjà, je me lève et hisse mon sac sur mon épaule. Je désamorce le drame.

MOI

Désolée. Je n'ai pas fait attention. Je vais m'asseoir ailleurs.

Je fais un pas de côté et jette un regard désespéré autour de moi. Toutes les tables sont occupées. Et ma place au bar a été prise.

Du coin de l'œil, je sens que l'homme me jauge ; ses yeux glissent sur la veste Donna Karan de Jess, celle qu'elle garde pour les auditions, et le cachemire, doux et sombre, qui fait ressortir mon teint pâle et mes cheveux bruns. Il comprend qu'il est en train de commettre une erreur stupide.

HOMME

Attendez… On pourrait peut-être la partager.

Il montre la table.

Il y a suffisamment de place pour deux… Je finissais juste un travail en retard.

MOI

(avec un sourire reconnaissant)

Oh. Merci.

Je pose mon sac et me rassois. S'ensuit un silence que je prends soin de ne pas briser. Il faut que ça vienne de lui.

Bien entendu, quand il s'adresse à moi de nouveau, sa voix a changé, légèrement : elle est plus rauque. Les voix des femmes changent-elles de la même façon ? Il faudra que j'essaye un jour.

HOMME

Vous attendez quelqu'un ? Je parie qu'il a été bloqué par la neige. C'est pour ça que je reste un soir de plus. C'est la panique à LaGuardia.

Je souris intérieurement. C'est très malin, cette manière dont il essaye de savoir si la personne avec qui j'ai rendez-vous est un homme ou une femme, tout en me faisant comprendre qu'il est seul en ville.

MOI

Ça veut dire que je risque de rester ici un bon moment.

D'un mouvement de tête, il montre mon verre. Vide désormais.

HOMME

Dans ce cas, puis-je vous en offrir un autre ? Au fait, je m'appelle Rick.

MOI

Merci, Rick. Je veux bien un Martini. Moi, c'est Claire.

RICK

Enchanté, Claire. Euh, désolé pour tout à l'heure.

MOI

Il n'y a pas de quoi. C'était ma faute.

Je dis cela avec une telle nonchalance, une telle gratitude, que moi-même je serais surprise de découvrir que c'est un mensonge.

Mais ce n'est pas vraiment un mensonge. J'appelle ça *se comporter honnêtement dans des circonstances imaginaires*. Ce qui n'est pas du tout la même chose, comme vous allez vous en apercevoir.

La serveuse vient prendre notre commande. Au moment où elle repart, un homme assis à la table voisine la retient et lui reproche sèchement d'avoir oublié un verre. Je la regarde sortir son stylo de sa poche d'un air mauvais, comme si elle s'emparait de la remarque du client pour la jeter à terre.

Je pourrais me servir de ça, me dis-je. Je range cette image quelque part, dans mon système d'archivage, et reporte mon attention sur l'homme assis en face de moi.

MOI

Qu'est-ce qui vous amène à New York, Rick ?

RICK

Les affaires. Je suis avocat.

MOI

Je ne vous crois pas.

Perplexité de Rick.

RICK

Pourquoi ?

MOI

Tous les avocats que je rencontre sont laids et ennuyeux.

Il imite mon sourire.

RICK

Je travaille dans le monde de la musique. À Seattle. Et nous aimons croire que nous sommes un peu plus passionnants que de vulgaires avocats pénalistes. Et vous ?

MOI

Comment je gagne ma vie ? Ou est-ce que je me trouve passionnante ?

Voilà que nous flirtons vaguement. Étonnement mutuel.

RICK

Les deux.

D'un mouvement de tête, je désigne la serveuse qui s'éloigne.

MOI

Avant, je faisais comme elle.

RICK

Avant quoi ?

MOI

Avant de m'apercevoir qu'il existe des façons plus excitantes de payer son loyer.

C'est toujours dans les yeux : cette fixité presque imperceptible quand une idée prend forme juste derrière. Il ressasse les possibilités liées à ce que je viens de dire. Et conclut qu'il y accorde sans doute trop d'importance.

RICK

Et d'où venez-vous, Claire ? J'essaie de localiser votre accent.

De Virginie, figure-toi. D'où ma façon de prononcer certaines voyelles.

MOI

Je viens de… d'où vous voulez.

Il sourit. Un large sourire, carnassier, qui semble dire : *J'avais donc raison.*

RICK

Je n'avais encore jamais rencontré une fille qui venait de là.

MOI

Et vous rencontrez un tas de filles, c'est ça ?

RICK

J'introduis toujours une certaine dose de plaisir dans mes voyages d'affaires.

MOI

Avant d'aller retrouver votre femme et vos enfants à Seattle.

Froncement de sourcils de Rick.

RICK

Qu'est-ce qui vous fait croire que je suis marié ?

MOI

(d'un ton rassurant)

Les hommes qui me plaisent le sont généralement. Ceux qui savent s'amuser.

Bien que convaincu désormais, il ne précipite pas les choses. Pendant que nous sirotons nos cocktails, il me parle de certains de ses clients, là-bas à Seattle : la célèbre idole des ados qui a un faible pour les mineures, la star macho du heavy metal qui est homo, mais n'ose pas l'avouer. Il me confie, avec un soupçon d'emphase, qu'il y a énormément d'argent à gagner dans ce milieu, en rédigeant des contrats pour ceux qui sont incapables, par nature, de les respecter, et qui ont besoin des services de gens comme lui, aux deux extrémités de la chaîne, pour établir le contrat et ensuite éventuellement le dénoncer. Finalement, lorsque j'ai l'air suffisamment impressionnée, il propose, puisque de toute évidence mon rencard ne viendra pas, d'aller ailleurs, dans un restaurant ou dans un club, selon ce que vous préférez.

RICK
(tout bas)

Ou bien, on peut commander quelque chose au room service. J'ai une chambre juste au-dessus.

MOI

Le room service, c'est hors de prix.

RICK

Comme vous voulez. À vous de choisir. Une bouteille de Cristal, du caviar…

MOI

Le room service, c'est hors de prix… quand c'est moi qui le fournis.

Et voilà. C'est clair maintenant. Mais ne réagis pas à ce que tu viens de dire, ne souris pas, ne détourne pas le regard. Ce n'est pas si terrible. Tu es habituée.

Ignore simplement le martèlement dans ta poitrine. La nausée qui te soulève l'estomac.

Rick hoche la tête, satisfait.

RICK

Je ne suis pas le seul à être ici pour affaires, hein ?

MOI

Vous avez deviné, Rick.

RICK

Si je peux me permettre, Claire… vous n'avez pas la tête de l'emploi.

C'est l'heure des aveux.

MOI

Parce que… ce n'est pas mon métier.

RICK

C'est quoi, alors ?

MOI

La fille qui vient à New York pour prendre des cours de théâtre et qui n'a plus les moyens de payer les frais d'inscription. Et donc, tous les deux mois environ, je sors, je m'amuse… et le problème est réglé.

Là-bas, dans le hall, une famille se présente à la réception. Une fillette de cinq ou six ans, sur son trente et un pour son séjour en ville – manteau, bonnet et écharpe en tricot –, veut voir ce qui se passe derrière le comptoir. Son père la soulève et la met debout sur sa valise. Survoltée, elle se penche en avant pendant que l'employé de la réception imprime les clés magnétiques. Il lui en tend une en souriant. Son père la tient par la taille pour veiller à ce qu'elle ne tombe pas. Je ressens un pincement familier de jalousie et de douleur.

Je m'en débarrasse rapidement pour me replonger dans ma conversation avec Rick, penché vers moi maintenant, le regard brillant, pour demander à voix basse :

RICK

À combien vous estimez le coût de la distraction ce soir, Claire ?

MOI

Je suis ouverte à la négociation.

Il sourit. Il est avocat. Les négociations font partie du jeu.

RICK

Disons trois cents ?

MOI

C'est le prix à Seattle ?

RICK

Pour cette somme, on a droit à un tas de choses à Seattle, croyez-moi.

MOI

Quel est le prix maximum que vous avez payé pour une femme, Rick ?

RICK

Cinq cents. Mais c'était…

MOI

Vous pouvez multiplier par deux.

RICK
(stupéfait)

Vous plaisantez ?

MOI

Non. Je suis une fille ordinaire qui a juste envie de s'amuser… voilà pourquoi je vaux mille dollars. Mais si vous avez changé d'avis…

Je tends la main vers mon sac, avec une nonchalance délibérée, en priant pour qu'il ne la voie pas trembler.

RICK

Non, attendez. Mille… c'est bien.

MOI

Quel est votre numéro de chambre ?

RICK

Huit cent quatorze.

MOI

Je viendrai frapper à la porte dans cinq minutes. En passant, ne regardez pas le concierge.

Il se lève.

RICK
(admiratif)

Excellent, le coup de la table. Vous m'avez ferré au nez et à la barbe des employés du bar.

MOI

Ce sont des choses qu'on apprend. À force de s'amuser.

Arrivé devant l'ascenseur, Rick se retourne. Je lui adresse un signe de tête, accompagné d'un petit sourire secret.

Qui s'évanouit dès que la porte se referme sur lui. Je récupère mon sac et marche vers la sortie.

Fondu au noir.

Il a enfin cessé de neiger. Au bord des trottoirs, les bornes d'incendie portent toutes des perruques de neige. Un peu plus loin, une berline noire attend, feux éteints. Le moteur tourne au ralenti. J'ouvre la portière et monte à bord.

Dans la quarantaine, l'épouse de Rick affiche cet air blasé mais chic, qui suggère qu'elle a sans doute appartenu elle-même à la scène musicale avant d'organiser les dîners d'affaires de son mari et de porter ses enfants. Elle est assise à côté de Henry sur la banquette arrière, et elle frisonne, malgré le chauffage.

« Tout va bien ? s'enquiert Henry.

– Parfait », dis-je en sortant de mon sac le petit caméscope. J'ai laissé tomber l'accent de Virginie. De ma voix normale de Britannique, je m'adresse à l'épouse : « Comme je le dis toujours dans ce genre de situations, vous n'êtes pas obligée de regarder. Vous pouvez rentrer chez vous et réfléchir. »

Elle répond, comme elles le font toutes : « Je veux savoir. »

Je lui tends le caméscope.

« Pour résumer, il fréquente régulièrement des prostituées. Et pas uniquement en déplacement. Il m'a avoué avoir payé jusqu'à cinq cents dollars à Seattle. Et il m'en a proposé mille. »

Des larmes mouillent les yeux de l'épouse.

« Oh, mon Dieu. *Mon Dieu.*

– Je suis sincèrement désolée, dis-je, mal à l'aise. Il m'attend dans la chambre 814 si vous voulez aller lui parler. »

Ses yeux sont remplis de larmes, mais aussi de colère. *Souviens-toi de ça.*

« Oh, oui, j'ai bien l'intention de parler à un avocat. Mais ce sera un spécialiste du divorce. » Elle se tourne vers Henry. « Allons-nous-en.

– Très bien. »

Lorsque nous descendons de voiture – Henry pour se mettre au volant, moi pour continuer mon chemin –, il me remet discrètement une enveloppe.

Quatre cents dollars. Pas mal pour une soirée de travail.

Et Rick était un sale type. Il me donnait des frissons. Arrogant, agressif et infidèle. Il mérite le sort que lui réserve sa femme.

Mais alors, pourquoi, tandis que la berline s'éloigne sur la chaussée tapissée de neige sale, suis-je écœurée par ce que je viens de faire ?

2

Maintenant, vous vous demandez qui je suis réellement, et ce que je fais ici à New York. Autrement dit, vous voulez connaître mon histoire.

Nom : Claire Wright

Âge : vingt-cinq ans (je peux en faire vingt ou trente)

Taille : 1 m 73

Nationalité : britannique

Yeux : marron

Cheveux : variable

Voilà pour les apparences. Mais ce n'est pas ce qui vous intéresse. Vous voulez savoir ce que je *veux*. Car c'est la règle numéro un, la base, la première chose que l'on apprend : *c'est ce que vous voulez qui définit votre personnalité.*

En ce sens, j'ai dit la vérité à Rick. Je veux être d'autres personnes. Je n'ai jamais voulu autre chose.

Parmi les dix meilleures écoles d'art dramatique au monde, la moitié environ se trouve à New York. Julliard, Tisch, Neighborhood Playhouse, pour n'en citer que quelques-unes.

Toutes vous enseignent, à quelques variantes près, la même approche, inspirée du travail du grand comédien russe Constantin Stanislavski. Il s'agit de s'immerger dans la vérité émotionnelle d'un personnage, jusqu'à ce qu'elle devienne une partie de vous-même.

Dans les écoles d'art dramatique new-yorkaises, on ne vous apprend pas à jouer. On vous apprend à *devenir.*

Si vous avez la chance de franchir la sélection initiale et d'être conviée à New York pour passer une audition ; si vous avez la chance d'obtenir une place, si jouer la comédie est votre obsession depuis que vous êtes une gamine de onze ans qui tente d'échapper à une sinistre succession de familles d'accueil en faisant semblant d'être quelqu'un d'autre, ailleurs… non seulement vous faites partie des rares élus, mais ce serait de la folie de ne pas accepter.

Je me suis inscrite aux cours de l'Actors Studio sur un coup de tête – Marylin Monroe a étudié dans cette école, et elle aussi a grandi dans des familles d'accueil –, j'ai passé l'audition, habitée par l'étrange certitude que c'était écrit, et j'ai été acceptée immédiatement.

Ils m'ont même offert une bourse. Elle a payé une partie des frais d'inscription. Mais elle ne permettait pas de vivre dans une des villes les plus chères au monde.

D'après les conditions de mon visa d'étudiante, je pouvais travailler… du moment que ce travail se trouvait sur le campus. Le campus, c'était celui de Pace University, un ensemble de bâtiments modernes collés les uns aux autres, à côté de City Hall et du pont de Brooklyn. Autant dire que les emplois à mi-temps y sont rares.

J'ai réussi à obtenir un petit boulot de serveuse dans un bar de Hell's Kitchen, où je fonçais trois soirs par semaine après les cours. Seulement, le propriétaire pouvait choisir parmi un flot ininterrompu de jeunes femmes, et il n'avait aucun intérêt à garder une serveuse trop longtemps. Si le fisc ou les services de l'immigration faisaient une descente, il pouvait toujours affirmer qu'il avait envoyé les formulaires de régularisation. Et, au bout de deux mois, il m'a gentiment annoncé que je pouvais disposer.

Un de mes professeurs, Paul, m'a conseillé alors de contacter un agent qu'il connaissait, une certaine Marcie Matthews. Je me suis rendue sur place, tout au bout de la 43e Rue : un immeuble d'avant-guerre zébré d'escaliers de secours. Après avoir franchi l'entrée étroite et gravi trois étages, je me suis retrouvée dans le bureau le plus exigu que j'avais jamais vu. Toutes les surfaces disponibles disparaissaient sous les portraits, les scénarios et les contrats. Dans la première pièce, deux assistantes étaient assises de part et d'autre d'un bureau encombré. Quelqu'un a crié mon nom dans la pièce voisine. Là, derrière un autre bureau, se trouvait un petit bout de femme paré d'énormes bijoux en toc qui s'entrechoquaient. Elle tenait dans sa main mon CV, qu'elle lisait à voix haute, tout en me faisant signe de m'asseoir en face d'elle.

INT. BUREAU D'UN AGENT NEW-YORKAIS – JOUR

MARCIE

London School of Dramatic Art… pendant un an. Figuration dans une pub. Deux films d'art et essai européens jamais sortis en salle.

Elle lance le CV sur son bureau et me regarde d'un œil critique.

MARCIE

Mais vous êtes plutôt mignonne. Sans être vraiment belle. Vous pouvez incarner les jolies femmes. Et Paul Lewis me dit que vous avez du talent.

MOI

(ravie, mais essayant de paraître modeste)

C'est un excellent professeur…

MARCIE

Malgré cela, je ne peux pas être votre agent.

MOI

Pourquoi ?

MARCIE

Premièrement, vous n'avez pas de carte verte. Ce qui veut dire impossible d'adhérer au syndicat. Ce qui veut dire pas de travail.

MOI

Il y a bien quelque chose à faire.

MARCIE

Oui, bien sûr. Vous pouvez retourner en Angleterre et demander une carte verte.

MOI

Je… je ne peux pas.

MARCIE

Pourquoi ?

MOI

C'est compliqué.

MARCIE

Non. C'est désespérément banal.

Elle prend sa cigarette électronique et l'allume.

MARCIE

J'ai envoyé des mails à quelques collègues à Londres, Claire. Et vous savez ce qu'ils m'ont dit sur vous ?

MOI

(d'un ton pitoyable)

Je le devine.

MARCIE

Le commentaire le plus gentil disait « Légèrement excessive ». Mais j'ai surtout eu des « À fuir ». Et en creusant un peu plus, je suis tombée plusieurs fois sur le mot « Tumulte ».

Elle hausse les sourcils.

MARCIE

Vous pouvez m'expliquer ?

J'inspire à fond.

MOI

Tumulte… C'était le titre de mon premier film de cinéma. Ma grande chance. J'incarnais la conquête de… je suppose que vous connaissez déjà son nom. Il est célèbre, beau, et son couple est un des plus heureux dans le monde du show-biz.

Je lui lance un regard de défi.

MOI

Alors, quand il est tombé amoureux de moi, j'ai pensé que c'était du sérieux.

MARCIE

(avec un reniflement de mépris)

Évidemment.

MOI

C'était avant que j'entende l'expression qu'ils utilisent dans le cinéma : *Pendant les tournages, ça ne compte pas, trésor.*

MARCIE

Et ?

MOI

Au bout de quatre semaines, son épouse merveilleusement belle a débarqué sur le plateau, accompagnée de ses trois enfants merveilleusement beaux. Soudain, les producteurs ont trouvé des prétextes pour me maintenir à l'écart. Je me suis retrouvée enfermée dans une cabine son, en train de doubler des répliques que j'avais parfaitement dites à la première prise.

MARCIE

Continuez.

MOI

C'est alors que j'ai commencé à entendre des rumeurs. Comme quoi j'étais une harceleuse cinglée. Que j'avais menacé sa femme. La machine promotionnelle s'est déchaînée contre moi.

Je lutte pour retenir mes larmes. Je sais que je dois paraître affreusement naïve. En vérité, je n'étais pas une oie blanche à l'époque. Quand vous avez grandi dans des familles d'accueil, vous avez une certaine expérience de la vie.

Mais vous avez besoin d'aimer et d'être aimé. Et c'était l'homme le plus beau que j'avais jamais rencontré, le plus passionné, le plus romantique. Capable de réciter tous les monologues amoureux de Shakespeare comme s'ils avaient été écrits pour lui.

Moralité : Ne jamais tomber amoureux d'une personne qui préfère prononcer les paroles de quelqu'un d'autre.

Je ne parle pas du reste à Marcie, mais je devine qu'elle est déjà au courant. Elle sait certainement que, aveuglée par un désespoir d'adolescente et rendue folle par tant d'injustice, je suis entrée dans sa caravane et me suis ouvert les veines sur le lit où nous avions fait l'amour entre deux scènes. Je voulais lui montrer que ce n'était pas uniquement de la comédie. C'était vrai.

Pour moi, en tout cas.

MOI

Et voilà. Du jour au lendemain, les castings se sont taris. J'avais commis le péché numéro un. J'avais manqué de *professionnalisme*. Une semaine avant mes dix-huit ans.

Marcie hoche la tête, songeuse.

MARCIE

Paul a raison. Vous êtes très douée. L'espace d'un instant, j'ai failli avoir pitié de vous. Au lieu de penser : quel gâchis débile et autodestructeur.

Elle pointe sur moi sa cigarette électronique.

MARCIE

Les producteurs aussi avaient raison. Choisissez une autre carrière.

MOI

J'espérais avoir une seconde chance en Amérique.

MARCIE

Quelle naïveté ! L'époque où nous accueillions les masses exténuées aspirant à vivre libres est révolue.

MOI

Je n'ai jamais voulu faire carrière ailleurs. Mais je ne peux pas continuer à étudier si je ne trouve pas un boulot quelconque… Vous n'avez vraiment *rien* pour moi ?

Marcie fronce les sourcils et soupire en même temps. Deux cornes de fumée sortent de ses narines. Et puis, comme si elle savait déjà qu'elle allait le regretter…

MARCIE

Laissez vos coordonnées à l'accueil. Quelques clips musicaux minables sont en préparation. Mais je ne vous promets rien.

MOI

Merci ! Merci infiniment !

Je me lève d'un bond et lui serre la main avec enthousiasme. Tandis qu'elle se libère et repousse mes remerciements d'un mouvement de sa cigarette électronique, quelque chose attire son regard au milieu des paperasses qui jonchent son bureau.

Elle prend une feuille, la lit, lève les yeux…

MARCIE

Ça vous dirait de travailler pour un cabinet d'avocats spécialisé dans les divorces, Claire ?

MOI

Comme assistante juridique ?

MARCIE

Pas exactement… Je vais être honnête. Ce n'est pas un boulot formidable. Mais ils ont besoin de quelqu'un comme vous. Et ils sont prêts à se montrer généreux. *Très* généreux. En liquide.

3

Tandis que la berline emmène l'épouse de Rick, je pars dans la direction opposée. Les rues sont tapissées de gadoue verglacée et je n'ai pas de manteau. La neige transperce l'extrémité de ma chaussure droite.

Times Square est une explosion d'électricité et de couleurs. Un mime brave le froid afin de distraire des gens qui font la queue pour acheter des billets de spectacle. D'immenses panneaux lumineux diffusent des extraits de critiques : « FASCINANT ! » « BRILLANT ! » « EXTRAORDINAIRE ! » Je passe sous une plaque qui indique THEATERLAND.

Le pays du théâtre… Si on avait le droit de choisir sa patrie, ce serait la mienne.

Je quitte Broadway et emprunte une rue transversale mal éclairée, jusqu'à une enseigne miteuse, patinée par le temps : COMPASS THEATER. Plusieurs personnes – principalement des étudiants en couple, qui profitent des places vendues à moitié prix le jour même – attendent dans le hall. Je marche encore quelques mètres et me faufile par l'entrée des artistes.

Des assistants régisseurs, les hommes à tout faire de la coulisse, courent en tous sens avec des accessoires. Je déniche le foyer des artistes. Il a été divisé par un panneau de scène afin d'obtenir deux loges de fortune, les filles d'un côté, les garçons de l'autre. Dans la première, Jess est en train de se maquiller devant un miroir qu'elle partage avec trois autres filles, qui tentent d'en faire autant.

« Salut ! dis-je gaiement.

– Salut, Claire ! » Ses yeux se posent brièvement sur moi, avant de reprendre leur tâche. « Comment ça s'est passé ? »

Je sors l'enveloppe que m'a remise Henry.

« Quatre cents dollars. Maintenant, je ne t'en dois plus que trois cents. »

Le père de Jess, un type très riche, lui a acheté un appartement à Manhattan. Je suis censée lui payer un loyer tous les mois, mais, parfois, j'ai un peu de retard.

« Super, dit-elle distraitement. Mais tu me donneras ça plus tard, OK ? On sort après le spectacle et je risque de la perdre. »

L'espoir doit se voir sur mon visage, car Jess ajoute :

« Si tu veux, tu peux regarder la pièce et venir avec nous ensuite. Tu me diras si j'ai réussi à incarner ce désespoir féminin avec lequel Jack nous bassine.

– Ouais, pourquoi pas ? » réponds-je, nonchalante.

Dans un bar, même la compagnie d'autres comédiens, c'est mieux que rien.

« Trois minutes ! » annonce un assistant régisseur en tapant contre le panneau du plat de la main.

Jess lisse sa robe en se levant, les yeux toujours fixés sur le miroir.

« Dis-moi merde.

– Merde. Mais tu n'en as pas besoin. Et n'oublie pas de ralentir dans la scène de la forêt. Quoi qu'en dise ton imbécile de metteur en scène. »

Les « loges » se sont vidées en quelques secondes. Je me dirige vers le côté de la scène. Lorsque les lumières de la salle faiblissent, j'avance à pas feutrés pour regarder le public par un interstice entre deux toiles de fond et je respire l'odeur puissante, addictive, du théâtre : la peinture fraîche du décor, la vieille poussière de la scène, la toile arrière rongée aux mites, le charisme. Cette intensité quand l'obscurité s'installe, et que cessent les bruits et l'agitation de la vie quotidienne.

L'espace d'un instant, nous restons tous immobiles, nous attendons. Puis les projecteurs s'allument, riches en couleurs, et je recule d'un pas. La neige tombe du ciel, scintillante et douce. Artificielle, mais le public est impressionné.

La grande idée du metteur en scène consiste à transposer *Le Songe d'une nuit d'été* en hiver. Simple truc, avais-je pensé quand Jess m'en avait parlé, mais, en voyant voltiger ces flocons factices et se poser telles des paillettes dans les cheveux des comédiens qui entrent bruyamment en scène, je constate qu'il a su capturer en une seule image l'aspect magique, irréel, de la pièce.

THÉSÉE

Maintenant, belle Hyppolyte, notre heure nuptiale,
S'avance à grands pas…

Je ressens la morsure de l'envie. Voici le royaume interdit, le rêve dont m'ont privée l'absence de carte verte et mes problèmes en Grande-Bretagne. Ce désir a quelque chose de physique, c'est une faim qui me noue l'estomac et me serre la gorge. Les larmes me piquent les yeux.

Mais, tandis que la scène ondule à travers un verre opaque, je me surprends à penser : *La prochaine fois que tu auras besoin d'éprouver un sentiment fort en cours, sers-toi de ça. Ça vaut de l'or.*

4

Quatre heures plus tard, on se retrouve tous au Harley Bar. Bizarrement, on finit toujours au Harley, une sorte de cave avec de vieilles motos suspendues au plafond et des serveuses en uniforme ; soutiens-gorge noirs sous des vestes en jean sans manches élimées. Springsteen braille dans le juke-box, nous obligeant à hurler nous aussi : vingt acteurs et actrices à la voix puissante, encore excités par la représentation, accompagnés de leurs petit(e)s ami(e)s et de parasites dans mon genre.

Jess et un petit groupe échangent des anecdotes. Sur le métier de comédien, évidemment. C'est notre seul sujet de conversation.

JESS

Et Christian Bale dans *The Machinist* ? Il a perdu quelque chose comme un tiers de son poids pour ce rôle.

ACTRICE 2

Ou Chloë Sevigny qui taille une vraie pipe dans *The Brown Bunny* ?

ACTEUR

Définis ce que tu entends par « vrai » dans ce contexte.

ACTRICE 3

Adrien Brody dans *Le Pianiste*. D'abord il a perdu quinze kilos et il a appris à jouer du piano. Et ensuite, pour savoir ce que ressent son personnage quand il n'a plus rien, il s'est débarrassé de sa voiture, de son appartement et même de son téléphone. Ça, mon vieux, c'est ce que j'appelle s'investir.

ACTRICE 2

Je pourrais en faire autant ! Oh, zut ! Je joue actuellement une souris qui chante et qui danse dans une comédie musicale sur Broadway.

Elle mime une souris ivre qui exécute quelques pas de danse.

Petite souris… petite souris… viens par ici…

À l'autre bout de la salle, le barman me lance un regard. Qui s'attarde un peu plus longtemps que nécessaire.

La dernière fois que j'ai vu ce regard, c'est quand Rick, cette ordure, m'a proposé de partager sa table.

Mais ce type a mon âge, il est tatoué, cool et maigrichon. Malgré le froid glacial qui entre chaque fois que la porte d'entrée s'ouvre, il a juste un T-shirt sur le dos et le torchon glissé dans la poche arrière de son jean lui fouette les fesses dès qu'il pivote vers les bouteilles alignées derrière le bar.

Et brusquement, je me retrouve devant lui. Au comptoir.

BEAU BARMAN

Hey !

Il est australien. J'adore les Australiens.

MOI

Salut !

Sans trop savoir pourquoi, j'ai pris mon accent de Virginie, celui que j'ai utilisé avec Rick.

BEAU BARMAN

Qu'est-ce que je vous sers ?

MOI

(en criant pour couvrir le vacarme)

Je voudrais un Martini.

BEAU BARMAN

Tout de suite.

Il remplit un petit verre de Jack Daniel's à ras bord et le pose brutalement sur le comptoir.

MOI

J'ai demandé un Martini.

BEAU BARMAN

C'est comme ça qu'on fait les Martini ici.

Son grand sourire me met au défi de me plaindre. Un joli sourire.

Alors, je prends le verre et le vide d'un trait.

MOI

Dans ce cas, servez-moi une piña colada.

BEAU BARMAN

Une piña colada…

Il verse une dose de Jack Daniel's dans un grand verre cette fois, ajoute une deuxième dose de Jack Daniel's et termine par une troisième dose de Jack Daniel's.

J'engloutis le tout en une seule longue gorgée. Les clients massés autour du comptoir se mettent à applaudir spontanément.

Des applaudissements. Un son que je n'ai pas entendu depuis un moment.

À mon attention, du moins.

MOI

Préparez-moi un Long Island iced tea[1] pendant que vous y êtes.

… Normalement, dans le film qui se déroule en permanence dans ma tête, il devrait y avoir un fondu au noir à ce moment-là.

Mais non. C'est un faux raccord. Ou un montage-séquence. Ou un de ces autres termes techniques qu'ils emploient dans le cinéma, car tout s'enchaîne et se mélange ensuite, jusqu'à ce que je me retrouve dans l'appartement de quelqu'un d'autre, à cheval sur le corps de quelqu'un d'autre, en train de gémir.

MOI

Oui, oui, c'est bon, oui…

1. Cocktail à base de téquila, rhum, vodka, gin et liqueur d'orange.

INCONNU

Oui…

Ah, oui. Il y a eu un changement de casting. Le beau barman, prénommé Brian, ne finissait qu'à 3 heures du matin. Alors, j'ai branché le copain d'un des copains de Jess à la place. J'étais trop ivre et trop excitée par les applaudissements pour me retrouver seule dans mon lit.

Mais si je veux être honnête, ce n'était pas seulement à cause de l'alcool. Et du public enthousiaste.

Le contact d'un corps chaud, serrer quelqu'un contre soi… J'en ai besoin après avoir fait un boulot pour Henry.

Car si une femme ne peut pas faire confiance à l'homme qui a juré de l'aimer éternellement, à qui se fier dans ce monde ?

Et savoir que c'est moi – mon talent, mes répliques, ma *prestation* – qui ai contribué à détruire une famille, ça me laisse toujours un drôle de goût dans la bouche.

Je ne suis pas fière de ce que je fais pour Henry.

Mais, parfois, je suis fière de la manière dont je le fais.

5

Le lendemain matin, je prends le métro pour rentrer chez Jess. Je porte toujours sa veste, et pas grand-chose d'autre. J'ignore les regards appuyés des passagers. Un des exercices que nous impose Paul consiste à parcourir les rues de New York dans la peau de notre personnage, et à adresser la parole à de parfaits inconnus. Quand vous avez fait ça plusieurs fois, vous avez le cuir tanné.

Idem quand vous vous faites draguer par des hommes mariés dans des bars d'hôtel.

D'ailleurs, c'est un des éléments qui m'ont convaincue d'accepter la proposition de Marcie : je me disais que ce serait bon pour mes finances, mais aussi pour mon métier de comédienne. Marcie m'a mise en contact avec Henry. Celui-ci aime se présenter comme un assistant juridique, mais, en réalité, il est l'enquêteur du cabinet. Il m'a donné rendez-vous dans un bar, ce qui me paraissait étrange pour un entretien d'embauche, jusqu'à ce qu'il m'explique ce qu'il attendait de moi.

« Vous pensez en être capable ? »

J'ai haussé les épaules. Avais-je le choix, franchement ?

« Sans problème.

– Parfait. Ressortez, rentrez et essayez de me draguer. Dites-vous que c'est une audition. »

Alors, je suis ressortie et je suis rentrée. Comme je trouvais ça bizarre de faire du gringue à ce vieux bonhomme aux cheveux gris, j'ai décidé de jouer un personnage. Juste une voix et une attitude – une femme fatale dans un film noir, Lauren Bacall dans *Le Grand Sommeil* –, mais ça me permettait de me cacher.

Je me suis assise au bar et j'ai commandé un cocktail. Sans un regard pour l'homme assis deux tabourets plus loin.

Ne jamais draguer un homme de front, m'avait-il conseillé précédemment. *Faites clairement comprendre que vous êtes disponible, mais c'est à eux de vous aborder. L'innocent ne devrait rien avoir à craindre.*

Ouais, c'est ça. Si j'ai appris une chose, c'est que le cerveau des hommes ne fonctionne pas de cette façon.

INT. BAR NEW-YORKAIS ÉCLAIRAGE TAMISÉ – JOUR

Dans le miroir derrière le bar, nous voyons CLAIRE WRIGHT jouer avec son verre, elle semble s'ennuyer.

HENRY, un ancien policier, la cinquantaine, svelte, vient s'asseoir sur le tabouret voisin.

HENRY

Vous êtes seule ?

CLAIRE
(d'une voix traînante, enrouée)

Plus maintenant.

Il regarde subrepticement sa main.

HENRY

Je vois que vous portez une alliance.

CLAIRE

C'est bien ou mal ?

HENRY

Ça dépend.

CLAIRE

De quoi ?

HENRY

Si elle s'enlève facilement ou pas.

Elle écarquille les yeux devant tant d'audace. Puis :

CLAIRE

Maintenant que vous en parlez, je la perds un peu ces derniers temps. Et vous ?

HENRY

Quoi, moi ?

CLAIRE

Êtes-vous marié ?

HENRY

Pas ce soir.

CLAIRE

C'est mon jour de chance, alors.

Elle pose sur lui un regard direct, franc, plein d'assurance. Voilà une femme qui sait ce qu'elle veut. Et ce qu'elle veut, présentement, c'est prendre du bon temps.

HENRY
(abandonnant son personnage)
Ah, nom de Dieu.

MOI
C'était bien ? Je peux essayer autre chose…

Il desserre son col de chemise.

HENRY
J'ai presque de la peine pour ces salopards.

Trois jours plus tard, assise dans un bar tranquille près de Central Park, j'écoutais un homme d'affaires me raconter qu'il ne trouvait plus son épouse séduisante. Ensuite, j'ai remis l'enregistrement à l'épouse en question et Henry m'a remis quatre cents dollars.

Ce n'est pas un travail régulier. Certains mois, j'ai trois ou quatre missions ; parfois, aucune. Le travail de Henry consiste principalement à faire de la surveillance conjugale, comme il dit. C'est-à-dire qu'il suit des individus pour tenter de les prendre en flagrant délit. « La plupart de nos clients sont des femmes, m'a-t-il confié un jour. Généralement, leurs soupçons sont fondés. Peut-être ont-elles vu leur mari mettre une chemise chic pour aller travailler et reçu plus tard un texto leur annonçant qu'il était retenu. Parfois, c'est juste un après-rasage. Ou bien, elles ont déjà trouvé des messages compromettants sur son téléphone et elles veulent savoir à quoi ressemble cette femme. Les hommes, en revanche, se trompent plus souvent. »

Du temps où il était flic, Henry jouait les infiltrés, et manifestement cette excitation lui manque. Pendant les longues heures que nous passons dans de grosses berlines et dans des halls d'hôtel, à attendre l'arrivée de nos cibles, il tue le temps en me racontant ses anciennes opérations.

« Il faut entrer dans les zones grises. Les criminels savent d'instinct si vous les méprisez ou les craignez. Alors, vous devez vous obliger à croire tout ce en quoi ils croient. Et c'est ça le plus dangereux. Pas le risque de se faire tuer ou tabasser. Certains flics se laissent happer par les zones grises, et ils ne peuvent plus en sortir. »

Je lui ai dit qu'il appliquait la méthode de l'Actors Studio sans le savoir. En échange, je lui raconte des anecdotes de comédiens. Ainsi, pour notre tout premier cours, Paul nous avait fait jouer une scène d'Ibsen. J'avais trouvé mes camarades très bons. Ensuite, Paul nous avait fait rejouer la même scène en essayant de tenir des manches à balai à deux mains, en équilibre. Obligés de faire deux choses à la fois, on s'était tous plantés.

« Ce que vous avez fait la première fois, ça ne s'appelle pas jouer, nous avait expliqué Paul. Ça s'appelle *faire semblant.* Vous avez imité ce que vous avez vu faire à d'autres comédiens. Mais ce n'était pas vraiment vous. Voilà pourquoi vous avez échoué quand vous avez dû projeter votre esprit conscient sur autre chose. Aujourd'hui, je ne vous dirai qu'une seule chose, mais c'est la chose la plus importante : ne réfléchissez pas. Jouer, ce n'est pas mimer ou imiter. Jouer, c'est *faire.* »

Henry pense que tout ça, c'est du baratin. Mais j'ai personnellement vu des comédiens renifler et éternuer dans leur loge à cause d'un mauvais rhume, et s'en débarrasser dès qu'ils montaient sur scène. J'ai vu des introvertis timides se transformer en rois et en reines, les laids devenir beaux et les beaux devenir repoussants. Quelque chose se passe, que personne ne peut expliquer. L'espace d'un instant, vous êtes quelqu'un d'autre.

Et il n'y a rien de meilleur.

Ce matin, Manhattan ressemble à un décor de cinéma. Les bouches d'air chaud ont creusé des trous dans la neige et la fumée s'élève paresseusement dans le soleil. La soirée de la veille a sérieusement entamé l'enveloppe de Henry, ce qui ne m'empêche pas de m'arrêter dans un *deli* afin d'acheter des bagels pour Jess et moi. Quand je ressors, des gamins s'amusent à se lancer des boules de neige. Je me joins à eux. En songeant : Ouah ! Je suis à New York. *À New York !* Et je participe à une scène tout droit sortie d'un film. Par-dessus le marché, j'étudie dans une des meilleures écoles d'art dramatique au monde. Le scénario se termine bien, finalement.

Suis-je la seule qui se voit constamment jouer dans le film de sa vie ? Lorsque je pose la question à mes amis, la plupart répondent que ça ne leur arrive jamais. Mais je les soupçonne de mentir. Pourquoi devenir comédien, sinon pour modifier la réalité ?

Hélas, je viens de me souvenir que cette scène qui se déroule dans ma tête, celle de la bataille de boules de neige à New York, provient de ce film épouvantable : *Elfe*.

En entrant dans l'appartement, j'entends des voix dans la chambre de Jess. Elle discute sur Skype avec Aran, son petit ami, parti tourner une pub en Europe. Je prends une douche rapide, vérifie que la veste n'a pas trop souffert et frappe à sa porte.

« Petit-déj, loyer et miss Donna Karan ! dis-je gaiement. Alors, il y a des critiques ? »

Chaque matin, avant toute chose, Jess se connecte à Internet pour voir si quelqu'un parle d'elle sur son blog. Elle secoue la tête.

« Non, rien. Mais mon agent m'a envoyé un mail : j'ai un rendez-vous avec un producteur qui a vu le spectacle hier soir.

– C'est super, dis-je en essayant de ne pas paraître trop jalouse.

– Et toi, comment s'est passée ta nuit ? » Elle prend soin de garder un ton neutre. « Je t'ai cherchée sur les coups de 2 heures du mat', mais tu étais déjà partie.

– C'était bien. »

Elle soupire.

« Arrête ton baratin, Claire. C'était une partie de jambes en l'air futile avec un parfait inconnu.

– Oui, aussi.

– Parfois, tu m'inquiètes.

– Pourquoi ? J'ai toujours un préservatif sur moi.

– Je ne parle pas de ça, et tu le sais bien. »

Je hausse les épaules. Je n'ai pas envie de me lancer dans une conversation sur ma vie amoureuse. Ou son absence. Jess a une famille, et les gens qui ont une famille ne comprennent pas.

Je suspends la veste à un cintre et fouille dans le tiroir à lingerie de Jess à la recherche d'un dessous. Tout au fond, mes doigts sentent un objet dur et lourd.

Je le sors. C'est une arme à feu. Une vraie.

« Nom de Dieu, Jess. C'est quoi, ce truc ? »

Elle rit.

« Mon père m'a obligée à l'acheter. Au cas où, dit-il. Les dangers de la grande ville, etc.

– Et tu t'inquiètes pour *moi* ? » dis-je, abasourdie.

Je pointe l'arme sur mon reflet dans le miroir.

« Fais attention. Elle est chargée.

– Ouh là. »

Je la repose délicatement et choisis un legging Alaïa rouge.

« Qui sait ? dit-elle. Un jour, je serai peut-être obligée de buter la personne qui me pique toutes mes fringues.

– Il y a trois cent cinquante dollars dans l'enveloppe. Enfin… trois cent vingt au moins.

– Là aussi mon père est un peu bizarre. »

Elle dit cela d'un ton décontracté, mais je perçois la tension dans sa voix.

« Oh, fais-je avec la même nonchalance.

– Il est entre deux boulots. Du coup, il n'est plus payé. Et cet appart', c'est un peu l'équivalent d'une pension pour lui. Bref, il veut que je te demande de déménager. »

Mauvais.

« Et qu'est-ce que tu as répondu ?

– Je lui ai dit : "Et si Claire te paie tous les loyers en retard qu'elle te doit ?"

– Genre… encore quatre cents dollars ? »

Jess secoue la tête.

« Sept cents. Il n'était pas très content. Il a dit qu'il allait réfléchir, mais, à partir de maintenant, il faudra le payer d'avance. »

Je la regarde avec des yeux écarquillés.

« Ça veut dire trouver mille cent dollars.

– Oui, je sais. Désolée, Claire. J'ai essayé de discuter, mais il m'accuse d'être fiscalement irresponsable.

– J'ai combien de temps ?

– Je peux le faire patienter un peu. Quelques semaines, peut-être.

– Super », dis-je, amère, mais je sais que Jess n'y est pour rien. Ma chambre, assez grande, peut accueillir un couple, et deux jeunes gens travaillant dans le quartier des affaires trouveraient idéale cette adresse dans l'East Village. Le père de Jess pourrait gagner beaucoup plus.

Il s'ensuit un long silence. Jess ramasse le texte de la pièce et le feuillette.

« Il faut que je revoie ça. Jack m'a fait une note. Apparemment, la scène de la forêt manque de nuances.

– Tu veux que je lise les répliques ?

– Ça ne t'embête pas ? »

Elle me lance le texte et je cherche le passage en question, bien que je le connaisse a priori par cœur. Oubliez *Roméo et Juliette*. Bien interprétée, c'est la scène la plus sexy qu'ait écrite Shakespeare. Et quoi qu'en pensent la plupart des gens qui le trouvent intello, ennuyeux et démodé, il a créé les plus beaux personnages qui soient.

Jess commence.

JESS
(en Hermia)

Soit, Lysandre, cherchez un lit pour vous,
moi je vais reposer ma tête sur ce banc.

Elle s'allonge pour dormir. Je viens m'allonger à côté d'elle.

MOI
(en Lysandre)

Le même gazon nous servira d'oreiller à tous deux,
un seul cœur, un seul lit ; deux cœurs, un seul serment.

Mal à l'aise, elle s'écarte en gigotant.

JESS

Non, mon bon Lysandre, pour l'amour de moi, mon cher,
étendez-vous plus loin, ne vous couchez pas si près.

Parfait exemple d'une scène où les mots écrits sur la page disent une chose, alors que le comédien *sait* que le personnage veut dire totalement autre chose. En réalité, Lysandre veut baiser à mort Hermia. Et, nonobstant la magnifique poésie, il est prêt à dire n'importe quoi pour parvenir à ses fins. C'est un homme, non ? Et Hermia, qui sait certainement qu'elle ne devrait pas le laisser dormir si près d'elle, flashe sur lui elle aussi. Si elle le repousse, c'est uniquement pour ne pas céder à la tentation.

Texte et sous-texte.

Dressée sur un coude, je regarde Jess.

MOI

Oh, saisissez, charmante, la pensée de mon innocence…

Mais alors même que je plonge avec convoitise mon regard dans celui de Jess, une partie de mon cerveau hurle : *Mille cent dollars ? Impossible de gagner une telle somme, même avec les boulots de Henry.*

Soudain, je crains de voir tout ce fantasme fragile s'écrouler autour de moi comme un décor de théâtre entre deux scènes. Pas d'argent, ça signifie pas d'appart'. Pas d'appart', ça veut dire pas de cours. Pas de cours, ça veut dire pas de visa. Je serai obligée de rentrer chez moi la queue entre les jambes, dans un pays où personne ne voudra plus jamais m'engager.

Je tends les lèvres vers celles de Jess. Pendant une fraction de seconde, elle est tentée. Je vois la confusion dans ses yeux. Puis elle s'écarte.

JESS

Lysandre fait de très jolis jeux de mots.
Ça veut dire qu'il embrasse très bien. Puis il tente de m'embrasser encore une fois, blablabla.

Je roule hors du lit.

« J'ai trouvé ton jeu plein de nuances.

– Tu sais quoi ? dit Jess d'un ton triste. Tu es bien meilleure que ce crétin face auquel je joue cette scène. Je suis vraiment navrée, Claire. Il n'y a pas de justice. »

Ne m'en parle pas, me dis-je. *Surtout pas.*

6

Il faut reconnaître une qualité au système du placement en famille d'accueil en Angleterre : il vous apprend la résilience.

J'avais sept ans quand j'ai perdu mes parents. J'avais une famille et du jour au lendemain, grâce à un chauffeur routier qui envoyait un texto en conduisant, je n'en avais plus. Ma mère et mon père sont morts sur le coup, m'ont dit plus tard les infirmières. Moi, je me trouvais à l'arrière, dans un siège-rehausseur qui m'a sans doute sauvé la vie quand j'ai été éjectée de la voiture. Je ne m'en souviens pas, ni de quoi que ce soit d'autre ce jour-là. Et je m'en suis toujours voulu. Si vous partagez les dernières heures d'une personne que vous aimez, vous devriez être capable de vous en souvenir.

Accepter l'idée de leur mort était déjà terrible. Ensuite, j'ai compris que j'allais perdre aussi tout le reste : ma chambre, mes jouets, tous mes objets familiers. Ça peut sembler fou, je sais, mais, d'une certaine façon, c'était presque aussi affreux. Je n'étais pas seulement une orpheline. J'étais déracinée.

À cause d'une pénurie de familles d'accueil dans mon quartier de South London, j'ai été envoyée à Ealing à ma sortie de l'hôpital, à l'autre bout de la ville. Et quand, six semaines plus tard, on m'a trouvé ma première famille d'accueil, elle habitait à Leeds, à deux cents kilomètres. Ce qui voulait dire changer d'école et perdre mes amis.

Londonienne appartenant à la classe moyenne, j'ai été propulsée dans une école où tous les autres élèves se connaissaient depuis des années. J'avais l'impression qu'ils parlaient une autre langue. Ils me trouvaient coincée, prout-prout ma chère, comme ils disaient. En peu de temps, je suis devenue deux personnes : celle que j'étais avant et celle qu'ils voulaient que je sois.

J'ai appris à m'exprimer exactement comme eux. J'ai découvert que j'étais douée pour imiter les accents et les intonations.

Ma nouvelle famille était des « professionnels » de la chose. En plus de leurs deux enfants, ils accueillaient en permanence deux ou trois orphelins. Ils étaient très gentils avec moi, bons même. Mais, au bout du compte, c'était un métier pour eux, un moyen de s'offrir une plus jolie maison, de plus belles vacances. Alors que j'avais soif d'amour désintéressé, inconditionnel.

Tout ça, c'est une farce. Très vite, vous vous rendez compte que tout le monde s'en moque. Ils se fichent que vous fassiez vos devoirs ou pas. Que vous ayez des amis ou pas. Que vous soyez le premier ou le dernier de la classe. Pourquoi s'en soucieraient-ils ?

Je me souviens d'avoir vu un de mes « pères », Gary, faire un câlin à son vrai fils. Encore meurtrie par la mort de mes parents, je m'étais approchée. Gary m'avait alors expliqué, gentiment, que ce serait déplacé s'il me faisait un câlin à moi aussi. C'est le mot qu'il a utilisé : « Déplacé. » Comme si je l'avais dragué ou je ne sais quoi.

C'est à ce moment-là que j'ai fini par comprendre que j'étais seule. Et à partir du jour où ce sentiment vous habite, il ne vous quitte plus jamais.

En entrant au collège, j'ai découvert le théâtre. Je me souviens encore du jour où Mme Hughes, notre professeure, a demandé aux autres d'arrêter ce qu'ils faisaient pour me regarder.

« Observez bien Claire. Elle a un talent inné », a-t-elle dit.

Bientôt, je ne pensais plus qu'à cela. Dès que je jouais, je n'étais plus une enfant adoptée. J'étais Juliette, Annie, Nancy, Puck. J'étais princesse, meurtrière, héroïne, putain.

Quand on montait une pièce, les parents venaient en coulisse après le spectacle pour féliciter leurs enfants. Moi, je n'avais personne. Cela n'a fait que renforcer ma détermination.

Il y avait, non loin du collège, un centre d'art dramatique dont quelques élèves avaient joué dans des feuilletons médicaux. Lorsque j'ai annoncé à l'assistante sociale que je voulais m'y inscrire, elle a froncé les sourcils.

« C'est une école privée, Claire. La municipalité ne paiera pas les frais d'inscription d'une enfant placée en famille d'accueil. »

Gary a promis d'en parler à quelqu'un du conseil municipal. Une semaine plus tard, je lui ai demandé quelle était la réponse.

« Oh, a-t-il fait. Ils ont dit non. »

J'ai compris qu'il avait oublié.

Alors, je suis retournée voir Mme Hughes.

« Si tu dois te battre pour entrer dans un cours d'art dramatique, m'a-t-elle dit, autant en choisir un bon. Celui dont tu parles fera de toi un animal de cirque. »

Elle a sélectionné les meilleures écoles, dont une qui me proposait une bourse. Après quoi, elle a pris rendez-vous avec mon assistante sociale. Qui lui a expliqué, en gros, que comme j'avais trouvé mes marques, un nouveau bouleversement dans ma vie serait malvenu.

Typique, pensais-je. *Vous* pouvez me changer de famille quatre fois en trois ans, mais quand *je* veux quelque chose, ça prend tout de suite des proportions dramatiques.

Il m'a fallu trois ans de lutte, mais j'ai fini par avoir gain de cause. Le jour où j'ai franchi la porte de cette école d'art dramatique, j'ai senti que j'avais enfin trouvé ma famille.

7

J'appelle Marcie et lui réclame du travail. Elle me déniche une audition pour un clip.

Dans une salle en sous-sol, face à une caméra vidéo posée sur un pied, je donne mon nom, ma taille et le nom de mon agent. Deux producteurs m'ignorent ; ils préfèrent regarder mon image sur un moniteur.

La directrice de casting me demande de préciser, toujours devant la caméra, que j'accepte les scènes de nudité partielle.

« Si le rôle l'exige, réponds-je pour plaisanter, nerveusement.

– Ma jolie, le rôle s'intitule "Danseuse topless".

– Oui, oui, évidemment. » Je regarde fixement la caméra et déclare, d'un ton joyeux : « Je m'appelle Claire Wright et j'accepte la nudité partielle. »

J'espère que quelqu'un gravera ça sur ma tombe.

« OK, Claire, quand tu veux », me lance la directrice de casting.

Elle envoie la musique.

Au bout d'une minute, un des producteurs fait une remarque et la musique s'arrête.

« Merci, Claire, dit la directrice de casting. Tu peux nous envoyer la suivante en sortant, s'il te plaît ? »

Au moment où je me retourne pour m'en aller, l'autre producteur dit quelque chose, que je n'entends pas.

« Attends… », me dit la femme. S'ensuit une brève conversation, à voix basse, puis elle ajoute : « Laisse tes coordonnées à l'accueil. »

L'après-midi, je reçois un SMS me convoquant dans les bureaux du producteur à 20 heures. Je choisis de me présenter sous mon meilleur jour et effectue un raid sur la penderie de Jess pour trouver une tenue adéquate. Quand j'arrive, il n'y a pas de réceptionniste, uniquement un vigile. Tout le monde est rentré à la maison.

J'emprunte un couloir jusqu'à ce que j'aperçoive le producteur dans un bureau, au téléphone. Il me fait signe d'entrer. Je m'assois sur un siège pivotant pendant qu'il poursuit sa conversation : « Arrête de jouer au con et commande une dolly chez Panavision. »

Il raccroche enfin.

INT. BUREAU DU PRODUCTEUR – NUIT

PRODUCTEUR

Abruti ! Bonsoir, Claire.

MOI

Bonsoir. Merci de m'avoir recontactée.

PRODUCTEUR

En fait, je vous ai appelée pour autre chose. Je suis en train d'établir le casting de tout un éventail de projets, et j'ai pensé que ça valait la peine de voir s'il n'y avait pas quelque chose qui pouvait vous convenir.

MOI

Génial ! Euh… vous savez que je n'ai pas la carte verte ?

PRODUCTEUR

C'est un problème. Mais pas insurmontable. En tant que producteur, j'ai accès au programme d'échange Actors' Equity. Je pourrai peut-être arranger quelque chose avec un collègue à Londres.

MOI

Fantastique ! C'est quel genre de projets ?

PRODUCTEUR

On discutera des détails plus tard. Pour l'instant, je veux surtout savoir si vous avez assez d'ambition, si vous êtes assez engagée, pour rejoindre l'équipe.

Il se lève, fait le tour de son bureau pour venir se placer derrière moi et pose sa main sur mon épaule. D'un geste, il fait pivoter mon siège et je me retrouve face à lui. À la hauteur de son entrejambe. Il pince amicalement le haut de mon bras.

PRODUCTEUR

Vous comprenez ce que je veux dire, je pense.

Je demeure pétrifiée un long moment. Puis je m'arrache à mon siège et repousse l'homme, en lui criant de me laisser tranquille. Ma main frappe son nez et il recule en titubant.

MOI

Crève, enfoiré…

Il tremble, les mains devant le visage. Il saigne du nez. Un petite moustache rouge à la Hitler orne sa lèvre supérieure.

PRODUCTEUR

OK ! OK ! Va-t'en…

Je recule. C'est alors qu'il fonce sur moi, en montrant les dents, poings serrés.

PRODUCTEUR

Salope… Tu vas me payer ça.

Il se retrouve nez à nez avec l'arme de Jess.

PRODUCTEUR

Tu n'oseras pas t'en servir.

Mes mains tremblent, et l'arme aussi. *Tant mieux*. Si j'ai l'air affolée, il va penser que je peux être assez cinglée pour tirer.

MOI

On parie ? Légitime défense.

D'un mouvement de tête, je montre mon sac.

MOI

J'ai tout enregistré. Vous croyez que ça intéresserait votre femme ?

PRODUCTEUR

À quoi tu joues ?

Le pouvoir est de mon côté maintenant. Mais, intérieurement, je panique. Et s'il me saute dessus ? S'il m'arrache l'arme des mains et la pointe sur moi ? Si mon doigt dérape sur la détente ?

MOI

Je vais sortir d'ici. Et vous, vous allez rester où vous êtes.

Je recule, en essayant de paraître sûre de moi. Juste avant que je sorte, il lance, dans un grognement :

PRODUCTEUR

Bonne chance si tu veux bosser dans ce milieu, salope. Tu es complètement givrée.

Je tiens bon jusqu'à ce que je me retrouve dans la rue. Là, je craque. Je m'éloigne d'un pas titubant, en pleurant et en tremblant. Les interrogations se bousculent dans ma tête : *Comment ai-je pu être aussi stupide ? Est-ce à cause de mon comportement ? Ai-je donné l'impression, lors de l'audition, que je suis ce genre de femme ?*

Ai-je provoqué ce qui s'est passé, d'une certaine façon ?

Je m'appelle Claire Wright et j'accepte la nudité partielle… Je me souviens d'avoir souri en disant cela. Est-ce mon erreur ? Cela a-t-il été perçu de manière ironique ? N'ai-je pas été assez professionnelle ?

En même temps, une autre partie de moi-même, la partie rationnelle, tente de me rassurer. *Non, c'est lui le coupable, le salopard. Il n'avait aucun droit de penser ça. C'est lui le fautif, pas toi.* Je sais que ce débat va se poursuivre dans ma tête pendant des heures.

Salopard ou pas, ma réaction a-t-elle été disproportionnée ? Un simple refus courtois aurait-il été aussi efficace, et débouché sur des excuses, voire une discussion productive en termes de travail ?

Bonne chance si tu veux bosser dans ce milieu, salope.

Je me fige en songeant aux implications de cette phrase. Va-t-il me débiner auprès de tous les agents maintenant ? Raconter à ses amis que je suis un danger ? Il ne faudrait pas grand-chose pour que ma réputation en Grande-Bretagne traverse l'Atlantique et vienne s'ajouter à quelques rumeurs et sous-entendus ici en Amérique. Je pourrais dire adieu à ma seconde chance.

Oh, bon sang, aurais-je dû lui donner ce qu'il voulait ?

Une quarantaine de rues me sépare de chez Jess. Je les parcours à pied, partagée entre le désespoir et l'auto-flagellation. Je n'ai pas les moyens de me payer le métro et je ne suis même pas capable de décrocher un rôle de jolie nana topless sans me faire agresser sexuellement. La neige a disparu, mais il fait froid et humide. Les larmes qui coulent sur mes joues sont d'abord chaudes, puis glacées, puis réchauffées par de nouveaux pleurs.

Je suis à une centaine de mètres de l'appartement quand mon portable sonne. Avant de répondre, je regarde le nom qui s'affiche.

EXT. RUE DE NEW YORK – NUIT

HENRY

Bonsoir, Claire. Vous êtes libre ce soir ?

Je regarde l'immeuble avec envie. À cet instant, je n'aspire qu'à une seule chose : me glisser dans mon lit pour pleurer. Mais je dois penser au loyer.

MOI

Oui.

HENRY

J'ai une mission pour vous. Mais la cliente veut vous rencontrer d'abord.

MOI

Pourquoi ?

HENRY

Qui sait ? Peut-être veut-elle s'assurer que vous êtes le genre de son mari. Moi, je suis sûr que oui.

MOI

Bon, d'accord.

HENRY

Dans combien de temps pouvez-vous être là ? Elle est descendue au Lexington. Demandez la suite avec terrasse.

8

Étant déjà habillée pour mon rendez-vous avec le producteur, j'arrive au Lexington en moins de vingt minutes. Dans les toilettes pour dames du hall, je retouche mon maquillage et fais quelques exercices de respiration pour me recentrer. Que le spectacle commence.

L'ascenseur me conduit directement au cinquième étage. Je frappe à la porte de la suite. Henry vient m'ouvrir. Une femme d'environ trente-cinq ans fait les cent pas devant les fenêtres. Kim Novak dans *Vertigo*, me dis-je. Collier de perles, tenue élégante, cheveux blonds assez courts, coiffés à la perfection ; une chose qu'on ne voit plus très souvent de nos jours. À côté d'elle, je me fais l'impression d'une gamine qui a pillé une caisse de déguisements.

J'ai d'abord l'impression qu'elle tient un chapelet, puis je m'aperçois qu'il s'agit d'un porte-clés qu'elle entortille autour de ses doigts. Elle semble ébranlée, ce qui n'a rien d'inhabituel. Pour beaucoup de clientes de Henry, ce moment où elles vont enfin découvrir quel genre d'individu est leur mari est le plus difficile.

INT. LEXINGTON HOTEL, SUITE AVEC TERRASSE – NUIT

HENRY

Claire. Merci d'être venue. Je vous présente Stella Fogler.

(s'adressant à la femme, d'un ton rassurant)

J'utilise différentes filles comme appât, mais, d'après ce que vous m'avez raconté sur Patrick, Claire est le choix qui s'impose.

STELLA
(nerveuse, s'adressant à moi)

Vous serez prudente, n'est-ce pas ? Promettez-moi que vous serez prudente ?

Je m'assois.

MOI

Si vous me parliez de votre mari, madame Fogler ?

STELLA

Vous n'avez jamais rencontré un homme tel que lui. Je parle sérieusement. Ne lui tournez pas le dos. Ne lui faites pas confiance. Vous me le promettez ?

Lui faire confiance ? Aucun risque. Un autre salopard marié, exactement ce qu'il me faut.

HENRY

Claire est très professionnelle. Elle sait ce qu'elle fait.

MOI

Montrez-moi juste un photo de lui et dites-moi où je peux le trouver. Je me charge du reste.

HENRY

Eh bien, madame Fogler ? On y va ?

La femme arrête de faire les cent pas et pose sur moi ses yeux exorbités, sans cesser de triturer le porte-clés.

STELLA

Oui. Entendu. Mais je vous en supplie… soyez prudente.

9

Un vieux bar de l'Upper West Side aux murs lambrissés. Les tables sont espacées, seules quelques-unes sont occupées. Assis à l'une d'elles, PATRICK FOGLER lit un livre de poche en prenant des notes dans un carnet. Proche de la quarantaine, brun, un long visage aquilin. Des yeux vert pâle. Un bel homme, dans le genre intellectuel, calme.

Daniel Day-Lewis jeune, me dis-je en étudiant son reflet dans le long miroir derrière le bar. Un de mes acteurs préférés de tous les temps. Mais Patrick Fogler semble encore plus tendu. À vif.

Pour être franche, il n'a rien d'un salopard qui trompe sa femme. Mais ça ne se voit pas toujours. Parfois, ils sont charmants. D'ailleurs, ce sont souvent eux les plus infidèles.

Pourquoi ? Parce que l'occasion s'offre à eux, je suppose.

Pour l'instant, je veux surtout savoir si vous avez assez d'ambition, si vous êtes assez engagée, pour rejoindre l'équipe...

Je secoue la tête, il faut que je me concentre. J'essaye de chasser le souvenir de ce producteur. Fais ton travail, me dis-je. Souris. Drague-le. Laisse-le te faire des avances et fiche le camp. Une heure max. Ensuite, tu pourras rentrer chez toi avec quatre cents dollars en poche, vomir, pleurer et te saouler.

Tu n'auras plus que sept cents dollars à trouver.

À cet instant, Patrick Fogler se lève et vient vers moi. *Trop facile.* Je me retourne et l'accueille avec un quart de sourire. Je m'aperçois, trop tard, qu'il ne se dirige pas vers moi. *Merde.* Il tend un billet de vingt dollars au barman.

PATRICK

Vous auriez de la monnaie ?

Sa voix est nette, bien contrôlée. Une sensation de pouvoir maîtrisé. Pendant que le serveur ouvre la caisse, les yeux de Patrick Fogler croisent les miens dans le miroir. Là encore, je lui adresse un vague sourire. Il paraît étonné, rien de plus. Comme s'il se demandait s'il ne m'avait pas déjà vue quelque part.

Sa monnaie en main, il remercie le serveur et quitte le bar. Mais il va revenir : il n'a pas fini son verre et il a laissé son livre sur la table.

Je m'approche. C'est un recueil de poésie. Un exemplaire corné des *Fleurs du mal* de Charles Baudelaire.

Traduit et présenté par Patrick Fogler. Un universitaire, donc.

Je le feuillette rapidement, à la recherche d'un extrait qui pourrait m'être utile. C'est à ce moment-là qu'il revient et me surprend. Comme prévu.

MOI

(d'un air coupable)

Oh, désolée ! C'est à vous ?

PATRICK

Oui.

Cette situation semble l'amuser. Il balaye du regard le bar quasiment vide, comme pour dire : à qui d'autre ?

MOI

J'espère que ça ne vous ennuie pas… Je n'ai jamais lu Baudelaire.

D'un coup d'œil, il regarde le poème sur lequel je me suis arrêtée.

PATRICK

Ne commencez pas par celui-ci.

Il me prend le livre des mains, tourne quelques pages, choisit un passage et lit à voix haute :

PATRICK

« *J'ai plus de souvenirs que si j'avais mille ans.*
Un vieux bureau rempli d'idées mortes
Cache moins de secrets que ma tête souffrante… »

Sa voix déborde de conviction, le rythme est calme et insistant comme un battement de cœur. Il me rend le livre, ouvert. J'enregistre la suite d'un seul coup d'œil. Je la récite, en soutenant son regard, sur le même tempo, tirant toute la sève de cette langue.

MOI

« *C'est une nécropole, un caveau où les morts…*
Ces corps que j'ai aimés… sont jetés bon gré mal gré,
Sans cesse bousculés et dérangés,
Par de morbides rêveries, semblables à des vers.

Il enchaîne à son tour, sans me quitter des yeux, de mémoire. Un passage sombre et étrange qui m'échappe.

PATRICK

... comme la vieille statue d'un dieu à demi oublié,
Abandonné dans le désert, de sang assoiffé...

Je me joins à lui pour lire les derniers vers, en m'accordant à son rythme, en calant ma voix sur la sienne.

MOI/PATRICK

... dont le visage énigmatique, battu par les éléments,
Lorsque le soleil se couche s'illumine un court instant.

S'ensuit un silence de quelques secondes qu'aucun de nous deux ne veut briser. Finalement :

PATRICK

Vous l'avez bien lu.

MOI

Merci... De quoi parle-t-il ?

PATRICK

De sa vie amoureuse, pourrait-on dire.

MOI

Elle devait être très compliquée.

Patrick sourit.

PATRICK

Quand il a écrit ce poème, Baudelaire fréquentait deux femmes. L'une était une beauté célèbre, la vedette du Paris du XIXe siècle. Il l'appelait sa Vénus blanche. L'autre était une danseuse de cabaret métisse qui vendait son corps dans la rue. Il l'appelait sa Vénus noire.

MOI

Intéressant… Un triangle amoureux.

PATRICK

Oui, si vous voulez.

MOI

Comment ça s'est fini ?

PATRICK

Baudelaire a commencé à envoyer des poèmes anonymes à la Vénus blanche. Il racontait les choses qu'il voulait lui faire, les choses qu'il faisait avec la Vénus noire. Ces poèmes évoquent toutes les formes de dépravation. Pour lui, d'autres poètes avaient suffisamment décrit le monde enchanté de la beauté. Il voulait être le premier à décrire la beauté du mal.

MOI

D'où ce titre : *Les Fleurs du mal.*

Le moment était venu d'agir.

MOI

Il avait compris, je pense, que certaines femmes sont attirées par ce qui est interdit.

Patrick Fogler secoue la tête. Comme si je l'avais déçu.

PATRICK

Il faut que j'y aille.

Quoi ?

MOI

Vraiment ? Dommage… j'aimerais beaucoup en entendre d'autres…

Je lui tends le livre. Il le repousse.

PATRICK

Gardez-le. En souvenir d'une rencontre intéressante. J'ai apprécié votre façon de lire.

MOI

Écoutez… Ce n'est pas mon genre d'habitude, mais j'ai passé une soirée pourrie et j'ai besoin d'un peu de compagnie. Vous ne voulez pas que je vous offre un verre ?

Son sourire plisse les coins de ses yeux.

PATRICK

Ce serait avec plaisir. Mais je suis marié.

MOI

Oh, je ne pensais pas à…

Il s'éloigne déjà. Et lance par-dessus son épaule :

PATRICK

Je sais. Mais moi, si. Et contrairement à Baudelaire, une Vénus à la fois, ça me suffit... Enchanté de vous avoir rencontrée.

Et puis, comme s'il se parlait à lui-même, je l'entends dire quelque chose en français :

PATRICK

« Ô toi que j'eusse aimée, ô toi qui le savais ! »

MOI

Qu'est-ce que ça veut dire ? Hé, peut-être qu'on pourrait...

Rien du tout. Merde. Le recueil de poèmes à la main, je le suis du regard. Et je m'aperçois que c'est la première fois depuis que je travaille pour Henry que je me prends une veste.

10

« C'est une bonne nouvelle, dis-je d'un ton morne. Félicitations, madame Fogler. Votre mari est un homme fidèle. »

Bonne nouvelle pour vous, en tout cas. Moi, je l'ai toujours mauvaise.

Nous sommes de retour dans la suite de Stella Fogler. Curieusement, cette nouvelle semble accroître son agitation.

« Fidèle ! s'emporte-t-elle en se tordant les mains. J'aurais dû me douter que ça ne marcherait pas. Oh, bon sang ! Bon sang ! »

Je ne comprends pas.

« Que voulez-vous dire ? »

La vérité jaillit d'un trait.

« J'espérais avoir quelque chose contre lui. Pour l'empêcher de me harceler ! »

Hein ? Je me tourne vers Henry, qui fuit mon regard.

« Il a compris que c'était une ruse. » Stella s'adresse à Henry : « Elle ne convenait pas. Il aurait fallu une fille à la peau foncée. Comme celles qui… »

Elle s'interrompt.

« La Vénus noire, dis-je. Il m'en a parlé.

– Il n'en parle *jamais* », rétorque-t-elle. De nouveau, elle se tourne vers Henry. « Je savais quc c'était une erreur. »

Je suis furieuse. Pas seulement parce qu'elle semble croire que je suis responsable de ce fiasco. Mais aussi parce que je découvre que cette tentative de séduction était l'exact opposé de ce que je croyais.

« Écoutez-moi bien, dis-je d'un ton hargneux. La plupart des mégères névrosées pour qui je joue cette comédie s'estimeraient heureuses. Votre mari ne m'a pas draguée. C'est une première, croyez-moi. Et si vous vouliez vous servir de moi pour le faire chanter, il fallait me le dire. » Je me lève. « Maintenant, je veux mon argent. Quatre cents dollars. »

Stella sort un sac de voyage de sous le lit et l'ouvre. Elle en sort un épais rouleau de billets auquel elle en prélève quatre. Ses mains tremblent.

« Je ne voulais pas paraître ingrate. Je suis sûre que vous avez fait de votre mieux. Et sachez que je n'avais pas l'intention de le faire chanter. Pas exactement. Je voulais juste… une assurance. »

Je prends l'argent.

« Merci, dis-je froidement.

– Je vous raccompagne, Claire », murmure Henry.

La porte de la suite s'est à peine refermée derrière nous qu'il pivote vers moi et pose une main sur mon épaule.

« Eh ! Qu'est-ce qui vous a pris ? Mégères névrosées ?

– Elle *est* névrosée.

– C'est aussi une cliente.

– Henry… Vous ne trouvez pas ça tordu ? Elle *voulait* qu'il me drague. Qu'avez-vous fait de *l'innocent ne devrait rien avoir à craindre* ? »

Il hausse les épaules.

« Vous aviez besoin de travailler, non ?

– Vous saviez ! » Tout s'éclaire. « Vous saviez ce qu'elle cherchait. Nom de Dieu. Faire ça à des salopards qui trompent déjà leur femme, c'est une chose. Mais quand c'est la *femme* qui… » Je secoue la tête, abasourdie. « J'arrête. »

Alors que je m'éloigne à grands pas, il me lance :

« Ne jouez pas les divas, Claire ! Vous adorez faire ça. Et vous le savez. Simplement, cette fois-ci, ça n'a pas marché, et vous ne le supportez pas. Appelez-moi demain, quand vous serez calmée. »

INT. LEXINGTON HOTEL – HALL – NUIT

Au moment où je sors de l'hôtel, une idée me vient. Je sors de mon sac l'exemplaire des *Fleurs du mal* que m'a offert Patrick, et je rebrousse chemin.

INT. LEXINGTON HOTEL – COULOIR

Je frappe à la porte de la suite de Stella.

MOI

Madame Fogler ? Stella ? J'ai quelque chose qui appartient à votre mari. Ça vous revient, je pense.

Pas de réponse.

MOI

Stella ?

Rien. Je hausse les épaules et repars.

11

Il existe un brillant exercice, créé par le légendaire professeur d'art dramatique Sanford Meisner, dans lequel deux comédiens répètent simplement les paroles de l'autre. Le but est de montrer que vous pouvez faire dire aux mots tout ce que vous voulez, ou presque. Le texte n'est pas une bible, mais un point de départ. Le texte et le sous-texte.

Trois jours se sont écoulés. Scott et moi nous nous tournons autour dans la salle de répétition, sous le regard des autres élèves.

« Tu souris, dis-je à Scott d'un ton enthousiaste, comme s'il allait m'annoncer une bonne nouvelle.

– Tu souris », répète-t-il.

Mais il dit cela comme si nous nous disputions et que ce sourire prouvait que je ne prenais pas cela au sérieux.

« Tu… *souris* ? dis-je, incrédule, comme s'il n'essayait même pas de cacher le fait qu'il venait de se comporter en véritable salaud.

– Tu souris ! s'exclame-t-il, triomphant, comme si je ne pouvais pas me retenir.

– Tu souris, dis-je dans un murmure, comme si c'était la première fois que je le voyais heureux depuis longtemps.

– Tu souris », dit-il, en introduisant ce sous-entendu : mais pas moi.

Paul intervient.

« Très bien. Maintenant, enchaînez.

– Tu souris, me lance Scott, accusateur.

– Absolument pas !

– À quoi tu penses ?

– Je pensais à ce jour où on a roulé ensemble dans la neige.

– C'était la dernière fois, hein ? La dernière fois où on a été heureux.

– Excellent ! » s'exclame Paul.

Les autres élèves applaudissent brièvement.

« N'oubliez pas, dit Paul en s'adressant à l'ensemble de la classe, que vous devez utiliser ce que vous donne votre partenaire. Un simple geste vaut mille mots. »

On frappe à la porte, restée ouverte. Une employée de l'administration se tient sur le seuil, en compagnie d'une policière en uniforme.

« Je cherche Claire Wright », déclare-t-elle.

Merde.

« C'est moi, dis-je, souriante. C'est à quel sujet ? »

12

La policière me conduit au One Police Plaza[1], où j'attends dans une pièce exiguë qui sent le renfermé, au septième étage. Je lui ai demandé pourquoi j'étais là, mais elle a refusé de me répondre ; on l'a simplement chargée de venir me chercher, dit-elle. La situation va bientôt s'éclaircir. « D'un instant à l'autre », pour reprendre son expression.

C'est sûrement ce producteur, songé-je avec angoisse. Il a porté plainte. Je suis dans de sales draps. Même si la législation sur les armes est beaucoup plus laxiste dans ce pays, je doute que l'on puisse brandir un pistolet sous le nez de quelqu'un.

Enfin, un type baraqué, en civil, entre et se présente comme étant l'inspecteur Frank Durban. Je me lève d'un bond et lui serre la main, en essayant de faire bonne impression. Il semble un peu étonné, mais il désigne l'homme au crâne rasé, plus jeune, qui entre derrière lui chargé d'une pile de documents.

« Et voici l'inspecteur Davies. »

Inquiète, je demande : « J'ai besoin d'un avocat ?

– Ça dépend. Qu'avez-vous fait ? » demande Durban.

---

1. Siège de la police de New York.

Je ris, car il a dit cela sur le ton de la plaisanterie, mais je remarque qu'il me laisse le temps de répondre avant d'ajouter : « Vous n'êtes pas en état d'arrestation ni inculpée, Claire. Nous voulons juste vous poser quelques questions. Au sujet de Stella Fogler.

– Qui ? »

Et puis, ça me revient. Ce n'est donc pas le producteur.

« Je crois savoir que vous travaillez parfois pour un cabinet d'avocats. Kerr Adler, dit Durban tandis que nous nous asseyons tous les trois. C'est exact ?

– Oui.

– Racontez-moi. »

Pendant un instant, j'envisage de mentir – je suis presque certaine que ce travail viole les conditions de mon visa –, mais, étant donné qu'ils savent déjà visiblement pas mal de choses, je fais ce que me demande l'inspecteur Durban, je raconte tout : Marcie, mon rôle d'appât, le magnétophone caché dans mon sac. Au bout d'un moment, le dénommé Davies pousse ses documents sur le côté et commence à prendre des notes.

« La mission confiée par Mme Fogler avait-elle quelque chose de particulier ? demande Durban. D'inhabituel ?

– Euh… elle a voulu me rencontrer avant. En général, ça ne se passe pas comme ça.

– Pour quelle raison ? »

Je hausse les épaules.

« Henry m'a dit qu'elle voulait voir à quoi je ressemblais. Pour savoir si je convenais.

– Quelle impression vous a-t-elle faite ? »

Je revois Stella Fogler marcher de long en large devant les fenêtres.

« Je l'ai trouvée… nerveuse.

– Pourriez-vous être plus précise ?

– On aurait dit qu'elle avait peur. »

Les deux inspecteurs ne se regardent pas, mais je les sens se raidir.

« Il lui est arrivé quelque chose ? je demande.

– Contentez-vous de nous raconter ce qui s'est passé, Claire, répond Durban. De quoi avait-elle peur ? »

Je leur parle de Stella, je leur raconte comment j'ai abordé son mari dans ce bar. Quand j'en arrive au moment où Patrick s'en va, après m'avoir offert le recueil de poésie, l'inspecteur Durban m'interrompt.

« Vous pensez qu'il avait flairé le piège ?

– Je ne vois pas comment.

– Et Mme Fogler ? Comment a-t-elle réagi quand vous lui avez raconté ce qui s'était passé ? Était-elle satisfaite ? Rassurée ?

– Non, pas vraiment. »

Je répète ce qu'elle m'a dit : elle voulait avoir quelque chose contre son mari. Cela paraît plus inquiétant maintenant. La manière dont ces deux inspecteurs me cuisinent n'annonce rien de bon.

« Il s'est passé quelque chose ? »

Là encore, ils esquivent ma question.

« Au moment où elle vous a payée, avez-vous vu si elle avait beaucoup d'argent ? Dans son sac, par exemple ? » demande Durban.

Je secoue la tête.

« Mais il y avait au moins mille dollars dans le rouleau qu'elle a sorti. Elle m'a payée en billets de cent.

– Donc, vous avez reçu *quatre* billets. »

Il insiste sur ce chiffre.

« Oui, dis-je, perplexe. C'est la somme qu'elle me devait, je vous l'ai dit.

– Où est passé le reste ?

– Le reste ?

– On n'a pas retrouvé d'argent sur elle. Pourtant, elle avait effectué un important retrait en liquide le matin même. Beaucoup plus de mille dollars. »

Je le regarde d'un air hébété.

« *Sur elle*… Vous voulez dire… elle est morte ?

– Exact. »

Il observe ma réaction.

« Oh, mon Dieu. Comment ? Qu'est-ce qui s'est passé ?

– Nous enquêtons sur un homicide. C'est tout ce que je peux vous dire pour le moment. » Il ne me quitte pas des yeux. Son expression, qui semblait bienveillante, presque chaleureuse, s'est durcie. « En revanche, je peux vous dire qu'elle est morte dans sa suite, avant l'aube. Ce même soir où vous étiez avec elle.

– Oh, non… C'est affreux. Vous ne pouvez pas croire que…

– Finissez de répondre à nos questions, Claire. »

Il me fait tout reprendre depuis le début, puis encore une fois. Davies continue à prendre des notes.

« Qu'est devenu l'enregistrement ? demande finalement Durban. Celui du magnétophone caché. Qui le détient maintenant ? »

Je réfléchis.

« Je l'ai remis à Stella. Mme Fogler. C'est habituel. Après tout, elle l'avait payé.

– Et le recueil de poèmes ?

– Il est toujours dans mon sac. Je ne lis pas de poèmes, mais ceux-là sont intéressants, dans le genre étrange…

– Il nous le faut », me coupe-t-il.

Il attrape un sac en plastique destiné à recueillir les pièces à conviction et le retourne pour s'en servir comme d'un gant, afin de prendre le livre que je lui tends.

« Vous avez trouvé ce que ça signifie, ce qu'il vous a dit en français avant de partir ?

– Oui. Je pense que ça vient d'un poème intitulé *À une passante*. Vous voyez quelqu'un dans la rue, vous échangez un regard, mais chacun poursuit son chemin. » Je traduis le passage en anglais.

Durban ricane.

« Super. Faudra que j'essaye de m'en souvenir. Donc, vous quittez l'hôtel… Et ensuite ?

– Je suis sortie avec des amis.

– Dans un bar ? »

J'acquiesce.

« Le Harley. Un tas de gens peuvent confirmer que j'y étais sur le coup de 21 h 30.

– Et à quelle heure êtes-vous rentrée chez vous ?

– Vers sept heures du matin… J'ai rencontré quelqu'un.

– Son nom ?

– Euh… Tom.

– Nom de famille ?

– Je… je suis sûre d'avoir son numéro de téléphone quelque part. » Je fouille dans mon sac et trouve un bout de papier. « Ah, voilà. »

L'inspecteur Durban l'examine en le prenant.

« Pour moi, ça ressemble à un i. C'est Tim, pas Tom. On va l'appeler.

– Qu'avez-vous fait de l'argent, Claire ? » demande l'inspecteur Davies.

C'est la première fois qu'il s'exprime.

« Les quatre cents dollars ? Je les ai donnés à ma colocataire. J'ai pas mal de loyers en retard, alors…

– Je ne parle pas des quatre cents dollars. Mais des vingt mille que vous avez volés dans la chambre d'hôtel de Stella Fogler. »

J'ouvre de grands yeux, j'ai la tête qui tourne.

« Quoi ? Non… vous n'allez quand même pas croire…

– Répondez à la question, dit Durban.

– Je n'ai pas pris cet argent ! Est-ce que je suis suspecte ?

– Suspecte ? ironise Davies. Vous avez déjà reconnu des enregistrements frauduleux, l'exercice illégal du métier de détective privé, le racolage et la complicité de chantage. Il ne nous reste plus qu'à ajouter le vol et le meurtre, et le compte est bon.

– *Le meurtre ?*

– D'après Henry North, vous vous êtes disputée avec Mme Fogler ce soir-là.

– Je vous l'ai dit… C'est *elle* qui se comportait bizarrement…

– Et donc, vous êtes partie, furieuse, puis vous avez ruminé… et vous êtes retournée dans sa chambre, dit Davies. Où elle conservait une importante somme d'argent. Henry North nous a confié également que vous aviez des problèmes financiers. Ça devait être rageant de voir que cette femme avait autant d'argent. »

Je secoue la tête, désorientée.

« Je vous l'ai expliqué, je voulais lui rendre le livre. Et puis, Henry m'a assuré que tout ce que je faisais pour ce cabinet était légal. Du moment que vous enregistrez les gens dans un endroit public, m'a-t-il expliqué. Et si c'est eux qui font le premier pas, ce n'est pas du racolage. » Soudain, une pensée me vient. « Vous l'avez interrogé, *lui* ?

– Bien sûr. Et nous allons vérifier scrupuleusement sa version des faits. Comme nous allons vérifier la vôtre. Avec ce Tim.

– Claire, avez-vous tué Stella Fogler ? » me demande l'inspecteur Durban, d'un ton léger, comme s'il voulait savoir si je mettais du sucre dans mon café.

Je le regarde droit dans les yeux, en ignorant le martèlement sourd dans ma poitrine.

« Non, je ne l'ai pas tuée. »

S'ensuit un silence tendu.

Durban s'adresse à son collègue : « Allons dehors. »

Ils sortent dans le couloir. Je les entends murmurer derrière la porte. Finalement, Durban revient seul.

« Il me faut les coordonnées d'au moins trois personnes qui pourraient confirmer que vous étiez dans ce bar à 21 h 30. Ensuite, vous pourrez partir. »

Je le regarde, ivre de soulagement.

« Vous ne pensez pas que c'est moi, alors ?

– Nous allons vérifier tout ce que vous nous avez raconté. Si vous avez dit la vérité, nous vous écarterons assez rapidement de la liste des suspects. Mais interdiction de quitter la ville sans nous avertir. Et je vous conseille fortement de ne plus travailler pour ce cabinet d'avocats. Il s'agit d'une enquête sur un homicide, mademoiselle Wright, pas d'un contrôle des services d'immigration, mais si nous apprenons que vous avez violé encore une fois les conditions de votre visa, je n'hésiterai pas à transmettre l'information aux autorités concernées. »

Sur ce, il rassemble les documents éparpillés sur le bureau et les classe par piles. Je comprends alors que tout cela était une mise en scène. Le numéro classique du gentil flic et du méchant flic, destiné à me flanquer une peur bleue.

Et ça a marché. Je tremble encore. Si j'avais réellement fait quelque chose de mal, j'aurais avoué en un rien de temps. Ce mélange d'assurance, de bienveillance et d'agressivité m'a anéantie.

Pourtant, même à cet instant, je ne peux m'empêcher de penser : *Que puis-je tirer de cette expérience ?*

13

Quand je rentre, je trouve Jess devant la télé, une serviette nouée en turban autour de la tête ; elle zappe, tout en consultant Facebook et en se peignant les ongles des orteils en bleu ciel.

« Bonne journée ? lance-t-elle sans lever la tête.

– Pas vraiment. »

Je lui raconte. L'interrogatoire de la police, la cliente assassinée. J'ai réussi à capter son attention : elle me regarde bouche bée.

« Je me sens affreusement mal, conclus-je. Exception faite du personnel de l'hôtel, Henry et moi, on est apparemment les derniers à avoir vu Stella Fogler vivante.

– Les flics t'ont dit comment elle était morte ?

– Ils sont restés très vagues. Mais vu les questions qu'ils m'ont posées, ça ressemble à une sorte de vol. Je serai sûrement obligée d'aller témoigner au tribunal. »

L'espace d'un instant, la scène se déroule dans ma tête, malgré moi :

INT. SALLE DE TRIBUNAL À NEW YORK – JOUR

CLAIRE WRIGHT vient à la barre, habillée comme Vera Miles dans *Le Faux Coupable*. Décontractée, distante, mais visiblement nerveuse.

PROCUREUR

Mademoiselle Wright, merci d'être venue. Votre témoignage est crucial dans ce procès…

Jess m'interrompt :

« Fogler, tu as dit ?

– Oui. Pourquoi ?

– Ils en ont parlé aux infos… » Elle pointe la télécommande sur la télé. « Tiens, regarde. »

Sur l'écran, Patrick Fogler, ses beaux traits assombris par la fatigue, s'adresse à une batterie de micros, devant un immeuble. Des flashs illuminent son visage.

« C'est lui, dis-je. Monte le son. »

Jess s'exécute et nous l'entendons déclarer : « …extrêmement reconnaissant pour toute l'aide que vous pourrez apporter à la police. » Il s'interrompt et le tir de barrage des flashs reprend de plus belle. Quelqu'un, hors-champ, s'écrie :

« Quelles étaient vos relations avec votre femme ?

– Tu sais ce qui se passe, là ? demande Jess d'un air entendu.

– Il parle à la presse ?

– Mais non, idiote. La police pense que c'est lui le coupable ! » Elle soupire devant mon ignorance. « Quand la police sait qui a fait le coup, mais qu'un avocat les empêche de poser des questions délicates, ils tuyautent la presse pour que les journalistes posent ces questions à leur place. La prochaine fois que tu le verras, il aura des menottes aux poignets. »

Je repense à ma rencontre avec Stella, à ses paroles étranges.

STELLA

Vous serez prudente, n'est-ce pas ? Promettez-moi que vous serez prudente ?

MOI

Si vous me parliez de votre mari, madame Fogler ?

STELLA

Vous n'avez jamais rencontré un homme tel que lui. Je parle sérieusement. Ne lui tournez pas le dos. Ne lui faites pas confiance. Vous me le promettez ?

J'avais cru qu'elle voulait dire que son mari était un tripoteur. C'était avant de le rencontrer, évidemment. Faisait-elle allusion à quelque chose de totalement différent ?

Avait-elle peur de *lui* ? Ou bien était-ce ainsi que l'inspecteur Durban avait analysé la scène quand je la lui avais décrite ?

Je reporte mon attention sur la télé, sur Patrick Fogler : si calme, si intelligent, si *sympathique*… et je me dis que c'est impossible.

« Non, pas lui, dis-je en secouant la tête. Je n'y crois pas. Lui seul ne m'a *pas* draguée, je te rappelle. C'est un homme véritablement gentil, séduisant et fidèle.

– Arrête ton baratin ! répond Jess en s'essuyant les cheveux. Ça n'existe pas les hommes comme ça… c'est ce que tu dis toujours, non ? »

14

Le meurtre fait la une des journaux. Il est ensuite repris par les blogueurs et les commentateurs, les spéculations vont bon train. Première hypothèse envisagée : le cambriolage qui tourne mal. Quelques années plus tôt, un gang armé avait pris pour cible les hôtels huppés de Midtown, dont ils braquaient les clients les plus fortunés. Mais à l'heure actuelle les membres de cette bande organisée purgent tous des peines de prison, et il n'y a pas eu d'autres agressions dans les hôtels de Manhattan depuis. Malgré cela, on s'inquiète sur les réseaux sociaux des conséquences pour le tourisme. On conseille aux clients de ne pas ôter la chaîne de sécurité avant d'ouvrir la porte de leur chambre.

Très vite, l'attention se focalise sur Stella. Pourquoi cette femme qui habitait à Morning Heights se trouvait-elle dans un hôtel situé près de son domicile ? Il y a deux théories. Premièrement, elle s'est disputée avec son mari. Deuxièmement, elle attendait son amant. Par ailleurs, selon certaines rumeurs, une importante somme d'argent en liquide aurait été dérobée dans la suite. Rumeurs que la police refuse de confirmer ou de démentir.

La femme de ménage qui a découvert le corps, Consuela Alvarez, a confié à un journaliste que la chambre semblait avoir été le théâtre d'une violente querelle. Stella gisait sur le lit, sous un drap. La tête de la victime était « tout écrabouillée », a-t-elle précisé, en pleurs. « C'était affreux, il y avait du sang partout. »

Les images des caméras de surveillance de l'hôtel semblent n'être d'aucune utilité.

Peu à peu, les deux théories se confondent. Stella attendait son amant et elle ne s'entendait plus avec son mari. Sous-entendu : voilà pourquoi il l'a tuée.

Évidemment, je sais bien que ce n'est pas vrai. Stella se trouvait dans cet hôtel pendant que je draguais Patrick. Et même s'il existait des problèmes entre eux, il n'avait pas l'intention de la tromper. Cela signifiait qu'il était encore possible, à ses yeux du moins, de les résoudre. La police le sait également. Je m'attends à ce qu'ils mettent fin aux spéculations en parlant de moi à la presse, mais, pour une raison quelconque, ils ne disent rien. Et ils ne me contactent pas pour m'interroger à nouveau.

Je confie à quelques amis que j'ai vu Stella Fogler ce soir-là, mais seulement à une poignée. Je n'ai aucune envie de voir mon activité freelance s'étaler dans les colonnes d'un blog. De toute façon, je suis incapable de satisfaire la soif de détails croustillants de mes amis, car je n'en ai aucun. Je n'en sais pas plus que n'importe qui.

N'ayant toujours aucune nouvelle de la police au bout de quinze jours, j'appelle Henry.

« Claire ? »

Il semble étonné de m'entendre.

« Est-ce qu'on peut se voir ? J'ai une question à vous poser. »

Un silence. Puis :

« OK. Mais pas au bureau. »

Il me donne le nom d'un hôtel où j'ai déjà effectué quelques missions.

Quand j'arrive, il est assis au bar, tout au bout, là où le barman ne peut pas nous entendre. Je le rejoins.

« Je pensais que vous aviez peut-être du nouveau, dis-je. Au sujet de l'enquête.

– D'après le peu que je sais, ils piétinent. Mais ils ne croient plus que le vol soit le véritable mobile. Apparemment, certains détails désignent le mari.

– Quel genre de détails ? je demande, surprise de découvrir que Jess avait peut-être raison.

– Ils ne veulent rien dire. C'est courant. Ils peuvent ainsi les sortir de leur chapeau sans prévenir, au cours d'un interrogatoire, par exemple. Mais le mot "furieux" a été employé. » Il me jette un regard en coin. « Ils vous ont cuisinée ? »

J'acquiesce.

« Et vous ?

– Moi aussi. Ils font leur métier.

– Henry… Vous pensez que je pourrai encore travailler pour vous ? Je suis dans une situation désespérée.

– Impossible. Le cabinet peut s'estimer heureux de ne pas avoir écopé d'une amende pour avoir engagé une personne sans visa de travail. Si je n'étais pas un ancien flic, je crois qu'ils auraient été moins coulants. » Il hésite un instant, puis : « En vérité, Claire, nous nous apprêtions à nous passer de vos services.

– Parce que je n'ai pas les papiers nécessaires ? »

Il secoue la tête.

« On a reçu une plainte. D'un avocat. Un type prénommé Rick. Vous vous souvenez de lui ? »

Je m'en souviens, oui. *Pour cette somme, on a droit à un tas de choses à Seattle*. Quand j'avais montré l'enregistrement à sa femme, j'avais vu la colère briller à travers ses larmes.

« Il nous a transmis une déclaration sur l'honneur deux jours après votre mission. Il prétend que vous l'avez abordé au bar de l'hôtel, qu'ensuite vous êtes montée dans sa chambre, vous avez fait l'amour et empoché les mille dollars que vous aviez négociés, *avant* d'aller le dénoncer à sa femme. Ce qui, bien évidemment, vous rend coupable d'un délit et fait de nous vos complices. Par ailleurs, l'enregistrement ne serait plus recevable dans le cadre de la procédure de divorce intentée par son épouse. »

J'explose : « Il ment ! Regardez la bande.

– C'est ce que nous avons fait, répondit Henry sans se départir de son calme. À la fin, vous lui dites d'aller vous attendre dans sa chambre. Et vous éteignez le magnétophone. Rick a fourni une chronologie complète, Claire. Ainsi que des notes de bar et des informations enregistrées sur la clé magnétique de sa chambre. Combien de temps êtes-vous restée dans cet hôtel ? Deux heures ? C'est largement suffisant pour confirmer son histoire.

– J'ai arrêté l'enregistrement parce que j'avais ce que je voulais. Et si ça a duré deux heures, c'est parce que j'ai attendu une heure qu'il quitte sa table. Nom de Dieu, Henry, à quoi vous jouez ? Vous savez bien que je travaille de cette façon.

– Je sais que vous aimez vous glisser dans la peau du personnage. Mais je n'ai jamais cherché à approfondir la question. Tant que vous nous apportiez ce qu'on voulait.

– Je n'ai pas couché avec lui ! Ce type me répugnait. C'est une ordure. Et un avocat. Il sait très bien quels mensonges il doit raconter pour exclure cet enregistrement du témoignage de sa femme.

– Je ne dis pas que vous avez fait ce dont il vous accuse, Claire. Je dis seulement que nous aurions le plus grand mal à prouver le contraire. Et tout ce que vous ferez pour nous ensuite deviendra suspect, d'un point de vue juridique. Voilà pourquoi mes supérieurs m'ont chargé de trouver quelqu'un d'autre. Si vous ne m'aviez pas appelé pour me parler de vos problèmes de loyer, je ne vous aurais jamais confié l'affaire Stella Fogler. C'était une dernière mission en souvenir du bon vieux temps. »

Tant d'injustice me donne envie de pleurer.

« D'accord, je ne peux plus travailler pour votre cabinet. Mais il y a bien une autre solution… »

Henry secoue la tête.

« N'y pensez même pas. Écoutez, Claire, vous êtes une fille super et j'ai aimé travailler avec vous. J'espère sincèrement que nos chemins se croiseront de nouveau. Mais ce spectacle-là est terminé. » Il fait signe au barman. « C'est pour moi. »

15

Le temps passe. Trois mois, peut-être plus.

Le meurtre du Lexington Hotel continue un moment à faire sensation ; il alimente les blogs, on en parle dans les bars et au bureau. Jusqu'au jour où la vedette d'un *soap opera* est photographiée dans un club échangiste, où le Lincoln Tunnel est fermé pour travaux et où le président envoie un renfort de troupes au Moyen-Orient.

Les gens passent à autre chose.

Le père de Jess m'accorde un petit délai pour le loyer. Malgré cela, privée du gagne-pain du cabinet d'avocats, me voilà obligée de faire certaines choses que je m'étais promis de ne jamais faire. Des choses auxquelles je n'aime pas penser et que tout le monde ignore.

Je suis prête à tout pour continuer à jouer.

DEUXIÈME PARTIE

16

Le soleil envahit la pièce. Nous sommes allongés par terre et nous regardons le plafond. Tous les huit. Disposés en étoile, nos têtes se frôlent.

« C'est un très vieux jeu d'improvisation, dit la voix de Paul, sur ma gauche. Ça s'appelle "L'histoire se déroule toute seule". On bat un rythme sur le sol. À chaque battement, on ajoute un mot à tour de rôle.

– De quoi parle cette histoire ? demande quelqu'un.

– Je n'en sais rien. Tout l'intérêt est là. Mais l'histoire existe déjà. À nous de la faire apparaître. »

Les exercices sont plus difficiles depuis quelque temps. Paul nous oblige à nommer les choses par un autre nom durant toute une journée, pour voir ce que ça fait. Il nous demande d'improviser à partir de personnages encore plus loufoques – un représentant de commerce dont la valise est remplie de pulls en laine de girafe, un soldat armé d'un fusil-mitrailleur invisible – et il nous envoie dans les rues pour accoster les passants. À mon grand étonnement, ils m'écoutent avec plaisir. De deux choses l'une : je m'améliore ou l'arrivée de la chaleur rend les New-Yorkais de plus en plus fous.

Comme lors de chaque exercice, il nous rappelle la seule et unique règle. *Jouer, ce n'est pas faire semblant. La réponse est contenue dans le mot. Jouer, c'est faire. C'est être. Devenir.*

« Allons-y », dit-il en frappant le sol du plat de la main.

Un rythme lent. On le reprend l'un après l'autre.

« Il… », dit-il.

Avec un léger temps de retard, l'élève allongé à sa gauche enchaîne :

« Était.

– Une

– Fois

– Une… »

Soudain, c'est mon tour. *Ne réfléchis pas, agis.* En vérité, je n'ai le temps de faire ni l'un ni l'autre, le rythme entraînant m'oblige à dire la première chose qui me vient à l'esprit.

« Princesse. »

Et l'histoire s'enchaîne, en s'accélérant. Un conte de fées qui parle d'un prince amoureux d'une statue installée dans son jardin.

Paul complique le jeu. Si vous séchez, terminé. Et le rythme augmente à chaque tour. Le but, explique-t-il, c'est de réagir instinctivement, à l'instant même.

Cette fois, c'est une scène étrange qui émerge, une fantasmagorie sombre autour d'une fillette qui vit dans un cimetière au milieu des corbeaux.

L'un après l'autre, les étudiants abandonnent et se lèvent.

Tous sauf moi.

Finalement, il n'y a plus que nous deux, Paul et moi, allongés par terre à angle droit, telles les deux aiguilles d'une montre. Nos mains frappent le sol, sur trois temps, les mots s'enchaînent, si vite que l'on pourrait les croire appris par cœur.

Je me sens possédée, exaltée, hypnotisée. Comme si j'étais le porte-parole d'une autre personnalité. L'hôte d'un esprit vaudou. Mon être véritable est annihilé par une force plus puissante que n'importe quel orgasme.

J'ai compris. *Ne réfléchis pas.*

Quand Paul s'arrête, je reste immobile plusieurs secondes, le temps de retrouver mes repères, de savourer cet instant.

Les autres, debout autour de moi, m'observent. Généralement, à la fin d'un exercice réussi, ils applaudissent. Je redresse la tête.

Le policier est parmi eux. L'inspecteur Durban.

« Mademoiselle Wright, dit-il. Claire. Je peux vous parler ? »

Je le conduis à la cafétéria. Autour de nous, des élèves assis par groupes de deux ou trois bavardent ou travaillent sur leurs ordinateurs.

Il fait trop chaud pour boire du café. Durban va nous chercher deux Coca light au distributeur.

« L'Amérique, dis-je avec un fort accent yankee quand il me tend le mien. Le pays sans calories. »

Ça ne le fait pas sourire. Il semble fatigué.

« J'aimerais que vous nous aidiez, Claire, lâche-t-il brusquement.

– Bien sûr. Tout ce que vous voulez. Si je peux.

– On réexamine quelques vieilles pistes dans l'affaire Fogler. On épluche des dépositions, au cas où quelque chose nous aurait échappé la première fois.

– Vous n'avez toujours arrêté personne, hein ? J'ai regardé sur Internet. »

Durban fronce les sourcils.

« Nous avons éliminé pas mal de gens. Parmi lesquels les cent vingt-six clients qui logeaient au Lexington cette nuit-là. On n'est pas restés les bras croisés.

– Désolée, ce n'est pas ce que je voulais…

– Même si l'essentiel de notre travail s'est concentré sur une seule personne.

– Le mari, dis-je. Patrick. »

Il ne répond pas.

« Vous souvenez-vous de votre conversation avec M. Fogler ?

– Évidemment.

– On a fait appel à une personne extérieure. Une psychologue. Une profileuse, comme on dit de nos jours. J'aimerais que vous la rencontriez.

– Oui, d'accord, si vous pensez que je peux servir à quelque chose… Quand ?

– Tout de suite, ce serait l'idéal. »

Je jette un regard en direction de la salle de répétition.

« Je suis en plein cours.

– C'est important, Claire. »

Son ton s'est durci.

« C'est juste que… je ne vois pas comment je peux vous aider. Patrick Fogler n'a bavardé que quelques minutes. Je ne l'intéressais pas. »

Durban hoche la tête.

« Peut-être. Mais pourquoi est-il parti ?

– Comment ça ?

– Fogler. Quand vous avez essayé de le draguer, il semblait pressé de s'en aller, avez-vous dit. Ça me turlupine. Il rentrait simplement chez lui et croyait que sa femme était absente, alors pourquoi cette précipitation ? Pourquoi interrompre une conversation avec une sympathique jeune femme disposée à parler de poésie française comme si elle en avait vraiment quelque chose à foutre ?

– Peut-être que je l'ennuyais ?

– C'est une possibilité.

– Il y en a une autre ? »

Il ne répond pas directement. Avec cet homme, le flot des informations ne coule que dans un seul sens.

« Bref, dit-il, j'aimerais que vous rencontriez cette profileuse. » Il se penche vers moi, au-dessus de la table. « Je n'ai pas eu l'occasion de vous dénoncer à mes potes de l'Immigration. Mais il n'est pas trop tard.

– Apparemment, je n'ai pas le choix, dis-je avec un sourire crispé.

– Non, confirme-t-il. Pas vraiment. »

Nous prenons un taxi. Durban donne une adresse à Union City. Le chauffeur arrête la clim, pour économiser le carburant. C'est la première journée véritablement chaude du mois de mai et nous transpirons sur la banquette en skaï. Ma jupe remonte sur mes jambes nues et, une ou deux fois, je surprends le regard de l'inspecteur avant qu'il tourne la tête vers la vitre.

17

Le taxi nous dépose devant un immeuble de bureaux banal et sale, dans une rue pleine d'immeubles de bureaux tout aussi laids et de parkings déserts. Les fenêtres n'ont pas été nettoyées depuis des dizaines d'années et la peinture s'écaille.

L'agent de sécurité posté à l'entrée m'oblige à signer un registre. Après cela, je ne vois plus âme qui vive lorsque nous empruntons un long couloir confiné. Enfin, l'inspecteur Durban frappe à la porte 508. Une plaque indique : DR KATHRYN LATHAM. PSYCHOLOGUE-EXPERTE MEDICO-LEGALE.

« Entrez », dit une voix féminine.

À l'intérieur, une femme assise derrière un bureau en bois bon marché tape sur un ordinateur portable. Je lui donne une soixantaine d'années, peut-être plus. Ses cheveux courts sont presque blonds à force d'être gris. Et je suis étonnée par son élégance vestimentaire, compte tenu de l'environnement.

Ses yeux, quand elle lève la tête, sont bleus et pétillants d'intelligence.

« Claire Wright ? »

Durban fait les présentations :

« Claire, voici le Dr Latham.

– Appelez-moi Kathryn. Et asseyez-vous. J'espère que ça ne vous dérange pas si j'enregistre notre conversation ? »

D'un mouvement de tête, elle désigne un des murs, constitué en partie, je m'en aperçois maintenant, d'un verre réfléchissant sombre. Une sorte de miroir sans tain. Derrière, je devine le point rouge lumineux d'une caméra en train de filmer. Instinctivement, je redresse les épaules, comme si je passais un casting, avant de prendre conscience de ma stupidité.

« Eh bien, reprend le Dr Latham, si vous me parliez de votre rencontre avec Patrick Fogler ? »

Je lui raconte tout ce dont je me souviens, en insistant sur le fait que Patrick a eu un comportement irréprochable du début à la fin. La psychologue m'écoute, la tête penchée sur le côté, ses yeux bleus fixés sur moi. Sans rien dire. Quand j'ai fini, elle hoche la tête.

« Merci, Claire. C'était très utile.

– C'est tout ? je m'étonne.

– Oui. Vous pouvez disposer.

– Kathryn..., intervient l'inspecteur Durban, comme s'il attendait autre chose.

– Elle ne convient pas, Frank », déclare Latham d'un ton catégorique.

Je fronce les sourcils. Et demande :

« Pour quoi faire ?

– Claire, vous voulez bien nous laisser un instant ? dit Durban. Attendez dans le couloir. »

Je ressors du bureau. Je perçois le murmure étouffé de leurs voix à travers la porte, mais, même en y collant l'oreille, je n'entends pas ce qu'ils disent.

La porte voisine donne certainement accès à la pièce située derrière le miroir sans tain. Je l'ouvre tout doucement, au cas où il y aurait quelqu'un, prête à expliquer que je cherche les toilettes. Seuls s'y trouvent un moniteur et un petit caméscope sur pied. Le son est activé, ce qui me permet de les entendre parfaitement.

VOIX DE DURBAN

… son cours. Elle est douée pour jouer la comédie.

VOIX DE LATHAM

Ils savent tous jouer, Frank. Ça ne veut pas dire qu'elle est capable de faire quelque chose comme ça.

VOIX DE DURBAN

C'est un cours d'art dramatique très sélectif, paraît-il. Et… elle est attirante.

VOIX DE LATHAM
(ostensiblement)

Vous trouvez, Frank ?

VOIX DE DURBAN

Évidemment, on a des collègues féminines qui pourraient le faire. Mais sans vouloir leur manquer de respect… vous les avez vues ? Je pense que Claire a plus de chances de franchir ses défenses.

VOIX DE LATHAM

Ça n'a pas marché la fois précédente.

VOIX DE DURBAN

Il lui a donné le livre. Vous l'avez dit vous-même : venant de lui, c'est un signe d'intimité.

S'ensuit un silence pendant que la psychologue réfléchit. Quand elle reprend la parole, elle semble légèrement moins catégorique.

VOIX DE LATHAM

Quoi qu'il en soit, vous ne pouvez pas ignorer que c'est une civile. Cela pose la question de sa protection.

VOIX DE DURBAN

Nous serons tout près en cas de problème. Et ce qu'il y a de bien, c'est qu'elle n'a ni compte en banque ni numéro de sécurité sociale. Il ne peut donc pas se renseigner sur elle. On peut faire d'elle qui on veut.

J'en ai suffisamment entendu. Je ressors dans le couloir et entre dans le bureau du Dr Latham sans frapper.

« J'accepte, dis-je. Sans savoir de quoi il s'agit. Mais j'exige d'être payée. »

Une sacrée entrée. Pourtant, Kathryn Latham reste imperturbable.

« Savez-vous de quoi on parle, au moins ? »

Je hausse les épaules.

« J'ai saisi quelques bribes.

– Ça ne coûte rien de lui expliquer », dit Durban.

La psychologue m'observe, sans ciller.

« Soit. Nous avons un suspect dans l'enquête sur le meurtre de Stella Fogler…

– Son mari.

– Ne m'interrompez pas, je vous prie. Nous avons un suspect, disais-je. Un individu très intelligent, très discipliné. Impossible de l'amener à se trahir par la provocation ou la ruse. Certaines personnes ont pensé qu'une opération d'infiltration pourrait réussir là où d'autres méthodes ont échoué.

– Vous parlez de… lui tendre un piège ?

– D'une autre nature que vos pièges habituels, répond le Dr Latham d'un ton cassant. Il s'agirait d'une opération hautement sophistiquée, basée sur la psychologie. Le but est de l'inciter à dévoiler divers aspects de sa personnalité, que nous pourrions comparer ensuite avec le profil que j'ai établi du meurtrier de Stella Fogler.

– C'est dangereux ?

– Évidemment.

– Vous serez équipée d'un micro, précise Durban pour se montrer rassurant. Et nous aurons des agents à proximité, prêts à vous récupérer.

– Si j'accepte, combien ça me rapportera ?

– La personne qui servira d'appât aura la satisfaction de se dire qu'elle accomplit un devoir civique, répond le Dr Latham, glaciale. Une femme est morte, Claire.

– On pourra sans doute vous dédommager quand même, ajoute Durban.

– J'exige une carte verte. De l'argent et une carte verte. »

L'inspecteur secoue la tête.

« Impossible.

– Vous l'avez dit vous-même : vous avez des amis à l'Immigration…

– Il n'y aura pas de carte verte, intervient le Dr Latham, car il n'y aura pas d'opération. Pas avec vous, en tout cas. »

Nous la regardons d'un air hébété.

« Du moins, tant que je ne l'aurai pas décidé », ajoute-t-elle.

18

Je signe plusieurs formulaires, après quoi le Dr Latham me fait subir une batterie de tests psychologiques. Elle m'oblige à tenir des électrodes dans les mains pendant qu'elle fait défiler des images sur un écran. Des chiens, des bébés, des nuages, et soudain, brutalement, un couteau, de la pornographie, de nouveau des nuages.

Et nous bavardons, longuement.

« Pourquoi New York, Claire ?

– Pourquoi pas ? »

Elle m'observe d'un œil pénétrant.

« Vous êtes orpheline, je crois ?

– Exact, dis-je, en me demandant comment diable elle peut savoir ça.

– Vous vous entendiez bien avec votre famille d'accueil ?

– *Mes* familles d'accueil. Au pluriel. Ils n'aimaient pas qu'on prenne nos habitudes. Et pour répondre à votre question : non, pas vraiment. »

Elle attend que je continue.

« Prenez l'exemple de la famille dans laquelle je suis restée le plus longtemps. Julie et Gary. Julie était chef de service à la

Sécu. Gary travaillait dans le marketing. Vue de l'extérieur, c'était la famille idéale… lorsque les services sociaux étaient dans les parages. Je devais avoir onze ans, je crois, quand j'ai pris conscience qu'ils ne s'aimaient pas beaucoup, tous les deux. Mais ils restaient ensemble, car s'ils divorçaient ils devraient dire adieu à leur petit commerce annexe : famille d'accueil. Dix mille livres par enfant et par an, non imposables. Alors, ils s'accrochaient, en faisant comme si tout allait bien. »

Je m'arrête.

« Continuez.

– C'est un an ou deux plus tard que j'ai commencé à remarquer que Gary me regardait différemment. Si je me cognais contre lui en sortant de la salle de bains, il me souriait comme si on partageait une sorte de secret. Un jour, je me suis entaillé la jambe et je me souviens qu'il a passé sa main plusieurs fois sur ma cuisse pour voir si c'était grave. Il me massait le cou aussi, des fois… Et, au début, j'aimais ça. C'était mieux que de se sentir ignorée, non ? J'avais enfin quelque chose qui l'incitait à faire attention à moi, quelque chose que sa femme n'avait pas. Il m'a fallu un peu de temps pour comprendre ce que c'était. Il n'a jamais rien fait. Rien de sérieux, en tout cas. Il m'a juste pelotée les deux-trois fois où j'avais commis l'erreur de me retrouver seule avec lui. Je n'ai pas été étonnée quand finalement Julie l'a flanqué dehors. Il a fichu le camp avec une collègue.

– Parlez-moi de ce rôle d'appât que vous jouiez pour le cabinet d'avocats.

– Qu'est-ce que vous voulez savoir ?

– Que ressentiez-vous ? » demande-t-elle et je sens que c'est une question importante.

Je hausse les épaules.

« C'était un boulot merdique qui payait le loyer.

– C'est tout, Claire ?

– Écoutez, dis-je, agacée par son insistance, ces femmes estimaient que, si leurs maris se laissaient séduire par une fille comme moi, ils n'en valaient pas la peine. Mais la vérité, c'est que tous les hommes, ou presque, tenteraient leur chance dans ce genre de situation. Ils sont faits comme ça.

– Voilà un point de vue très cynique. Ces femmes voulaient peut-être pouvoir faire confiance à leurs partenaires.

– Dans ce cas, qu'elles essaient de leur faire confiance. Au lieu de tester leur relation au risque de tout détruire. » Je secoue la tête. « Les hommes pensent avec leur bite. Pas de quoi en faire un drame.

– Tous les hommes, Claire ? Ou uniquement votre père adoptif et ses semblables ? »

Je la foudroie du regard. J'ai enfin compris où elle voulait en venir.

MOI

Le rôle d'appât... Je rejoue l'histoire de mon enfance, c'est ça ?

Je sens monter les larmes.

MOI

Je brise les familles des autres comme la mienne a été brisée. Je punis ces hommes parce que personne n'était là pour moi quand j'étais enfant. Il n'y avait aucun père pour m'aimer. Uniquement un sale pervers qui voulait me tripoter.

Une larme coule sur ma joue. Je l'essuie.

À mon grand étonnement, Kathryn Latham se met à applaudir, lentement, ironiquement.

« Excellent, Claire. C'est de l'analyse freudienne de pacotille, évidemment, mais je suis impressionnée par la façon dont vous avez exploité ma suggestion. Et les larmes, c'est le petit plus. »

Elle me lance une boîte de mouchoirs en tissu et note quelque chose sur son carnet.

« Bien. Passons à votre vie sexuelle. Cela risque de prendre un certain temps, j'imagine. »

Enfin nous rejoignons l'inspecteur Durban dans le bureau. Il lui lance un regard interrogateur.

« Bien, dit le Dr Latham d'un ton dégagé. Elle est insécure, impulsive, fragile, elle souffre d'incontinence émotionnelle, ne supporte pas d'être rejetée et, bien qu'elle fasse tout pour le cacher, elle recherche l'approbation comme un junkie sa dose. Que voulez-vous que je vous dise, Frank ? C'est une comédienne. D'un autre côté, elle est vive, observatrice, talentueuse et courageuse. Alors, quitte à le regretter, je pense que ça vaut peut-être le coup d'essayer. »

19

Elle me conduit dans une salle de réunion, située dans le même bâtiment.

« Il y a douze ans, Patrick Fogler a été interrogé dans le cadre de l'enquête sur la disparition de Constance Jones, une prostituée. » Le Dr Latham fait apparaître sur l'écran mural la photo d'une jeune Noire. Elle regarde l'objectif d'un air de défi. Un cliché d'identité judiciaire. « On l'a vue monter dans une voiture semblable à celle de Fogler. Mais le témoin n'a pas relevé le numéro de la plaque d'immatriculation et le laboratoire de la police n'a relevé aucun indice. Quant à Constance, on ne l'a jamais retrouvée. Patrick Fogler a clamé son innocence et il n'y a pas eu d'inculpation. »

Elle passe à une autre photo. Encore un cliché d'identité judiciaire.

« Quatre ans plus tard, le corps d'une autre prostituée a été découvert dans une maison inhabitée, non loin de l'université du Massachusetts où enseignait Fogler. Elle avait été décapitée. La tête et le corps avaient été déposés à deux endroits différents. Là encore, pas moyen d'établir un lien précis entre lui et ce crime.

– S'il n'y avait aucun lien… », dis-je.

Le Dr Latham m'arrête d'un doigt levé.

« À une exception près. Un élément si ténu et indirect qu'il n'a jamais pu être utilisé devant un tribunal. »

Elle me tend le livre. Je reconnais immédiatement celui que m'a offert Patrick. *Les Fleurs du mal.* Traduction de Patrick Fogler.

« Page 56, dit-elle. Lisez à voix haute, je vous prie. »

Perplexe, je fais ce qu'elle me demande.

MOI

La fille gît nue, sensuellement affalée,
Les membres écartés, ouverts aux regards défendus ;
Ses endroits secrets sans honte exposés,
Tache rose entre ses cuisses ambrées entrevue.

Seule une bande de sang d'un rouge profond,
Entourant la tête tranchée,
Dévoile maintenant sa perfection,
Qui est celle de tous les défunts.

Je m'arrête brusquement. Je comprends maintenant pourquoi elle a voulu que je lise ce passage. *Entourant la tête tranchée…* Un cliquetis me fait lever la tête. Le Dr Latham fait défiler d'autres images : horribles, si monstrueuses que je suis obligée de détourner les yeux. Mais l'une d'elles a eu le temps de se graver au fer rouge dans mon cerveau. Une tête de femme, tranchée, posée au milieu d'épais cierges. Elle porte encore ses grosses créoles. Ses yeux sont mi-clos. On distingue son ombre à paupières vert. Son expression est vitreuse, résignée.

« Continuez à lire », dit le Dr Latham.

À contrecœur, je reprends le livre et ma lecture.

MOI

Dis-moi, beauté froide, ton intime dans la mort…
Dont tu n'as pas su, vivante, assouvir le désir…
Sur ton corps inerte et voluptueux
A-t-il consommé ses monstrueuses passions ?

Qu'importe où s'en va cet homme maintenant,
Il ne peut espérer se cacher ou fuir,
Car il a goûté au doux fruit de la mort,
Et il aime pour l'éternité.

Je m'interromps de nouveau, la gorge sèche.

« Ça ne prouve pas que ce soit lui le coupable, si ?

– En effet, reconnaît la psychologue. Ça ne prouve rien.

– Et Stella ? Est-ce que… Sa mort ressemble à ça ?

– Nous allons y venir. Peu de temps *avant* sa mort, Patrick Fogler a rencontré quelqu'un dans un bar. Une jeune femme. Quand elle a pris le livre sur la table, elle a corné la page pour la marquer. Vous vous en souvenez ? »

J'acquiesce.

« Pourriez-vous retrouver cette page, s'il vous plaît ? »

Je m'exécute. Le poème qui absorbait Patrick Fogler ce soir-là s'intitulait « Le Vin de l'assassin ».

Ma femme est morte, je suis libre !
Je puis donc boire tout mon soûl.

« En plongeant dans le passé de Patrick Fogler, dit le Dr Latham, vous découvrez que, partout où il a vécu, de jeunes prostituées ont disparu. Une ou deux par an, pas plus. Pas de quoi faire la une des journaux, en tout cas. Car qui se soucie du sort de quelques prostituées droguées au crack, hein ? Assez, cependant, pour former un schéma récurrent. On retrouve rarement les corps. Mais quand cela se produit, ils ont été mutilés, de différentes manières qui évoquent divers poèmes des *Fleurs du mal.* » Elle montre d'autres photos, aussi atroces, traumatisantes, que les précédentes. « Shanice Williams. Sept coups de couteau dans le cœur. Cela correspond à un poème intitulé "À une Madone", dans lequel Baudelaire écrit : "*Je prendrai sept couteaux, un pour chaque péché mortel, et je les plongerai dans ton cœur haletant et palpitant.*" Jada Floyd. On lui a tranché les seins. Cela renvoie à un autre poème où Baudelaire décrit comment "*certains hommes aiment mordre et embrasser les seins asséchés des putains anorexiques, pour en extraire la moindre goutte de bonheur, comme on aspire le jus d'une orange*". Arrêtez-moi si vous en avez assez.

– J'en ai assez. »

Pourtant, le Dr Latham continue. Encore une photo, puis une autre.

« Jasmine Dixon, éventrée d'une manière qui rappelle le poème "Une charogne". Imani Anderson, à qui on a sauvagement rasé le crâne, comme dans un poème où Baudelaire compare les boucles de sa maîtresse à "*l'océan noir de l'Afrique brûlante*". Precious Coleman, poignardée dans la rate. Annie Washington, idem. Baudelaire a écrit plusieurs poèmes qui portent le mot "spleen", la rate en français. Et ce ne sont que les victimes que nous avons découvertes, je vous le rappelle. » Elle appuie sur une touche de la télécommande, et l'écran s'éteint enfin, par bonheur. « Et puis, du jour où Patrick Fogler a épousé Stella, il y a quatre ans, les meurtres ont cessé.

– Pour quelle raison ? »

Je pose cette question par curiosité, mais aussi pour tenter d'oublier tout ce que je viens de voir.

« Peut-être qu'il essayait de se contrôler. Peut-être qu'il était amoureux. Ou alors, il a appris à mieux dissimuler les corps. Quoi qu'il en soit, le fait que l'absence de meurtres coïncide avec un fait marquant dans la vie de Fogler est un fil de plus, ténu, qui le relie à cette série. » Elle se penche en avant, les yeux brillant de ferveur. « Il ne s'agit pas uniquement d'arrêter le meurtrier de Stella Fogler, Claire. Il s'agit de capturer un *sociopathe.* Voilà pourquoi je dis que c'est dangereux.

– Que devrai-je faire exactement ?

– Exactement, je ne sais pas. Je peux seulement vous dire qui vous devez *être.*

– Une improvisation. »

Je sens mon pouls s'accélérer.

« Oui, à cette différence près que, dans cette pièce, les morts ne se relèveront pas à la fin pour saluer. Comprenez-moi bien, Claire. Vous allez devoir me faire confiance, comme vous n'avez jamais fait confiance à un metteur en scène ou à un professeur d'art dramatique. De vous à moi, j'ai encore de sérieuses réserves au sujet de cette opération.

– Tout cela, ce n'est peut-être que des coïncidences. Si ça se trouve, Patrick est innocent. »

J'essaye encore de réconcilier les effroyables images du Dr Latham et l'universitaire intelligent, amusé, que j'ai rencontré dans ce bar.

« En effet, dit-elle. Et nous devons mener cette opération en partant de cette hypothèse. C'est l'unique façon de demeurer objectifs. » Elle pose sur moi son regard fixe. « Mais je vais vous dire une chose. Je travaille sur ces meurtres depuis plus de six ans... bien avant celui de Stella. Et depuis le début, ou presque, je suis convaincue que Patrick Fogler est de loin le suspect numéro un. »

20

Après une nuit peuplée de terreur et de doutes, me voilà de retour dans le cabinet du Dr Latham. Assise à son bureau, je dois remplir de nouveaux documents. Elle se tient debout à côté de moi, elle me surveille.

Des formulaires de consentement. Par dizaines.

Des décharges en cas de blessure. Des autorisations de surveillance. Des accords de confidentialité. Et d'autres formulaires encore. Pour indiquer que j'étais en pleine possession de mes moyens quand j'ai signé tous ces formulaires. Pour préciser que j'ai donné mon consentement de mon plein gré, tout en étant quasiment certaine que cette mission allait détruire ma vie, ma carrière et ma santé mentale.

Je les signe rapidement, presque sans les lire, sans oublier de parapher chaque page en bas à droite.

« Bienvenue au camp d'entraînement, soldat. Maintenant, vous m'appartenez. »

C'est la plus mauvaise imitation de Denzel Washington que j'aie jamais vue, mais c'est efficace. Je ne parviens pas à sourire.

La formation se poursuit dans une autre salle de conférences, au cœur des profondeurs de l'immeuble.

« Intéressons-nous à quelques monstres », dit calmement le Dr Latham.

Elle actionne une télécommande et les lumières s'atténuent.

Elle fait les cent pas en parlant, venant parfois masquer le visage sur l'écran.

« Voici Peter Kürten. Surnommé “Le vampire de Düsseldorf”. Sa femme a déclaré au psychologue de la police qu'ils avaient une vie sexuelle tout à fait normale. De son côté, Kürten a avoué au psy qu'il s'imaginait en train de l'étrangler chaque fois qu'ils faisaient l'amour. Elle n'avait jamais su ce qui se passait dans sa tête. Les photos suivantes sont celles de ses victimes, telles qu'il les a laissées. »

Quand je trouve le courage de regarder l'écran de nouveau, je découvre un autre visage.

« Béla Kiss, qui conservait ses victimes dans des barils d'essence vides… Hans van Zoo : comme beaucoup de serial killers, il était charmeur, beau et extrêmement charismatique. Entre autres victimes, il a tué sa petite amie et il a fait l'amour avec son cadavre. Là encore, elle n'avait pas la moindre idée, apparemment, de ce qui se passait dans sa tête. »

Et ainsi de suite. Un défilé écœurant.

« Je ne vous raconte pas tout ça pour vous effrayer, Claire. À force d'étudier ces individus, nous savons un peu mieux comment fonctionne le cerveau d'un psychopathe. Grâce à l'analyse des scènes de crime, nous pouvons tirer certaines conclusions concernant sa personnalité, son intelligence, et même le genre de voitures qu'il conduit. » Le Dr Latham brandit un épais dossier. « Il y a là tout ce que nous savons sur l'homme qui a assassiné ces prostituées. Je vous préviens, ce n'est pas une lecture très agréable. Mais je vous demande de bien étudier ces documents. Votre vie en dépend peut-être.

– C'est ce que vous appelez un profil psychologique ? je demande en prenant le dossier.

– En partie, oui. Avec plus de photos, d'études de cas, d'extraits d'ouvrages… Notre métier s'apparente un peu à une opération de désamorçage. Avant de commencer à tirer sur les fils, vous avez intérêt à savoir lequel est relié au détonateur de l'engin explosif.

– *S'il* est coupable. »

Elle me regarde, imperturbable.

« Nous ne vous avons pas encore dit comment Stella Fogler était morte, je crois ? »

Je secoue la tête.

« Je me souviens que la femme de chambre qui a découvert le corps a dit que c'était brutal.

– La police n'a pas dévoilé les détails à la presse afin de pouvoir éliminer les faux aveux. » Le Dr Latham s'interrompt. « Mais aussi parce qu'ils ne voulaient pas provoquer la panique. »

Elle prend l'exemplaire des *Fleurs du mal* et me le tend.

« Page 82. »

Le poème qui figure sur cette page s'intitule « À celle qui est trop gaie ».

« Lisez-le à voix haute, si ça ne vous ennuie pas. Juste les trois dernières strophes. »

Bien que ça ne soit pas nécessaire, j'essaye de mettre le ton pour respecter le rythme. Mais, à mesure que j'assimile la signification de ce que je lis, j'ai de plus en plus de mal. Quand enfin j'arrive au dernier vers, ma voix est sèche, monotone.

MOI

« *Ainsi, je voudrais, une nuit,*
Quand l'heure des voluptés sonne,
Vers les trésors de ta personne,
Comme un lâche, ramper sans bruit,

Pour châtier ta chair joyeuse,
Pour meurtrir ton sein pardonné,
Et faire à ton flanc étonné
Une blessure large et creuse,

Et, vertigineuse douceur !
À travers ces lèvres nouvelles,
Plus éclatantes et plus belles,
T'infuser mon venin, ma sœur ! »

« Stella a été tuée avec une lampe », annonce le Dr Latham d'un air détaché.

Et elle me montre d'autres photos. Je reconnais la chambre d'hôtel de Stella. Un corps gît sur le lit. Des hématomes ont fleuri sur les jambes nues. Et soudain, la photo suivante est un gros plan du visage, entouré d'une auréole de sang, sombre, qui dessous imbibe le drap. J'ai un mouvement de recul, instinctif.

« Les débris sur le sol indiquent qu'il y a eu lutte. Cet élément, ajouté à la disparition de l'argent, a suffi au départ à envoyer la police sur la piste d'un cambriolage qui aurait mal tourné. Pourtant, dès le début, certains détails ne collaient pas avec cette explication. Tout d'abord, un drap couvrait le corps. Un voleur qui vient de tuer quelqu'un ne fait pas ça, il file sans demander son reste.

– Qui fait ça alors ? Et pourquoi ? »

Le Dr Latham hausse les épaules.

« C'est peut-être une marque de déférence. De respect, même. Un ultime adieu. Ou bien, tout simplement, quelqu'un qui ne supportait pas le regard mort de Stella, chargé de reproches. » Elle appuie sur la télécommande et à l'image du visage succède le gros plan d'une entaille sanglante de plusieurs centimètres sur une des jambes de la victime. « Plus significatif encore, cette plaie sur la cuisse gauche, sans doute infligée post-mortem, avec un morceau de verre brisé, comme dans le poème, mais, évidemment, la police l'ignorait à ce moment-là. »

Elle clique de nouveau.

« Malgré tout, c'était suffisamment insolite pour qu'ils réclament des prélèvements. Et ils ont bien fait, car cela nous a offert notre indice le plus important jusqu'à présent. Les analyses ont prouvé que la plaie contenait des traces de nonoxynol 9, un lubrifiant que l'on trouve sur les préservatifs les plus répandus. » Elle marque une courte pause. « Il y avait un distributeur de préservatifs dans les toilettes pour hommes du bar où vous avez rencontré Patrick Fogler. Vous nous avez dit, et la vidéo de surveillance l'a confirmé, qu'il avait demandé de la monnaie au barman juste avant que vous essayiez de le draguer. »

Ses paroles se déversent sur moi : macabres, terrifiantes, écœurantes. Je regarde le livre dans ma main. Le poème aux paroles toxiques. Puis je lève les yeux vers les photos sur l'écran, je songe à l'effroyable sous-entendu contenu dans l'explication du Dr Latham. La terrible profanation du corps de Stella, perpétrée par son meurtrier.

Ce n'est pas lui. Ça ne peut pas être lui. Il n'est pas comme ça, insiste une voix à l'intérieur de ma tête. *Il me plaisait bien. Il était* gentil, *nom d'un chien.*

Nous autres, comédiens, on nous apprend à faire confiance à notre instinct. Parfois, nous n'avons rien d'autre. Soudain, cependant, je comprends le sens de la remarque du Dr Latham : *Comme beaucoup de serial killers, il était charmeur…* Face à des individus tels que celui-ci, me dit-elle, l'instinct peut se tromper.

« Mais... pourquoi ? parviens-je à articuler. Stella n'était pas une prostituée. Pourquoi la tuer ?

– On l'ignore. Peut-être avait-elle découvert la vérité au sujet des autres femmes ? Peut-être a-t-il compris qu'elle allait le quitter et il n'était pas prêt à l'accepter. Ou peut-être qu'il ne pouvait plus se retenir. »

Je repense aux paroles de Stella.

« J'espérais avoir quelque chose contre lui. Pour l'empêcher de me harceler ! »

Si elle soupçonnait son mari d'être un meurtrier, sa terreur s'expliquait. Craignait-elle qu'il se montre violent avec moi ? Espérait-elle secrètement que mon magnétophone enregistrerait sa réaction ? Je croyais tester la fidélité de son mari, mais Stella ne jouait-elle pas un jeu plus sordide, plus désespéré, ce soir-là ?

« Le fait que le meurtre de Stella Fogler brise le schéma le rend d'autant plus intéressant, disait le Dr Latham. Alors que les autres portent la marque d'une préparation minutieuse, celui-ci semble précipité, spontané même. Signe d'un excès de confiance peut-être. À moins que cela trahisse une forme de pression. » Elle actionne la télécommande et l'écran redevient noir. « Quoi qu'il en soit, c'est une bonne nouvelle. Cela signifie qu'il commence à commettre des erreurs. »

21

Patrick Fogler frappe à la porte de la suite avec terrasse.

« Qui est là ? demande Stella Fogler, prudente.

– Service d'étage.

– Je n'ai rien commandé. »

Pas de réponse. Agacée, Stella va ouvrir la porte.

« Vous vous trompez de… »

Patrick l'a déjà poussée à l'intérieur de la chambre.

« Bonsoir, ma chérie. Tu attends quelqu'un ?

– Je t'en supplie, Patrick. Ce n'est pas ce que tu crois. »

Fogler lance un sac par terre. Il atterrit lourdement sur le sol avec un bruit menaçant. Il se tourne vers le Dr Latham.

« Je la frappe maintenant ?

– Sans doute. Vous voulez prendre le contrôle de la situation. »

Frank Durban hoche la tête. De retour dans la peau de son personnage, il vide le contenu du sac sur le sol : des chaînes métalliques enroulées comme un serpent, des menottes et des bandes de tissu pour servir de bâillon.

« Je risque de hurler, fais-je remarquer.

– Pas nécessairement. Beaucoup de gens, dans ce genre de situation, pensent qu'ils résisteraient ; en réalité, les victimes sont souvent paralysées par un mélange d'indécision et d'incrédulité. En outre, si Patrick vous a frappée, vous êtes sous le choc. Il profitera de ce moment pour vous attacher. »

Durban fait mine de me gifler, puis il me retourne et referme un bracelet de menottes autour de mon poignet. Sa main me broie le bras, implacable. Sentant sa force virile, je laisse échapper un petit cri.

« Désolé, dit-il en desserrant l'étau de ses doigts.

– Pas de menottes, dit le Dr Latham. On n'en a trouvé aucune trace à l'autopsie. On recommence la scène. Sans les menottes, cette fois. »

Dans un restaurant voisin, nous évoquons les crimes sexuels autour d'un plat du jour.

« Comprenez bien une chose, Claire, dit le Dr Latham, notre meurtrier n'est pas un sadomasochiste au sens moderne du terme. Néanmoins, on peut supposer qu'il se cache parmi les adeptes du BDSM, car il partage certains de leurs fantasmes. Mais alors qu'ils utilisent le bondage pour atteindre le plaisir sexuel, lui s'en sert pour atteindre ce qu'il recherche : l'humiliation, la dégradation, le contrôle. Le pouvoir de vie et de mort sur un autre être humain. »

Le serveur vient remplir nos verres d'eau. Il me sourit. Le Dr Latham continue de parler, sans remarquer sa présence.

« Le sadomasochisme est une chose très intéressante, d'ailleurs. Pourquoi est-ce devenu à la mode ? Jusqu'à maintenant, je croyais que le goût pour les coups de canne découlait des punitions corporelles de l'enfance. Ce qu'on appelle *le vice anglais*. Mais curieusement, c'est la génération Spock, celle des personnes qui n'ont jamais reçu de fessées dans leur enfance, qui cherche à expérimenter le bondage et la domination. »

Le serveur, fasciné, reste planté là.

« Il se peut que cette déviance soit simplement le revers du libertarisme. À partir du moment où les gens pensent qu'ils ont le droit de rechercher le plaisir aux dépens des normes sociales, vous vous retrouvez avec un certain nombre d'individus, restreint mais grandissant, en marge, qui ne comprennent pas pourquoi ils ne pourraient pas assouvir leurs instincts les plus sombres et les plus prédateurs. Notre meurtrier se voit peut-être comme une sorte d'anti-héros romantique. Et non pas comme un détraqué, un malade qu'il faut mettre hors d'état de nuire. »

Séance de l'après-midi. Le Dr Latham, Frank Durban et moi sommes chacun face à un tableau blanc.

« Bien, dit la psychologue. Je fais le meurtrier. Frank, vous êtes le suspect. »

Elle lance un marqueur à Frank, qui inscrit FOGLER sur son tableau, comme elle a écrit MEURTRIER sur le sien.

« Et moi, je fais quoi ? je demande.

– Rien, pour le moment. Mais si jamais on écrit tous les deux le même mot, autrement dit si ça coïncide, vous le notez sur votre tableau vous aussi.

– Tout d'abord, dit Durban, il est intelligent. »

Il écrit QI ÉLEVÉ sur son tableau.

« Ici aussi, dit le Dr Latham. Claire, voici un premier recoupement.

– Il s'intéresse à ces conneries décadentes. »

Le Dr Latham acquiesce.

« Idem. »

Obéissante, je note QI ÉLEVÉ et BAUDELAIRE. Bientôt, mon tableau est couvert de mots et le Dr Latham vient entourer les plus importants.

« Voici la nature de votre personnage, explique-t-elle. Les faiblesses qui vont l'attirer. NAÏVE pour satisfaire son besoin de contrôle. BLESSÉE pour satisfaire son instinct de prédateur. SECRÈTE pour éveiller sa curiosité… »

Son marqueur crisse sur le plastique brillant.

« S'il aime tout contrôler, pourquoi prendrait-il le risque de s'embringuer avec Claire ? objecte Durban.

– Parce qu'il se sent seul. Il sait qu'il a franchi le seuil qui le sépare des autres hommes. Si je ne me trompe pas, il sera heureux de pouvoir établir un lien avec une personne qui semble partager ses penchants.

– Pour en faire une camarade de jeu ou une victime potentielle ?

– Je ne suis pas certaine qu'il voie la différence.

– Moi, je pense que si », dis-je.

Les deux autres me regardent.

« Ce soir-là, dans le bar, il m'a expliqué que Baudelaire séparait les femmes en deux catégories : la Vénus blanche et la Vénus noire. Apparemment, Baudelaire aimait raconter à la Vénus blanche ce qu'il faisait avec la Vénus noire… comme s'il réclamait son approbation. Et vous m'avez dit que notre meurtrier choisissait habituellement des prostituées. Ce qu'il cherche, en fait, c'est peut-être quelqu'un avec qui partager tout ça… toutes ces choses affreuses qu'il a faites à d'autres femmes. Quelqu'un à qui il puisse parler franchement. »

Le Dr Latham pointe son marqueur sur moi.

« Excellent, Claire. »

Sur mon tableau, d'un geste ample, elle note : ÂME SŒUR.

22

Bienvenue sur Necropolis.com

Un site pour adultes réservé à ses membres qui souhaitent assouvir leurs fantasmes de domination et de soumission. Son contenu est susceptible de heurter l'immense majorité des personnes. Nous ne nous excusons pas d'être ce que nous sommes, mais nous vous déconseillons d'entrer si ce contenu n'est pas fait pour vous.

Je m'inscris et attends que l'ordinateur transmette mon formulaire. Quelques minutes plus tard, *bing !* Activation de mon adhésion.

Un peu plus tôt, le Dr Latham m'a glissé un bout de papier.

« La mission du jour porte sur ce site. Récoltez le maximum d'informations sur les personnes qui fréquentent ces lieux. Parlez-leur. Essayez de découvrir ce qui les fait vibrer.

– Ils vont vouloir communiquer, non ?

– Évidemment. Vous allez devoir vous inventer une histoire. » Elle a regardé sa montre. « Je repasserai plus tard pour voir comment vous vous débrouillez. »

Je tape mon mot de passe et me voilà sur le site. Il est divisé en différentes sections : photos, fantasmes, forums. Un message apparaît :

Puisque vous venez de nous rejoindre, pourquoi ne pas créer un profil ? Lisez ce qu'ont écrit d'autres nouveaux membres ou bien allez directement sur les forums.

Que dois-je mettre ? Je me surprends à regretter que le Dr Latham ne soit pas là pour m'aider. Puis je comprends qu'elle m'a délibérément laissée seule. Alors, j'endosse, timidement, les habits du personnage que nous avons créé.

Bonjour. Je m'appelle Claire. J'ai 25 ans, je suis anglaise et je vis à NY.

J'inspire à fond.

Je ne sais pas si j'aurai le courage d'explorer réellement mes fantasmes. Mais j'aimerais partager des expériences, des rêves et des réflexions avec d'autres membres.

En l'espace de quelques secondes, je reçois trois réponses.

Salut, Claire. Cette photo te plaît ?

Je vois apparaître l'image peu à peu. Extrêmement vulgaire. Mais le trucage est si flagrant quel le résultat est à peine plus menaçant qu'un dessin animé.

Pas trop.

La deuxième réponse est plus détaillée. Son auteur – qui se fait appeler la Bête – tient à me faire savoir qu'il aimerait m'étrangler. Il veut m'entendre le supplier. Il veut m'entendre en réclamer davantage. J'écris :

Je parle un peu trop, il me semble, pour quelqu'un qu'on étrangle.

Le ton de la troisième réponse est différent :

Laissez-la tranquille, bande d'imbéciles. Si vous nous disiez ce qui vous amène sur ce site, Claire ?

Une heure plus tard, je me suis fait de nouveaux amis : Victor, l'auteur de la troisième réponse, Carie, le Sale Môme, Beethoven et le Marquis.

Dans le BDSM, tout est une question d'élégance. Ligoter une soumise comme un bœuf et lui donner des coups de pied dans le ventre ne procure aucune satisfaction. Pour les dominateurs accomplis, la moitié du plaisir réside dans le choix d'une posture ou d'une activité dans laquelle le moindre mouvement provoquera une exquise souffrance.

Dixit Beethoven. Carrie ajoute :

Absolument. Un de mes jouets préférés est une simple planche de bois, posée sur la tranche, juste un peu trop haute pour qu'on puisse s'asseoir confortablement à califourchon. Ma soumise doit se hisser sur la pointe des pieds pour garder l'équilibre.

Je découvre un monde aussi jargonneux que celui des comédiens. Tous ces sigles me donnent le vertige. CP, CBT… Je trouve le courage de poser la question parfois, mais savoir que

VKPV signifie « Votre kilométrage peut varier » ne m'avance guère.

Quant aux conversations sur les colliers étrangleurs, les roulettes de Wartenberg, je suis larguée.

Carrie dit :

Ton innocence est délicieuse, Claire. Tu es sûre que tu ne veux pas qu'on se voie pour de vrai ?

Victor intervient :

Fiche-lui la paix, Carrie. Ce soir, Claire est là en simple observatrice curieuse.

Il me plaît bien, ce Victor. Il semble avoir décidé de me servir de guide dans ce monde étrange et inconnu.

Genre : Je teste avant d'acheter ?

Carrie me charrie. Je rétorque :

Plutôt le genre : Je regarde où je mets les pieds. D'ailleurs, je ne suis pas totalement novice en la matière. J'ai connu, et aimé, quelqu'un qui était à fond dans tout ça, mais j'étais très jeune. Trop jeune, je crois.

Alors même que je tape ces mots, je sais que je suis dans le ton. La Claire que rencontrera Patrick doit avoir un tel passé.

Qu'est-il devenu, Claire ?

Malheureusement, il est mort avant d'avoir pu m'apprendre un tas de choses.

Un passé tragique. Qui fait que ce monde m'attire, tout en me dégoûtant d'une certaine façon.

Le Dr Latham avait raison. Peu à peu, mon personnage se précise. Je ne suis plus seulement une liste d'adjectifs sur un tableau blanc, mais une véritable personne qui respire, qui vit.

Il est minuit passé quand je me déconnecte. Les yeux me brûlent et j'ai mal aux poignets à force de taper.

En passant devant la porte ouverte du Dr Latham, je l'entends m'appeler. Elle est assise à son bureau, entourée de paperasses.

« Vous travaillez tard, Claire.

– Vous aussi.

– J'ai quelque chose pour vous. » Elle me tend une enveloppe. « On ne paie pas les heures sup'. Mais on paie. Votre salaire pour la première semaine.

– C'est un chèque ? Je n'ai pas de compte en banque puisque…

– Oui, on sait. Rassurez-vous, c'est du liquide. »

En prenant l'enveloppe, je jette un coup d'œil à l'écran de son ordinateur. Elle s'empresse de réduire la fenêtre, mais j'ai eu le temps d'entrevoir l'intitulé du document :

Claire Wright. Profil psychologique.

23

Qui êtes-vous ?

Je m'appelle Claire Wright.

D'où venez-vous ?

Je suis née à Ferry Springs, près de Boise. Mon père est mort dans un accident de voiture qui a tué quatre personnes quand j'avais dix ans. Il conduisait. Ma mère ne s'est jamais remariée. Je crois que j'ai toujours eu un faible pour les hommes plus âgés, les figures d'autorité qui peuvent m'apprendre la vie.

Continuez.

Au lycée, j'ai eu des petits amis comme tout le monde, j'ai perdu ma virginité à quinze ans… À partir de là, le sexe ne m'a jamais posé de problème. Je fréquentais des types qui avaient l'air bizarres, mais en réalité, sous la surface, ils ne l'étaient pas tant que ça. Et puis, à la fac, j'ai eu une aventure avec un de mes profs. Il était marié.

Comment s'appelait-il ?

M. Fairbank.

Vous n'appeliez pas votre amant par son prénom ?

Désolée. Eliot. Eliot Fairbank. C'est à ce moment-là que j'ai découvert mon côté obscur, une partie de moi-même qui voulait qu'on la pousse à aller plus loin que je n'étais jamais allée. Comme on ne pouvait pas se voir aussi souvent qu'on aurait aimé, il m'écrivait des trucs… des fantasmes. Il me les envoyait généralement par mail, ou bien il les déposait dans ma boîte aux lettres.

Je vois. Et qu'est-il devenu ?

Sa femme a découvert un des mails sur son ordinateur. Elle l'a apporté directement au doyen de l'université.

Qu'avez-vous ressenti alors ?

J'étais aux anges. Je pensais qu'une fois qu'il aurait été renvoyé et qu'il aurait quitté sa femme, plus rien ne nous empêcherait d'être ensemble. Mais il n'a pas pu le supporter… savoir que tout le monde était au courant pour lui et moi. Il… Il s'est suicidé. Après m'avoir envoyé un dernier mail.

Que disait ce mail ?

Il voulait que je le fasse avec lui. Un pacte de suicide.

Vous n'avez pas voulu.

J'étais tentée. Mais je n'ai jamais éprouvé une honte aussi forte que lui. Je croyais qu'il était le plus fort de nous deux, qu'il m'aiderait à franchir les limites de cette petite ville… Il se trouve que c'est moi qui l'avais écarté du droit chemin, et non l'inverse.

Et ensuite ?

J'ai voyagé. Rétrospectivement, je pense que j'essayais de fuir une situation devenue incontrôlable.

Vous fuyiez ? Ou vous cherchiez ?

Un peu des deux, je crois. Non... sans doute que je cherchais surtout.

Et que cherchiez-vous ?

Je ne sais pas. Mais je suis toujours curieuse... Je crois que j'ai besoin d'un guide.

Non, ne dites pas ça. C'est trop explicite. Il verra votre potentiel tout seul. Bien, on recommence. Qui êtes-vous ?

24

« Aujourd'hui, annonce Kathryn Latham, nous allons analyser une scène. Une scène de crime, s'entend. » Elle fait apparaître de nouvelles images sur l'écran. « Je vais vous guider au cœur d'un des meurtres, jusque dans le détail.

– Pourquoi ? je demande.

– Pourquoi ? répète-t-elle, surprise. Pour que vous sachiez exactement de quoi est capable cet homme.

– Je ne veux pas le savoir.

– On appelle ça une note d'informations, Claire. On appelle ça fournir à un agent les outils nécessaires pour accomplir son travail… »

Je soupire.

« Je connais mon travail. On appelle ça *jouer*. Et c'est *mon* domaine. Arrêtez de me considérer comme un agent infiltré et voyez-moi plutôt comme un *personnage*. Vous ne comprenez donc pas ? Comment espérez-vous m'aider en me rappelant constamment que cet homme que je dois séduire a peut-être poignardé une pauvre femme en plein cœur ou je ne sais quoi ? Mon *personnage* a besoin de croire que je sors avec un chic type, un homme qui m'intrigue, que je trouve séduisant, et avec qui je pourrais concevoir une relation. »

Le Dr Latham réfléchit, puis demande :

« Vous trouvez Patrick Fogler séduisant, Claire.

– Oui, dis-je après une courte hésitation.

– Bien. Dans ce cas, vous n'aurez pas besoin de déployer tous vos talents de comédienne. » La psychologue reporte son attention sur ses sinistres photos. « Cette première image a été…

– Je dois voir la zone grise. »

Elle se retourne vers moi, l'air interrogateur.

« C'est ce que disait toujours Henry, l'ancien flic avec qui je travaillais. Quand vous êtes infiltré, m'avait-il expliqué, vous devez partager les croyances des personnes que vous avez infiltrées. Sinon, elles risquent de le sentir.

– Ce n'est pas Henry l'ancien flic qui dirige cette opération. C'est moi. Et croyez-moi, je *veux* que vous soyez nerveuse. Car la nervosité est synonyme de protection.

– Dans ce cas, ça ne marchera pas. » J'hésite, puis lâche d'un trait : « Vous avez beau prétendre demeurer objective, il est évident que vous êtes convaincue que cet homme est un meurtrier. Où est l'éthique là-dedans ? Vous êtes comme un metteur en scène qui annoncerait dès le premier jour des répétitions qu'untel ou untel est le véritable méchant, ou que la pièce traite en fait du totalitarisme. C'est une mauvaise technique, il n'y a plus aucune profondeur. Je ne peux pas travailler de cette façon. J'ai besoin de croire en ce que *je* suis, et pour cela je dois croire en ce qu'*il* est. Et si, pour y arriver, je dois vous demander de la boucler de temps en temps… Tant pis. »

Je m'arrête, essentiellement parce que j'ai dit ce que j'avais à dire, mais aussi parce que j'ai l'étrange sensation que, durant cette petite tirade, le Dr Latham ne m'écoutait pas vraiment.

Elle m'étudiait. Comme une directrice de casting qui va me donner une note.

« Entendu, dit-elle. On va suivre votre méthode, Claire. Voyez la zone grise, si vous pensez que ça peut vous aider. Plus d'histoires de meurtre. » Son ton se durcit. « Mais, pour tout le reste, c'est moi qui commande. Compris ? »

Elle appuie sur une touche de la télécommande et l'écran redevient noir.

« Merci », dis-je, un peu étonnée.

Je ne peux m'empêcher de repenser à cette autre chose que disait Henry. *Certains flics se laissent happer par les zones grises, et ils ne peuvent plus en sortir.*

25

Parallèlement à tout le reste, j'apprends des choses sur Baudelaire.

La Vénus blanche et la Vénus noire ont des noms désormais : Apollonie Sabatier et Jeanne Duval. La femme à la peau pâle, pleine de grâce, si majestueuse que ses admirateurs la surnommaient la Présidente ; et la danseuse à moitié créole qui se prostituait quand le poète n'avait pas les moyens de les entretenir tous les deux. Le salon d'Apollonie était le centre de la vie intellectuelle dans le Paris du XIXe siècle. Parmi ses admirateurs figuraient Balzac, Flaubert et Hugo. Malgré cela, Baudelaire revenait toujours vers Jeanne, année après année. Il lui transmit la syphilis. Elle le rendit dépendant à l'opium. Deux personnages meurtris, liés par la pauvreté et l'obsession.

« Baudelaire envoyait ses poèmes à Apollonie Sabatier de manière anonyme, explique le Dr Latham. Quand *Les Fleurs du mal* ont enfin été publiées, sous son vrai nom, elle a bien sûr découvert qu'il en était l'auteur. Mais là, coup de théâtre. Le recueil est saisi par les autorités. Treize poèmes, dont six qu'il avait écrits sur elle, sont censurés et Baudelaire est jugé pour obscénité. Il va alors trouver Apollonie pour lui demander de faire jouer ses relations. Si elle l'a fait, sa démarche n'a pas été couronnée de succès – la plupart des poèmes interdits le sont restés, mais, après le procès, Baudelaire a pu coucher dans le lit de sa Vénus blanche. Nul ne sait précisément ce qui s'est passé cette nuit-là. On ne possède que la lettre de rupture qu'il lui a envoyée quelques jours plus tard, expliquant qu'il avait la passion en horreur, car il savait malheureusement trop bien vers quelles abominations elle pouvait l'entraîner.

– Et vous pensez que Patrick pourrait lui ressembler ? Il se méfie de toute forme d'intimité qui pourrait l'amener à se dévoiler ?

– J'en suis certaine. Vous devez lui prouver que vous ne vous laissez pas déstabiliser par les ténèbres que vous percevez autour de lui. Qu'elles vous intriguent au contraire. Et que vous pouvez rivaliser sur le plan de l'horreur.

– De quelle manière ? »

Elle hésite, puis montre le livre posé entre nous.

« Les poèmes. De toute évidence, ils ont provoqué chez lui une réaction. Ils résonnent dans son esprit à travers les siècles. Maintenant, ils vont résonner en vous. Ces poèmes sont votre sésame, Claire. »

Elle a fait transférer mon dossier médical de Grande-Bretagne.

« Vous n'avez pas pris beaucoup de risques, dit-elle d'un ton méprisant en feuilletant les feuilles imprimées. Trois légères entailles latérales dans le pli du coude. C'était sans doute spectaculaire. Mais vous auriez mis des heures à vous vider de votre sang. Un appel à l'aide classique de la part d'une adolescente perturbée par ses hormones.

– Sur le moment, ça semblait un peu plus grave que ça.

– J'en suis sûre. » Elle lève vers moi son regard brillant. « Servez-vous de ça, Claire. Je ne parle pas de l'automutilation, mais de l'intensité des sentiments qui y a conduit. Il faut qu'il perçoive l'instabilité derrière le joli minois. Les ténèbres. Il doit sentir que vous êtes différente. Comme lui. »

Durban passe me chercher en bas de chez moi, ainsi qu'il le fait maintenant presque tous les matins. Je descends, mais il m'arrête dans le hall.

« Prenez quelques affaires, Claire. Vous ne rentrerez pas ici ce soir, ni les soirs suivants.

– Où je vais aller ?

– Kathryn veut vous installer dans un endroit qui correspond davantage à votre profil. On a fait appel à une décoratrice.

– Une décoratrice ? Je m'élève dans la société. »

Je réveille Jess en pillant son placard. Durban m'a bien fait comprendre que le secret absolu s'imposait, alors elle sait juste que je fais un truc pour la police. Je lui ai remis l'argent que m'a donné Kathryn en lui demandant de ne pas essayer de me contacter, et de ne pas m'aborder si jamais elle me croisait dans la rue.

« Prends soin de toi, me dit-elle. Ne laisse pas ces gens te faire peur.

– Promis. » En fouillant dans sa lingerie, j'aperçois le pistolet, brillant au milieu de la dentelle et du coton. L'espace d'un instant, je suis tentée de le lui emprunter.

Mais, évidemment, je ne peux pas. Et puis, je sais que Durban et son équipe seront toujours près de moi, aux aguets.

« Bonne chance », me dit Jess en s'arrachant du lit pour me serrer dans ses bras.

Je l'étreins moi aussi, et soudain, je m'aperçois que je ne veux plus la lâcher.

Durban insiste pour porter mon sac jusqu'à la voiture. Nous prenons la direction du nord, jusqu'à East Harlem. Un quartier suffisamment bon marché pour qu'une personne comme moi ait les moyens d'y vivre, et situé à proximité du lieu de travail de Patrick : Columbia University.

Nous nous arrêtons devant un grand ensemble construit sans doute dans les années 1960. Délabré. Certaines parties de ce quartier ont été réhabilitées récemment, m'explique l'inspecteur.

Pas celle-ci.

L'appartement est un taudis. Des bougies noires s'alignent sur les murs, sous des crânes d'animaux et des posters de heavy metal déchirés. Une guitare basse cabossée traîne dans un coin. Il flotte dans l'air une épouvantable odeur de renfermé et de cannabis.

« Sérieux ? dis-je en regardant autour de moi.

– Sachez que ça coûte très cher d'obtenir un tel résultat », dit Durban, pince-sans-rire. Il prend un crâne sur lequel on a fixé une bougie. « La décoratrice s'est peut-être un peu lâchée à la fin. »

Je viens de remarquer un aquarium dans un coin. Une forme gris argenté glisse contre la paroi en verre.

« C'est un serpent ? »

Durban acquiesce.

« Apparemment, c'est le genre d'animal qui convient au genre de personne que vous êtes. »

Je ramasse mon sac en soupirant.

« Pour info, Claire, tout l'appartement est placé sous surveillance vidéo. On branchera le système uniquement quand ce sera nécessaire. Mais il se peut qu'on le teste parfois. Vous aurez droit à votre intimité dans la salle de bains. Partout ailleurs, n'oubliez pas que vous pouvez être filmée.

– Où serez-vous ?

– Dans l'appartement situé juste en dessous.

– Mme Durban ne va pas se plaindre de votre absence ?

– Il n'y a pas de Mme Durban, répond-il d'un ton bourru. Enfin, si, mais elle vit maintenant avec un type qui fabrique des gâteaux de mariage.

– Oh, désolée. Est-ce…

– Et voici votre micro, me coupe-t-il en me tendant un horrible collier orné d'un gros pendentif troué. Portez-le chaque fois que vous sortez d'ici. Il sert également de GPS, pour qu'on puisse vous suivre.

– Vous voulez bien m'aider ? »

Je lui tourne le dos pour qu'il attache le collier.

J'entends le souffle rauque qui sort de sa puissante cage thoracique, tandis que ses doigts se battent avec le minuscule fermoir. Sa tâche effectuée, il recule.

« Vous devez également choisir un mot de passe. Quelque chose que vous ne diriez pas dans une conversation normale.

– Et si je choisissais… Constantinople ?

– Pourquoi ? »

Je hausse les épaules.

« Quand j'étais gamine, je rêvais de m'enfuir là-bas. Je trouvais ça exotique.

– Constantinople… OK. Mais ne l'employez qu'en cas d'extrême urgence. Car, dès que vous le prononcez, on débarque et on le bute. Impossible de revenir en arrière. »

Le collier pèse sur ma poitrine. La peur me saisit brusquement. *Je ne suis qu'une comédienne. Je voulais monter sur scène pour que les gens m'applaudissent. Comment en suis-je arrivée là ?*

Puis je pense à la carte verte qui m'attend. C'est juste un boulot. Avec des règles différentes par rapport à d'habitude. Mais c'est le même savoir-faire, le même procédé.

« Essayez de ne pas trop vous inquiéter, me dit Durban comme s'il lisait dans mes pensées. Et de ne pas trop penser aux choses désagréables. N'oubliez pas que nous serons tout près. Votre sécurité est notre priorité numéro un. »

Et enfin, la touche finale.

« Vous croyez que c'est utile ? demande Durban pendant que les ciseaux de la coiffeuse scintillent devant mes yeux. De la faire ressembler à sa femme ?

– Je ne sais pas, Frank, répond Kathryn. Nul n'en sait rien. Personne, ou presque, n'a jamais tenté une opération de ce genre.

– La question n'est pas de savoir si c'est utile ou pas, dis-je en regardant les boucles de cheveux tomber autour de moi. C'est notre façon de faire. C'est comme ça qu'on se prépare. »

J'observe la femme dans le miroir. Et je sens l'excitation me nouer le ventre, la terreur et l'euphorie qui précèdent le lever de rideau.

Demain. Demain, j'aborde Patrick. Kathryn a décidé que j'étais prête.

Que le spectacle commence.

26

INT. CUISINE DE L'APPARTEMENT – NUIT

Il est plus de minuit. Assise devant le plan de travail, je bois du vin. La moitié de la bouteille y est passée. Je porte un T-shirt large, j'ai les jambes nues.

J'enfouis les doigts dans mes cheveux courts. J'ai déjà l'impression d'être quelqu'un d'autre. Mais c'est peut-être l'alcool.

D'un pas un peu chancelant, je vais m'agenouiller devant une des minicaméras.

MOI

Je n'ai pas suivi votre avis, inspecteur Durban. J'ai commencé à y penser. Et maintenant, j'ai peur.

INT. APPARTEMENT DU DESSOUS

Durban m'observe sur un écran, je le sais.

MOI

Mais il me suffit de prononcer le mot magique pour que vous arriviez en courant. Pas vrai ? Inspecteur Durban à la rescousse.

Je me relève. Ma tête est hors-champ maintenant. Il ne reste que mes jambes dans le cadre.

MOI

Je sais que vous êtes là, Frank. Et que vous m'observez. Merci d'avoir précisé « uniquement quand ce sera nécessaire », mais… Je connais les hommes, ne l'oubliez pas.

Mon T-shirt tombe sur le sol.

MOI

Je vais me coucher, Frank. Vous pouvez veiller sur moi si vous voulez. Mon chevalier en armure étincelante. L'idée me réconforte, à vrai dire.

Je tourne le dos à la caméra et m'éloigne. À l'étage du dessous, Frank soupire lentement.

27

INT. SALLE DE CONFÉRENCES
DE COLUMBIA UNIVERSITY – JOUR

PATRICK FOGLER

On ne peut espérer comprendre Baudelaire en essayant de juger son comportement, particulièrement envers les femmes, à l'aune du présent. « Moi, je dis : la volupté unique et suprême de l'amour gît dans la certitude de faire le mal. » Pour Baudelaire, les femmes ne sont pas des individus, tout simplement. Ce sont des représentantes idéalisées de leur sexe ; des symboles, de la perfection faite chair et de l'impossibilité, dans ce monde corrompu, pour la perfection d'être autre chose qu'une illusion temporaire.

Nous avons discuté des différents moyens de l'approcher. Finalement, Kathryn a décidé de jouer la simplicité. Ses conférences hebdomadaires. La police de New York possède un service entier consacré à la fabrication de faux papiers d'identité. La carte d'étudiante qu'ils m'ont remise porte mon nom et ma photo, mais je suis désormais inscrite à Columbia.

Assise au fond de la salle, je prends des notes. Tout mon corps est penché en avant. Envoûté.

PATRICK FOGLER

Ce dilemme apparaît dans la vie de Baudelaire, ainsi que dans sa poésie. Souvenez-vous de la célèbre lettre de rupture qu'il a envoyée à la Vénus blanche, et dans laquelle il dit…

Pour la première fois depuis qu'il a pris la parole, il y a vingt minutes, il consulte ses notes.

PATRICK FOGLER

« Vois-tu, ma chère, il y a quelques jours, tu étais une déesse ; si noble, si inviolable. Et maintenant, tu es une femme… J'ai horreur de la passion, car je sais trop bien vers quelles abominations elle peut m'entraîner. »

Je ne suis pas la seule à être fascinée. Tous les étudiants présents le sont aussi.

PATRICK FOGLER

Pour Baudelaire, le sexe n'est pas une démangeaison physique, mais un désir métaphysique. Ce n'est pas une gymnastique machinale, mais une connexion, si fugace soit-elle, avec les redoutables et sombres mystères de l'existence. Et comme tous les mystiques, il est condamné à être déçu. La prouesse – l'héroïsme – réside dans la tentative. Des questions ?

Une étudiante assise dans les premiers rangs lève la main. Il lui donne la parole d'un hochement de tête.

PATRICK FOGLER

Megan ?

MEGAN

Vous dites qu'il traite les femmes comme des objets sexuels, faites pour être manipulées et méprisées. En l'inscrivant au programme, est-ce que vous ne lui offrez pas une tribune pour exprimer sa misogynie ?

Il répond à sa question poliment et méthodiquement : nous ne devons pas étudier les seuls auteurs que nous approuvons, mais aussi ceux avec lesquels nous sommes en désaccord. En dépit de tous ses défauts, Baudelaire est un innovateur qui a apporté une dimension nouvelle à l'art. T.S. Eliot, par exemple, le citait comme une de ses principales influences. Il a même introduit un passage des *Fleurs du mal* dans *La Terre vaine.*

PATRICK FOGLER

Sans *Les Fleurs du mal*, il n'y aurait pas eu de décadentisme, et sans décadentisme, pas de modernisme, et sans le modernisme, nous ne serions pas ici. Nous étudions Baudelaire non pas en raison de sa morale, mais de son génie. D'autres questions ?

Non, aucune. Les étudiants ferment leurs ordinateurs et sortent bruyamment, en échangeant des plaisanteries. Patrick remet de l'ordre dans ses notes.

Seule une étudiante s'approche de lui, hésitante.

MOI

Professeur Fogler ?

J'utilise le même accent du Midwest que lors de notre précédente rencontre. Du moins, j'espère.

S'il me reconnaît, il ne le montre pas. Son expression trahit une politesse purement professionnelle. Malgré cela, je suis frappée une fois encore par la lueur amusée qui brille au fond de ses yeux vert menthe.

PATRICK FOGLER

Oui

MOI

Je voulais juste vous remercier, infiniment.

Je lui montre son exemplaire des *Fleurs du mal*.

MOI

Vous ne vous souvenez pas de moi, mais vous m'avez prêté ce recueil. J'ai commencé à le lire… et j'étais tellement intriguée que j'ai décidé de suivre votre cours.

PATRICK FOGLER

Intriguée par Baudelaire ?

Il prononce ce nom avec une légère pointe d'accent : *Bod'lair.*

MOI

En partie… et en partie par notre conversation. Ce que vous m'avez dit.

« Soyez directe, m'a conseillé Kathryn. *Il appréciera. Il ne cherche pas une femme ordinaire. Vous devez sortir du lot. »*

PATRICK FOGLER

Il se trouve que je me souviens de vous. Mais pas de notre conversation. J'avais un peu la tête ailleurs ce jour-là.

« On attaque sur la mort de Stella d'entrée de jeu. Vous avez les infos. Ça ne vous gêne pas d'en parler. Peut-être même que ça vous excite un peu. »

MOI

Je sais. Toute la presse en a parlé. Et je vous ai vu à la télé.

PATRICK FOGLER

Je suis une sorte de vedette maintenant.

MOI

Je n'arrête pas de repenser à ce que vous m'avez dit, comme quoi Baudelaire envoyait ces poèmes à sa Vénus blanche. Et je me demande s'il imaginait la choquer. Ou s'il devinait qu'elle finirait par accepter l'intimité qu'il lui offrait, en la laissant pénétrer, petit à petit, dans ses fantasmes les plus sombres.

« Nul doute que les personnes compatissantes et les accros au chagrin l'ennuient et l'exaspèrent. S'il a assassiné Stella, il cherche une autre aventure désormais. Afin de célébrer sa liberté retrouvée. »

PATRICK FOGLER

« Ce que savait la Vénus blanche. » Cela ferait un sujet de dissertation intéressant. Mais trop difficile pour un homme, probablement.

MOI

Je pourrais peut-être essayer ?

PATRICK FOGLER

Pourquoi pas ? Ravi d'avoir bavardé avec vous, quoi qu'il en soit.

Je tremble intérieurement. Toute l'opération repose sur les quelques secondes qui vont suivre. Et sur une proposition qui, la dernière fois, m'a valu une rebuffade.

Mais à l'époque il avait une femme. Et je suis quelqu'un d'autre.

MOI

Est-ce qu'on pourrait en parler ? Autour d'un café, par exemple ?

Il hésite, jette un coup d'œil en direction de la porte. Puis…

PATRICK FOGLER

D'accord. Mais pas ici. Avant d'être la Maison française, ce bâtiment abritait un asile d'aliénés pour les riches, et parfois, j'ai l'impression que c'est toujours le cas. Allons ailleurs.

INT. CAMIONNETTE DE SURVEILLANCE
À PROXIMITÉ – JOUR

Frank Durban et Kathryn Latham écoutent nos conversations au casque.

FRANK DURBAN

Ça va marcher. Je sens que ça va marcher.

KATHRYN LATHAM

On va voir.

INT. BAR EN SOUS-SOL À NEW YORK – JOUR

C'est une fin de journée douce et ensoleillée, et malgré cela, il me conduit dans un bar en sous-sol, à l'éclairage tamisé, d'Amsterdam Avenue. Sur les tables, des bougies dansent dans des pots en verre. Nous sommes les seuls clients. Peut-être ne veut-il pas être vu avec moi ? Cherche-t-il à masquer ses traces, afin de s'assurer que personne ne puisse établir un lien entre nous par la suite ?

Je chasse cette pensée. Je suis dans la peau de mon personnage maintenant, cette autre Claire, plus sûre d'elle, plus impulsive, et non plus l'apprentie comédienne terrorisée par les terrifiants exposés de Kathryn.

Assis dans un coin, nous bavardons.

MOI

… ce désir de repousser les limites, d'aller au-delà de l'hypocrisie et de la fatuité du petit-bourgeois moyen. Les gens prétendent être choqués par ce qu'il écrit. Mais, en réalité, ils ont peur… ils sont effrayés par leur conformisme.

Naïve pour satisfaire son besoin de contrôle. Blessée pour satisfaire son instinct de prédateur… Mais autre chose également, venant de moi : une ferveur intellectuelle, une excitation presque adolescente pour les idées, qui semble dire : Je tombe amoureuse des cerveaux, pas des corps. Votre cerveau ? Pourquoi pas ?

PATRICK FOGLER

La plupart des gens disent ce genre de choses. Ils ne les pensent pas vraiment.

MOI

Je ne suis pas la plupart des gens.

INT. CAMIONNETTE DE SURVEILLANCE
À PROXIMITÉ – JOUR

Kathryn hoche la tête. Pas mal.

INT. BAR EN SOUS-SOL – PLUS TARD

PATRICK FOGLER

… Les gens croient que Baudelaire a écrit des poèmes sur la décadence. En vérité, il parle de la confiance.

MOI

Comment ça ?

PATRICK FOGLER

Faire confiance à un être humain en lui dévoilant vos pensées les plus noires… Il n'y a pas de saut dans le vide plus terrifiant.

MOI

J'aime être terrifié.

Patrick sourit, comme s'il était face à un enfant présomptueux. Nullement décontenancée, je soutiens son regard. Et quelque chose cède…

PATRICK FOGLER

On va voir ça. Donnez-moi votre main.

« Il y a certaines choses que l'on peut prévoir, même planifier. Mais, dans l'ensemble, vous serez seule face à lui, obligée de vous plier à ses jeux. »

Il prend ma main et la pose à plat sur le pot en verre contenant la bougie.

PATRICK FOGLER

C'est un de mes étudiants qui m'a montré ce jeu. Quoi qu'il arrive, vous ne devez pas retirer votre main.

MOI

La flamme va me brûler.

Je la sens déjà qui ronge ma peau.

PATRICK

Non, elle va s'éteindre à cause du manque d'oxygène avant de vous brûler. Promis.

Il pose sa main sur la mienne et appuie légèrement, sans me forcer, juste pour la sentir trembler alors que je m'oblige à la laisser là, même si mon instinct et toutes mes terminaisons nerveuses me crient de la retirer.

PATRICK

Ce n'est pas facile de faire confiance à quelqu'un, n'est-ce pas ?

J'ai souvent joué à des jeux de confiance, très souvent même. C'est un des exercices de base de l'échauffement des comédiens. Mais ils ne ressemblaient pas à ça. Je contemple la flamme : un long ongle dentelé, une griffe qui se plante dans ma paume. La sensation d'inconfort se transforme en une sensation qui me donne envie de rejeter la tête en arrière et de hurler. Un cercle d'aiguilles s'enfonce dans ma peau, profondément. En un crescendo de souffrance. Mes yeux se mouillent de larmes. Je sens ma chair se liquéfier, bouillonner, grésiller…

Soudain, la flamme vacille. Une seconde plus tard, elle s'éteint.

PATRICK
(surpris)

Vous m'avez fait confiance. Merci.

Je retire ma main prestement. Un cercle rouge, semblable à un suçon, orne ma paume. Mais aucune cloque.

Je la porte à ma bouche pour aspirer la douleur. Je m'aperçois qu'elle était essentiellement dans ma tête.

MOI

Je vous connais à peine.

PATRICK

C'est ce qui rend la chose intéressante, non ? Où habitez-vous ?

MOI

À East Harlem.

PATRICK

Si on allait chez vous ?

MOI

Pour quoi faire ?

PATRICK

Pour baiser, évidemment. N'est-ce pas ça le but ?

MOI

Si vous voulez.

INT. CAMIONNETTE DE SURVEILLANCE À PROXIMITÉ

Frank se tourne vers Kathryn, inquiet.

FRANK

On n'avait pas prévu ça. Et si ça devient physique ?

KATHRYN

(calmement)

C'est déjà physique.

FRANK

Nom de Dieu !

Il tripote les boutons de la console.

INT. BAR EN SOUS-SOL

MOI

On pourrait faire… comment avez-vous dit déjà ?…. un peu de gymnastique machinale et oublier qu'on s'est rencontrés. Ou alors…

PATRICK

Ou alors, quoi ?

MOI

On pourrait continuer à parler.

Patrick sourit.

PATRICK

Très bien. Parlons.

INT. CAMIONNETTE DE SURVEILLANCE À PROXIMITÉ

Frank pousse un soupir de soulagement. Kathryn hausse les épaules et reporte son attention sur son bloc-notes.

INT. BAR EN SOUS-SOL – PLUS TARD

Patrick rapporte deux autres verres de vin.

PATRICK

Vous avez l'habitude de draguer vos professeurs ?

MOI

Non. Enfin, juste une fois. Mais ça s'est mal fini.

PATRICK

Oh ?

MOI

Disons que c'était une relation extrême.

PATRICK

Qu'entendez-vous par *extrême* ?

MOI

Vous voyez, quoi. Le truc habituel.

PATRICK

Non, je ne vois pas… Expliquez-moi.

MOI

Le truc auquel pensent les gens quand ils emploient le mot perversion.

PATRICK

Vous ? Perverse ?

MOI

Et pourquoi pas ?

PATRICK

Ce n'est pas votre genre.

MOI

Peut-être que je n'ai pas de genre.

PATRICK

C'est moi qui suis intrigué maintenant.

« Il est à la recherche de quelqu'un comme vous, et son désir peut le conduire à prendre des risques. D'ailleurs, le risque fait sans doute partie de l'excitation à ses yeux. C'est une chose que vous saurez apprécier, Claire… À un certain niveau, c'est un comédien lui aussi. Comme tous les meurtriers sexuels. Voilà pourquoi ils

créent des rituels complexes autour de leurs meurtres, ou qu'ils disposent le corps de telle ou telle façon, pour ceux qui le découvriront. En réalité, ils crèvent d'envie d'avoir un public. »

INT. BAR EN SOUS-SOL – PLUS TARD

MOI

… Il ne voulait pas réellement me faire de mal, je pense. Il voulait juste voir jusqu'où j'étais prête à…

PATRICK

Lui faire confiance ?

MOI

Vous employez sans cesse ce mot.

PATRICK

Certaines personnes pensent que j'ai tué ma femme. Quiconque gravite autour de moi est obligé de vivre dans l'ombre du doute. Alors, oui, la confiance est très importante pour moi.

MOI

Vous l'avez assassinée ?

INT. CAMIONNETTE DE SURVEILLANCE

Frank se penche brusquement vers l'écran. Kathryn ne lève même pas les yeux : elle sait que ça ne sera pas aussi simple.

INT. BAR EN SOUS-SOL

PATRICK

Bien sûr que non.

MOI

Vous l'aimiez ?

PATRICK

Énormément. Hélas, elle ne considérait pas toujours cela comme de l'amour. Au bout d'un moment, mon amour inconditionnel est devenu un problème. C'est parfois difficile d'être adoré.

MOI

Elle était votre Vénus blanche.

PATRICK

Oui, sans doute.

L'espace d'un instant, je crois qu'il va en dire plus. Mais…

PATRICK

Restons-en là.

EXT. AMSTERDAM AVENUE – CRÉPUSCULE

PATRICK

Merci. J'ai passé un très bon moment.

MOI

Vous semblez étonné.

PATRICK

Rares sont les personnes dont je pense apprécier la compagnie. Et dans les faits, elles sont encore plus rares.

Alors qu'il s'éloigne, je le rappelle.

MOI

Je vous reverrai, hein ?

PATRICK

Vous avez toujours le livre, non ? Bonne nuit, Claire.

28

De retour à l'appartement, Kathryn jubile.

« C'est un bon début. Il vous a ouvert la porte... entrouvert, plus exactement, mais, franchement, je n'osais pas en espérer autant. »

Elle fait les cent pas, débordante d'une énergie nerveuse. Sans doute était-elle plus tendue que je l'avais supposé.

Quant à moi, je suis affalée dans un fauteuil. Sur le coup, j'étais trop concentrée pour avoir peur, mais, maintenant que l'adrénaline retombe, je suis vidée. J'ai l'impression d'avoir fait plusieurs sets de tennis mental.

Et ce n'est pas tout. Je m'aperçois que Patrick Fogler représente un défi bien supérieur à tous les hommes que j'ai dragués dans les bars d'hôtel.

Frank s'accroupit à côté de moi et examine ma main.

« Demain, ça ira mieux. Il restera juste une petite marque. » Il presse délicatement mes doigts dans sa main en se levant. « Bien joué, ajoute-t-il tout bas.

– S'il vous contacte, ne répondez pas, dit Kathryn. Nous devons réfléchir soigneusement à notre tactique. Le mieux, c'est sans doute de ne pas donner signe de vie pendant quelque temps, pour l'inciter à s'interroger…

– Vous cherchez à le manipuler psychologiquement ? dis-je. Est-ce vraiment une bonne idée ? »

Elle pose sur moi un regard distrait, comme si elle avait oublié ma présence.

« Tout va bien, Claire. Vous devriez être fière de vous.

– Fière ?

– Oui. Pourquoi pas ?

– Un jeune professeur, veuf depuis peu, tente sans trop de conviction de baiser une étudiante qui lui a clairement fait comprendre qu'elle en pinçait pour lui. Si c'est un crime, je parie que tous les enseignants de la faculté seraient en prison. Franchement, je n'ai pas avancé.

– Rien de ce qu'il a dit ou fait n'est incompatible avec mon portrait psychologique du tueur, répond sèchement Kathryn. Frank, montrez-lui les images. »

L'inspecteur pointe la télécommande sur mon téléviseur et navigue entre différentes options. Une image granuleuse apparaît. Patrick et moi, assis dans la pénombre du bar en sous-sol.

« Nous avons réussi à installer une caméra dans l'escalier, braquée sur vous, dit-il. À 19 h 05, vous êtes allée aux toilettes. Regardez ce qu'a alors fait Fogler. »

Je me vois sortir du cadre. Patrick attend un instant, puis il tend la main vers mon sac, par-dessus la table, et fouille à l'intérieur. Il sort toutes mes affaires l'une après l'autre. Il examine ma pièce d'identité et palpe la doublure. Finalement, impassible, il remet tout en place. Avant de ranger mon vaporisateur, il le porte à ses narines pour humer mon parfum.

« Il voulait sans doute s'assurer que je n'étais pas une journaliste, dis-je. Il m'a expliqué que plusieurs d'entre eux l'avaient abordé après la mort de Stella pour lui arracher des commentaires.

– Possible, dit Kathryn. En tout cas, félicitons-nous de nous être donné autant de mal. »

Ma carte d'étudiante porte en filigrane la couronne du logo de Columbia, et un numéro authentique.

« Désormais, ajoute-t-elle, il est comme un prédateur qui tourne autour d'une antilope isolée, en se demandant si c'est un gibier qui en vaut la peine. Ne baissez pas la garde, Claire. Pas une seule seconde. »

29

Et puis… plus rien.

Pendant deux semaines, nous attendons. Et pendant deux semaines, Patrick Fogler ne me contacte pas.

« Il a compris que c'était un piège, dit Frank, préoccupé.

– Non, dis-je. Je l'aurais senti.

– Alors, pourquoi n'avons-nous aucune nouvelle ?

– Peut-être qu'il a changé d'avis. Ou peut-être qu'il n'a jamais été attiré par moi au départ. »

Frank se tourne vers Kathryn.

« Doit-on changer de plan ? Demander à Claire de le contacter de nouveau ? »

La psychologue secoue la tête.

« Non, on attend. Et on voit.

– En revanche, rien ne m'empêche de retourner assister à son cours, dis-je. Après tout, je suis fascinée par Baudelaire, non ?

– Hors de question. On s'en tient à notre plan. »

Cependant, elle accepte que je continue à suivre mes cours de comédie. Pour m'occuper, précise-t-elle.

Lors du cours suivant, Paul nous fait découvrir le travail avec des masques. Ce sont des masques japonais aux traits caricaturaux, teintés de cruauté. J'hérite de l'Enfant Malheureux : une pauvre fille perdue dont le sourire, bien qu'il ne change jamais, semble tour à tour avide et aguicheur.

Paul parle de ces masques comme si c'étaient eux les véritables acteurs. Lorsqu'un des élèves, ayant mis celui d'un vieil homme, s'avance derrière un autre élève pour le pousser avec un bâton, Paul lâche : « Il fait toujours ça, ce vieux gredin. »

Plutôt que de nous faire jouer une scène – les masques n'ont pas de trous pour les yeux et on se rentrerait dedans –, il nous aligne devant lui. L'histoire est celle d'un propriétaire terrien qui débarque dans les champs de riz et viole une femme qui ne peut pas payer son loyer. L'Homme Riche frappe à une porte imaginaire. L'Enfant Malheureux, un peu plus loin dans l'alignement, vient ouvrir. Quand il me voit, l'Homme Riche m'attaque. Il doit mimer l'agression, et moi la peur, à deux mètres de distance, sans qu'aucun de nous deux puisse voir ce que fait l'autre.

Soudain, je m'aperçois que, sous mon masque, je pleure. Je ne sais pas pourquoi. C'est aussi rapide et inexplicable qu'un saignement de nez. Pour moi, habituée à faire couler les larmes et à les arrêter à volonté, cette perte de contrôle est aussi déstabilisante que les pleurs eux-mêmes.

La scène terminée, je m'assois et ôte le masque, le souffle coupé. Paul vient s'accroupir devant moi.

« Ça va, Claire ? »

Je réponds par un hochement de tête, car je me méfie de ma voix.

« C'est une chose qui arrive parfois, dit-il. Quand tu portes un masque trop longtemps, tu t'aperçois qu'il te colle à la peau. »

Je me contente de hocher la tête encore une fois, incapable de lui avouer que le véritable masque, la véritable scène, sont ailleurs, loin de cette salle.

Le jeudi, je ne supporte plus cette attente.

Je prends le métro pour me rendre dans le nord de la ville. Je descends à la station de la 116e Rue. J'adore cette partie de New York, à mille lieues de l'agitation et du clinquant de Times Square. Les espaces verts et l'architecture classique des immeubles me rappellent l'Angleterre. Et aussi une dizaine de films formidables, de *Ghostbuster* à *Still Alice*.

Je gravis les marches de la Low Library avec d'autres étudiants et tourne à droite vers Buell Hall. Là, je consulte le panneau des cours : *Professeur Patrick J. Fogler : Esthétique de la décadence, de Sade à Baudelaire*. À midi. Un mot manuscrit, apposé juste à côté, indique : *Aujourd'hui, le cours sera assuré par le Pr Anne Ramane.*

« Excusez-moi, dis-je à une femme qui semble travailler là. Savez-vous pourquoi le professeur Fogler ne fait pas cours aujourd'hui ?

– Oui, bien sûr. Il donne une conférence en Europe.

– Oh. Merci. »

Ainsi, Patrick est en voyage. Rien de grave.

Mais une question me vient à l'esprit : comment se fait-il que l'inspecteur Durban et le Dr Latham ne soient pas au courant ?

« Simple négligence, répond Kathryn avec dédain. Nous n'aurions pas tardé à le repérer. La vraie question, Claire, c'est de savoir pourquoi vous êtes passée outre mon interdiction formelle d'assister à son cours.

– Heureusement que quelqu'un prend des initiatives.

– Il faut que nous puissions vous faire confiance…

– C'est bizarre, vous parlez exactement comme lui. Comme votre *sociopathe.* Sachez que la confiance marche dans les deux sens. Moi aussi, je dois être certaine que vous n'allez pas merder. »

Kathryn fronce les sourcils.

« Claire n'a pas tort, intervient Frank. Après tout, on lui demande de prendre l'initiative avec Patrick.

– Il faut que quelqu'un commande, déclare froidement Kathryn. Et ça ne peut certainement pas être Claire. Elle semble avoir oublié combien cette opération est dangereuse. »

Ou peut-être que je suis moins obsédée que vous, me dis-je. *Moins* control freak.

Car je commence à m'interroger : si Kathryn se fourvoie à propos d'une chose aussi simple que l'emploi du temps de Patrick Fogler, elle pourrait commettre d'autres erreurs.

30

En fait, l'absence de Patrick est une chance, décide Kathryn.

« Loin de vous, dit-elle, il pourrait se laisser convaincre de dévoiler ses fantasmes.

– Pour quelle raison ?

– Premièrement, s'il est bien notre meurtrier, les fantasmes jouent un rôle extrêmement important pour lui : eux seuls peuvent le nourrir entre deux meurtres. Deuxièmement, il prendra plaisir à vous sonder, à jouer avec vous, à vous aguicher, en choisissant ce qu'il vous dévoile, et quand. À mesure que vous devenez de plus en plus intimes, les détails de ses fantasmes ressembleront de plus en plus, si je ne me trompe pas, aux authentiques meurtres. Autrement dit à l'imagerie des poèmes de Baudelaire. Nous allons lui envoyer un mail. Ou plutôt, vous allez lui envoyer un mail. Rien de trop enflammé, attention. »

De : fillebizarre1667@gmail.com

À : PatrickFogler@columbia.edu

Notre rencontre.

Bonjour Patrick,
Juste pour vous dire que vous m'avez manqué en cours, hier. Le Pr Ramane était très bien, mais elle ne peut pas vous remplacer… Et puis, elle ne m'a pas invitée à boire un verre après.

Désolée si j'ai trop parlé l'autre soir. Sans doute la faute de l'adrénaline, à cause de votre jeu. Bref, c'était chouette de vous rencontrer, et peut-être que nos chemins se croiseront de nouveau un jour.
Amicalement
Claire.

« Il ne répondra pas, prédit Frank.

– Si c'est le meurtrier, il répondra, rétorque Kathryn. Il sera attiré par la vulnérabilité de Claire comme un requin est attiré par l'odeur du sang. »

De : PatrickFogler@columbia.edu
À : fillebizarre1667@gmail.com
Re : Notre rencontre

Claire,
Ravi d'avoir de vos nouvelles. Peut-être pourrons-nous nous revoir à mon retour.
Patrick Fogler

De : fillebizarre1667@gmail.com
À : PatrickFogler@columbia.edu
Re : Notre rencontre

Vraiment ?
Pour être franche, j'ai eu l'impression de ne pas trop vous intéresser.
Claire

De : PatrickFogler@columbia.edu
À : fillebizarre1667@gmail.com
Re : Notre rencontre

J'ignore ce qui vous a fait croire ça. J'aurais voulu vous contacter plus tôt, mais cela me paraissait inutile étant donné que je suis absent.

De : fillebizarre1667@gmail.com
À : PatrickFogler@columbia.edu
Re : Notre rencontre

Je vous trouve très conventionnel… Comment aurait réagi Baudelaire ?

J'aime imaginer que je suis sa Vénus, recevant tous ces poèmes extraordinaires. Et je me demande s'il savait qu'elle était excitée par les choses qu'il avait osé faire naître.

Je dis que j'imagine… mais, en réalité, je me suis déjà retrouvée dans une position semblable, et je sais ce que l'on ressent quand on est autorisé à pénétrer dans l'esprit de quelqu'un d'autre. C'est un sentiment extraordinaire.

Sans doute certaines personnes qualifieraient-elles de pornographie ce que cet homme m'a écrit. Mais, pour moi, c'était aussi beau, et honnête, que n'importe quel poème.
Claire

S'ensuit une longue attente. Trois jours passent sans réponse. Jusqu'à ce que, sans prévenir :

De : PatrickFogler@columbia.edu
À : fillebizarre1667@gmail.com
Re : Notre rencontre

Dans ce cas, le document joint vous distraira peut-être en mon absence.
« pourclaire.doc »

31

« Tout y est ! » L'excitation agite le visage habituellement impassible de Frank alors qu'il relit pour la troisième fois la description du fantasme de Fogler. « Nom de Dieu, tout y est ! »

Le Dr Latham ne répond pas. Le seul bruit est celui de son stylo qui tapote contre ses lèvres.

« C'est exactement ce à quoi vous vous attendiez, hein ? lui dis-je. Tout ce que vous avez décrit : la violence, la douleur, le contrôle… »

Frank lit à voix haute : « “L'odeur musquée de ton excitation envahit la pièce tel le parfum douceâtre d'une fleur rare, une orchidée qui libère ses odeurs célestes uniquement au moment où elle commence à se flétrir et à se décomposer…” C'est un truc de cinglé, Kathryn. »

Le stylo s'immobilise.

« Il a pu se rendre dans une libraire et trouver ce passage dans n'importe quel roman pour adultes, dit-elle à contrecœur. C'est un peu pervers, en effet. Mais je ne jurerais pas que seul un meurtrier puisse écrire ça.

– En tout cas, il ne s'est pas rayé de la liste des suspects.

– Non, concède-t-elle.

– Alors, on fait quoi maintenant ? »

La psychologue se tourne vers moi.

« Il se retient. Vous devez lui montrer que vous êtes plus intéressée qu'il le croit. Répondez-lui. Écrivez quelque chose dans la même veine, en plus corsé.

– C'est *moi* qui dois l'écrire ? Vous ne pourriez pas…

– À votre avis, pourquoi je vous ai obligée à passer autant de temps sur ces sites ? Il faut que ce soit votre voix. »

Assise devant mon ordinateur, je dois me rappeler que j'ai fait des choses plus difficiles que ça. Un jour, je me suis promenée dans les rues de New York pour vendre aux passants des pulls en laine de girafe.

De : fillebizarre1667@gmail.com
À : PatrickFogler@columbia.edu
Re : Notre rencontre

Cher Patrick,
Merci pour ce fantasme. J'ai beaucoup apprécié. Mais, croyez-moi, ces choses que vous décrivez me semblent bien trop sages. Les choses que j'aime me font parfois peur par leur côté extrême. Oh, bon sang, pourquoi est-ce que je raconte ça à un inconnu ? Parfois, quand je vois ce qui m'excite, ce qui me donne le sentiment d'être impuissante, vulnérable et effrayée, je me demande s'il n'y a pas un truc qui cloche chez moi.

Je vous dis tout ça, car je pense que vous pouvez peut-être comprendre… Mais désormais j'ai presque peur de votre réponse, au cas où vous m'auriez mal comprise. Peut-être vaut-il mieux nous dire au revoir maintenant, avant que tout cela ne nous emmène trop loin.

J'ai écrit quelque chose moi aussi. Dites-moi si ça vous plaît.
Claire.
« pourPatrick.doc »

De : PatrickFogler@columbia.edu
À : fillebizarre1667@gmail.com
Re : Notre rencontre

Quelle personne remarquable et étonnante vous faites, Claire.
J'ai aimé ce que vous m'avez envoyé et j'ai hâte de vous revoir à mon retour. En attendant, vous trouverez ci-joint un texte plus à votre goût.
« pourclaire2.doc »

Dans ce deuxième fantasme, Patrick décrit comment il me banderait les yeux et me frapperait avec une ceinture.

Dans le troisième, qui arrive quelques heures plus tard, il me décrit allongée sur un lit aux draps fraîchement lavés, entourée de bougies, tel un corps étendu sur un autel. « Je prends deux bougies, une dans chaque main. Elles sont épaisses et lourdes, comme les bougies d'église. Les flammes pointues, incandescentes, laissent échapper un mince filet de fumée noire, des disques de cire fondue, translucide, prête à déborder, entourent les mèches. J'approche la première au-dessus de votre corps et j'incline ma main. Vous tressaillez, sans crier. La cire se solidifie sur votre peau et prend un aspect laiteux. Comme une cicatrice. »

Dans son quatrième fantasme, je suis surprise dans une chambre d'hôtel par un mystérieux inconnu, menaçant, qui m'attache sur le lit avant de m'étrangler.

« Excellent, commente le Dr Latham en lisant par-dessus mon épaule le dernier message de Patrick. Il y a un tas de choses intéressantes, là. »

Frank semble perplexe.

« Genre ?

– Les bougies, les liens… Et le décor : une chambre d'hôtel. Ce n'est pas sans rappeler le meurtre de Stella.

– Certes, mais rien que le meurtrier soit le seul à savoir, objecte l'inspecteur. Et puis, il n'y a pas de couteau. Un avocat expliquera qu'il a choisi une chambre d'hôtel, car c'est là qu'il se trouvait quand il a écrit ça.

– Laissez-lui du temps, Frank. À partir de ce texte, je peux déjà affirmer que les penchants sexuels de Patrick Fogler sont partagés par une infime partie de la population. Attendons que les mailles du filet se resserrent lentement. Il n'en sera que plus solide.

De : fillebizarre1667@gmail.com

À : PatrickFogler@columbia.edu

Re : Notre rencontre

Très bien, Patrick. Mais je m'interroge : jusqu'où pouvez-vous aller ?

Pour ce qui est de nous revoir… je dois réfléchir. On m'a laissée tomber si souvent. Sauf une fois… comme je vous l'ai raconté. Mais, en définitive, c'était pire.

Continuez à m'écrire, Patrick. S'il vous plaît.

Claire

32

« Aujourd'hui, annonce Kathryn, nous allons apprendre à écouter.

– Quoi ? fais-je.

– Je disais : aujourd'hui… » Elle s'arrête. « Oh. Très drôle. Ha, ha. »

Dix jours se sont écoulés depuis que Patrick est parti en Europe ; cinq depuis son dernier mail. Nous savons qu'il est rentré à Manhattan, mais, depuis que je lui ai demandé de continuer à m'écrire, aucune nouvelle. Kathryn tente de m'occuper, mais je sens que le cœur n'y est pas. De mon côté non plus. Nous comptons les jours, en attendant que Patrick rétablisse le contact.

« Ce que je vais vous apprendre, poursuit-elle, ce sont quelques-unes des techniques de base en neurolinguistique. »

Elle fait apparaître un tableau, divisé en deux colonnes : BON et MAUVAIS.

« Tout d'abord, les jugements. Essayez de les éviter. Dire *C'est dégoûtant* ou même *C'est super* est beaucoup moins utile qu'une réaction neutre du style *Je vois* ou *Continuez*.

Et souvenez-vous que le silence est la plus efficace des questions. » Elle s'interrompt. « Vous vous agitez, Claire. Un problème ? »

J'émets un grognement.

« J'ai déjà vu tout ça lors de mon premier cours de théâtre. Mais on appelait ça bloquer et accepter. »

Elle fronce les sourcils.

« Claire, j'ai suivi sept ans de formation. Je doute fort que quelques jours...

– Je doute fort que quelques jours... »

Je l'imite si parfaitement qu'elle en rougit.

« Ça me fait penser, dit-elle d'un ton glacial, que vous devez me donner les dates de vos règles. Il se peut que nous soyons obligés de structurer l'opération en fonction des jours où vous êtes le moins mal lunée. »

Ouah. Même pour Kathryn, c'est vache. Et clinique. Je lui lance un regard incrédule.

« Très bien, dit-elle en levant les mains au ciel. Envoyez un mail à Patrick. Et demandez-lui de vous retrouver quelque part. On ne peut pas continuer comme ça. »

33

La personne que j'attends n'est pas venue.

Voilà ce que vous penseriez si vous me voyiez dans ce bar tranquille de West Village, essayant de faire durer mon virgin mary. Une étudiante qui attend son rencard. Un peu mieux habillée que certaines femmes présentes, peut-être.

« Bonsoir, Claire. »

Surgi de l'ombre, il m'a prise par surprise et je dois me retenir pour ne pas sursauter. Il se penche pour m'embrasser sur la joue, et l'espace d'un instant, lorsque ses yeux vert pâle frôlent les miens, je suis certaine qu'il voit tout, qu'il sait tout : il sent le micro autour de mon cou, et la trahison dans mon cœur.

« Qu'est-ce que vous buvez ? » demande-t-il en se glissant nonchalamment sur le siège voisin.

Il fait signe au barman.

« En fait, on ne reste pas ici. On va aller ailleurs. Dans un autre bar. »

Il fronce les sourcils.

« Pourquoi ne pas m'avoir donné rendez-vous là-bas ?

– Ce n'est pas le genre d'endroit où on peut donner rendez-vous à quelqu'un. On y va ? »

Je ne lui en dis pas davantage jusqu'à ce que nous soyons presque arrivés. Un des derniers vestiges d'une époque révolue, m'a expliqué Kathryn, quand des établissements comme le Mineshaft et The Vault faisaient de New York un synonyme d'explorations sexuelles.

Enfin, je m'arrête.

« C'est ici. »

Il n'y a aucune enseigne, juste une sonnette. Nous descendons quelques marches qui nous conduisent dans un petit vestibule, où seuls se trouvent une hôtesse, un lutrin et une porte masquée par un rideau. L'hôtesse me toise par-dessus son piercing dans le nez. Étant donné que j'arbore une veste Prada toute neuve, achetée avec mon deuxième mois de salaire, je trouve cela légèrement horripilant.

Les formalités d'admission achevées, après avoir signé un exemplaire du règlement, nous franchissons la porte et je comprends pourquoi la fille n'était pas du tout impressionnée. Prada n'a pas la cote ici.

En fait, aucun vêtement en tissu n'a la cote ici. Les matières de prédilection sont le cuir, le vinyle, le caoutchouc, le film étirable. Et la peau. Ils aiment beaucoup la peau. Particulièrement percée, tatouée ou couverte d'inscriptions.

La première pensée, irrationnelle, qui me vient à l'esprit est la suivante : *Comment diable font-ils pour rentrer chez eux comme ça ?*

Un homme passe devant nous. Il porte un pantalon en cuir, rien d'autre, et il tient une chaîne à la main. Cette chaîne est reliée à un anneau planté dans le téton d'une fille à la beauté saisissante. Le mot ESCLAVE est écrit sur sa poitrine, au marqueur.

En regardant autour de moi, je vois des masques et des harnais en cuir, d'étranges bâillons faits avec des balles de golf. Un autre homme porte une cagoule qui dissimule la totalité de son visage ; seul un tube lui permet de respirer. Je sens vibrer dans mon plexus les pulsations sourdes de la musique.

Sur une estrade, deux hommes se relaient pour fesser avec une tapette une femme attachée à l'intérieur d'un cadre. Un petit groupe s'est formé pour regarder. Le mur derrière le cadre est couvert d'accessoires, soigneusement suspendus à des crochets, comme un atelier de menuisier : cordes et liens de cuir, menottes et pinces, martinets sophistiqués et cannes de Charlot.

Patrick et moi assistons un instant à la scène. Finalement, obéissant à un signal convenu d'avance, les deux hommes s'arrêtent. L'un d'eux oblige la femme à embrasser la tapette pendant que l'autre la détache. Les spectateurs se dispersent, certains disparaissent dans les pièces voisines, sombres.

Je suis obligée de crier pour couvrir la musique :

« Qu'est-ce que vous voulez faire maintenant ?

– Trouver un endroit qui sert de l'alcool. Un bon bourgogne, de préférence. Et un lieu où on peut s'entendre parler, de préférence. »

« Alors, qu'avez-vous pensé, sincèrement ?

– Sincèrement ? » Patrick m'observe par-dessus son verre. « Je crois que j'étais un peu surpris de me retrouver là. Puis intrigué. Et pour finir, j'ai dû me retenir pour ne pas éclater de rire. »

Je ne comprends pas.

« Vous avez eu envie de rire ?

– Tout cela est tellement *sérieux*. Non ? Et un peu absurde en même temps. Toutes ces règles ridicules sur la permission, les codes de sécurité. En vérité, c'est à peu près aussi dangereux qu'un manège à Disney World.

– Oh.

– Mais j'apprécie l'honnêteté avec laquelle vous me faites partager vos désirs, Claire. Même si je n'ai aucun goût pour les jeux de soumission et de contrôle, je comprends que cela puisse plaire à certains.

– Aucun goût, dites-vous ? Pourtant, vous avez écrit ces fantasmes... »

Il secoue la tête.

« Je traduis les œuvres des autres. Je suis un imitateur. Je peux me glisser dans le style de Baudelaire, ou de Proust, ou copier un roman de gare porno. Pour moi, c'est pareil. À vrai dire, prendre une nouvelle identité, pénétrer dans l'esprit d'une autre personne me procure la moitié du plaisir. Cela ne veut pas dire que je suis réellement cette personne.

– Alors, vous ne... Vous n'êtes pas branché SM ?

– Seulement si cela procure du plaisir à ma partenaire. Personnellement, ça ne m'intéresse pas.

– Dans ce cas, pourquoi avoir accepté d'écrire ces textes ? »

Il sourit.

« Parce que *vous* me l'avez demandé. Et j'avais très envie de vous offrir un cadeau qui vous ferait plaisir. En outre, j'aime savoir ce qui fait vibrer les gens. Sans doute parce que je suis orphelin. »

J'ouvre de grands yeux.

« Vous êtes orphelin ?

– Oui. » Il semble surpris par ma réaction. « Mais je fais partie des chanceux : je m'entendais bien avec ma famille d'accueil. Pourquoi ?

– Je... » J'ai les neurones en feu. Mon personnage a perdu un de ses parents. Un seul. Je ne peux pas avouer à Patrick que j'ai été placée en famille d'accueil moi aussi. « Mon père est mort quand j'avais dix ans, dis-je tout bas. Et je ne suis pas très proche de ma mère. Mais je sais bien que ce n'est pas pareil.

– Peut-être pas, en effet. Néanmoins, j'avais senti quelque chose en vous... une sorte de dureté, teintée de fragilité. Un détachement... Difficile à expliquer. Mais, quand vous le ressentez vous-même, vous apprenez à le reconnaître chez les autres. Des personnes qui cherchent à aimer et à être aimées de manière inconditionnelle, et qui ont du mal à l'accepter, cependant, quand cela se produit. Des exclus qui essaient de s'intégrer, en quête d'une famille de substitution... Et parfois, nous croyons avoir trouvé ce que nous cherchons dans un club ou dans un groupe. C'est peut-être ça qui vous a attirée vers l'univers des fétichistes, Claire. Peut-être cherchiez-vous à appartenir à un autre groupe de marginaux.

– Oui, peut-être », dis-je, mais, dans ma tête, je me repasse cette tirade en remplaçant le mot *fétichistes* par *comédiens.*

Vous m'avez percée à jour, Patrick.

« Quand vous êtes orphelin, poursuit-il, il y a un sentiment auquel vous finissez par vous habituer. C'est comme si vous nagiez dans l'océan en pleine nuit, et soudain, vous vous demandez ce qu'il y a en dessous. Et vous comprenez que si vous arrêtez de nager, vous allez vous noyer... car rien ne vous retient. Rien sauf les profondeurs et l'obscurité. Vous êtes seul, totalement seul. Il y a tous les autres, ensemble, et vous. »

Je sais, Patrick. Je sais.

Nous continuons à discuter durant des heures, me semble-t-il. Une chose étrange en soi. Habituellement, quand je bavarde avec des hommes, ils me draguent, ou vice-versa. Dans un cas comme dans l'autre, la conversation est pliée en trente minutes, max. Discuter de choses et d'autres – de poésie, de New York, de ses voyages en Europe –, c'est nouveau pour moi.

Et malgré tous mes efforts pour maintenir une distance professionnelle, cet homme me plaît. Il est intelligent, cultivé et même si, à l'évidence, il est bien plus calé que moi en littérature et en art, il n'est jamais condescendant. Et il semble s'intéresser véritablement à mes opinions.

Je dois me concentrer pour ne pas oublier de lâcher dans la conversation quelques appâts fournis par Kathryn : les allusions détournées à mon sombre passé, censées l'amener à se confier.

Mais évidemment ça ne marche pas. Il ne mord à aucun hameçon, et très vite, j'abandonne.

Quand nous quittons le bar, il insiste pour partager un taxi et me déposer devant chez moi. East Harlem est un quartier dangereux, affirme-t-il.

Il m'accompagne jusqu'à ma porte, et c'est là qu'il m'attire contre lui et m'embrasse pour la première fois. Je m'en doutais. Bien entendu, je suis obligée de lui rendre son baiser.

Un simple baiser de comédienne, me dis-je. Comme tu l'as fait des centaines de fois. Ça ne veut rien dire. Ton personnage apprécie la sensation des bras de cet homme, le poids et la fermeté de son torse, la pression de ses lèvres, le fait de savoir que tu as réussi à franchir sa carapace, pour découvrir que tu lui plais, comme il te plaît. Ton personnage.

Pas toi.

34

« Nous allons devoir nous montrer plus subtils », déclare Kathryn.

Ils sont arrivés quelques minutes après que je suis rentrée. L'euphorie brille par son absence cette fois.

« Il a choisi d'être ultra-prudent, de toute évidence, ajoute-t-elle. Le secret est devenu une seconde nature chez lui.

– Il n'y a pas si longtemps, vous disiez que la solitude l'amènerait à prendre des risques, fais-je remarquer.

– Ce n'est pas une science exacte, Claire.

– Ce n'est même pas une science du tout, apparemment, dis-je dans un murmure.

– Nous faisons une hypothèse et, ensuite, nous testons cette hypothèse, explique sèchement Kathryn. Si ça ne colle pas, on passe à autre chose. »

Frank intervient, et pour la première fois, je perçois une pointe de frustration dans sa voix :

« Il n'a toujours rien dit qui puisse le compromettre.

– J'ai toujours affirmé que, s'il pouvait se *cacher* au milieu de la communauté BDSM, il était peu probable qu'il en fasse partie. Et en un sens, cela se trouve confirmé par les derniers développements…

– On ne peut pas réclamer un mandat à un juge sous prétexte que notre type semble mener une vie normale, ironise Frank. On n'a rien du tout.

– En effet, admet Kathryn. Pour l'instant, nous n'avons rien. »

Parce qu'il n'y a rien à trouver.

Cette évidence frappe mon cerveau comme un éclair.

Patrick est innocent.

Je ne le dis pas à voix haute. Car je devine la réponse de Kathryn : elle dira qu'il ne m'appartient pas de formuler ce genre de jugements. Mais aussi par volonté de garder ça pour moi ; c'est mon secret, une chose que je peux étreindre, comme un doudou.

Comme j'aimerais étreindre Patrick.

Je me demande qui pourrait convaincre la psychologue et l'inspecteur que Patrick n'est pas notre homme. Et quelle sera leur réaction à ce moment-là. Disparaîtront-ils de sa vie, en s'attendant à ce que je fasse de même ?

Je ne veux pas que ce jour arrive. Pas tout de suite, du moins.

Ou bien, se peut-il que les choses ne se passent pas de cette façon ? Est-il possible qu'un jour, Patrick et moi… J'ose à peine formuler cette pensée.

Se peut-il que nous ayons une liaison ?

Cela semble inenvisageable. Mais dans cette histoire insensée rien n'obéit à la logique.

Frank et Kathryn s'en vont, en continuant à se disputer. Je n'arrive pas à me détendre. J'étouffe dans cet appartement sale et de mauvais goût. On dirait le décor d'une épouvantable production d'étudiants.

Ça ne me ressemble pas. Et ça ne ressemble pas à Patrick non plus.

Le serpent, animal nocturne à l'évidence, se tortille et forme des nœuds complexes contre la paroi de son aquarium. J'ignore si c'est un mâle ou une femelle, mais j'ai pris l'habitude de l'appeler Kathryn.

J'ai besoin de prendre l'air.

Étant donné que je suis déjà sur mon trente et un, je décide d'aller en boîte, juste pour le plaisir de me défouler sur la piste, sentir la musique s'emparer de mon corps. Un dealer posté près de l'issue de secours m'offre deux pilules pour le prix d'une, car c'est un soir de semaine.

À 3 heures du matin, mon corps tombe de fatigue, mais mon cerveau, lui, bouillonne encore. C'est alors que je songe au Harley Bar, là où des motos sont suspendues au plafond. Et à Brian, le barman australien, avec son torchon glissé dans la poche arrière de son jean, qui finit à 3 heures.

Comme on pouvait s'y attendre, il est justement en train de fermer quand j'arrive. Pas besoin de flirter longtemps avant qu'il m'invite chez lui.

Mais pour une raison quelconque, ce soir, l'idée de faire l'amour avec quelqu'un pour la première fois a perdu son pouvoir magique. Au lieu de me donner l'impression de faire une chose dangereuse et audacieuse, cela me paraît un peu vain.

Car Brian peut bien me répéter que je suis belle, extraordinaire, flippante ou folle, la personne que j'aimerais entendre prononcer ces mots n'est pas là.

35

Je regagne l'appartement un peu avant midi. J'ai les yeux irrités et ma bouche ressemble à ce machin dans lequel les fleuristes disposent les fleurs. En entrant, je me fige, sans croire à ce que je vois.

En l'espace d'une nuit, la décoration a été entièrement refaite. Les murs sont peints d'une couleur crème subtile. Les crânes d'animaux et les accessoires de pacotille ont disparu. Remplacés par des meubles de style suédois, des canapés West Elm et des kilims turcs éclatants. La basse et l'ampli ont cédé la place à des enceintes Sonos qui diffusent de la musique classique en sourdine. Exit également les posters de rock aux murs, échangés contre des reproductions dans des cadres en bois cérusé. La table basse accueille des livres d'art consacrés à Georgia O'Keeffe et à Toulouse-Lautrec.

Grâce à un coup de baguette magique, le serpent s'est transformé en chat écaille de tortue, qui m'observe d'un air indolent, sur le canapé.

« Elle s'appelle Augusta, me dit Kathryn en émergeant de la pièce d'à côté au moment où je lui caresse les oreilles.

– Vraiment ?

– Quoi ? Vous pensez que cette chatte a besoin d'un nom d'emprunt ? Elle s'appelle réellement Augusta. Où étiez-vous passée ?

– J'avais besoin de décompresser. » Je montre le nouveau décor. « Pourquoi ce changement ? »

Elle m'observe, lèvres pincées. L'espace d'un instant, je pense qu'elle va m'engueuler, mais elle répond simplement :

« À l'avenir, pensez à prendre le collier, d'accord ? Nous devons pouvoir nous assurer que tout va bien.

– Le micro aurait été déplacé cette nuit, croyez-moi. Sauf si vous vouliez que l'inspecteur Durban fasse une crise cardiaque. »

Elle ignore cette plaisanterie.

« Pour répondre à votre question, dit-elle, j'ai repensé à votre réflexion. Au sujet de la Vénus noire et de la Vénus blanche. Peut-être faudrait-il accentuer le côté Vénus blanche : la beauté pure et élégante qu'il pourrait profaner.

– Ouah. Sacré changement de personnage. Il faut que je réfléchisse…

– Pas trop longtemps. Patrick a deux billets pour le Booth Theater ce soir.

– Pour *Hedda Gabler* ? »

Je meurs d'envie de voir ce spectacle, mais les places s'arrachent.

« Il passe vous chercher à 19 heures. Il a laissé un message sur votre boîte vocale. D'ici là, essayez de vous reposer. Franchement, Claire, vous avez une tête à faire peur. »

36

Il aime bien mon appartement, dit-il. Exactement tel qu'il l'imaginait. Sobre, mais d'un goût impeccable.

Je m'excuse pour la légère odeur de peinture en expliquant que je viens de refaire la décoration.

Un taxi nous dépose devant le théâtre, où nous passons devant les affiches COMPLET et la longue queue au guichet des retours, et je me demande comment il a obtenu ces places. Mais il est riche, évidemment. Stella était la descendante d'une vieille fortune, et étant donné qu'ils n'étaient pas divorcés quand elle est morte, Patrick a hérité de son argent, jusqu'au dernier centime.

D'ailleurs, c'est une des premières choses qui ont éveillé les soupçons de la police. Frank me l'a confié. Ce qui n'est pas logique, quand on y réfléchit. Patrick n'y pouvait rien si sa femme était fortunée. Et les faits dont l'accuse Kathryn n'ont aucun rapport avec l'argent.

Une fois de plus, je ne peux m'empêcher de m'interroger sur l'obsession de la psychologue. Si nous étions dans une pièce de théâtre, faire tomber Patrick serait sa ligne d'action, un terme inventé par Stanislavski pour désigner le besoin irrésistible qui anime un personnage et le pousse à commettre des erreurs tragiques.

Je peux juste espérer que, dans ce cas précis, elle prenne conscience de son erreur avant qu'il ne soit trop tard.

Reste professionnelle, me dis-je. *C'est de la comédie. C'est juste un rôle.*

Mais, alors même que je me dis cela, je m'aperçois que ce n'est plus vrai. Si ça l'a jamais été.

Patrick adore le théâtre. Je le devine avant même que l'on s'installe à nos places. Il semble s'animer, il se délecte de l'environnement, de l'excitation ambiante.

L'illusion l'a toujours attiré, me confie-t-il. L'idée qu'une chose puisse en représenter une autre.

« Mon rêve, c'est d'écrire une pièce sur Baudelaire et les deux Vénus, m'avoue-t-il, alors que nous attendons que le spectacle commence. Ce sujet me semble sur mesure pour le théâtre. Pas un théâtre tel que celui-ci, évidemment. Il faudrait un lieu expérimental, prêt à accepter un matériau réellement provocateur.

– Comment ferais-tu ?

– Je pense que je bâtirais ma pièce autour du procès de Baudelaire, quand *Les Fleurs du mal* ont été interdites pour cause d'obscénité. J'aime les bonnes histoires de procès.

– Moi aussi.

– C'est vrai ? » Il me lance un regard de biais. « Meilleur film de procès selon toi ?

– Facile. Et ce n'est pas *Douze hommes en colère*, malgré la mise en scène de Sidney Lumet. C'est…

– *Le Verdict*, dit-il. Écrit par David Mamet. »

J'acquiesce.

« Mais mon genre préféré, c'est le film noir. Particulièrement ceux qui se déroulent à New York. Il y en a un qui s'appelle *Laura*, avec Gene Tierney dans le rôle-titre…

– J'ai dû le voir cent fois. Tu te souviens du passage où… »

Alors que nous parlons des films et des pièces que nous adorons, en attendant que les lumières s'éteignent, je songe soudain que c'est sans doute une des meilleures soirées que je passe avec un homme. Tant que je ne pense pas au micro et aux oreilles indiscrètes, évidemment.

Et je n'y pense pas. Du moins, mon personnage n'y pense pas. Mon personnage est aux anges.

La première moitié de la pièce est encore meilleure que je l'espérais. Je m'identifie à Hedda, une femme qui fait toutes sortes de trucs dingues parce que le quotidien l'ennuie, et qui finit par s'enfoncer peu à peu dans le délire, jusqu'à devenir incontrôlable. Les acteurs sont si bons qu'à l'entracte je n'ai même pas envie de parler. Je veux rester dans la bulle des mots d'Ibsen.

Comme s'il sentait ce que je ressens, Patrick me glisse :

« Je vais nous chercher à boire. Nous ne sommes pas obligés de discuter. »

Alors que j'attends son retour, j'entends une voix derrière moi lâcher d'un ton malveillant :

« Évidemment, les spectateurs adorent ce jeu outré. Ils n'y connaissent rien, les pauvres. Oh, bonsoir, Claire. »

Je tente de m'échapper, mais c'est trop tard. Raoul quelque chose. Un comédien. Un ami d'un ami de Jess.

Il me tend sa joue pour une bise.

« Épouvantable, n'est-ce pas, trésor ?

– Moi, j'aime bien », dis-je tout bas.

À cet instant, Patrick revient avec deux verres de vin, dans des gobelets en plastique. Il regarde d'un air interrogateur Raoul et ses amis, attendant d'être présenté.

« Ah, oui ? Peut-être que lorsqu'on n'a pas travaillé depuis un certain temps, c'est plus difficile de juger, ironise Raoul.

– Je te présente Raoul, dis-je à Patrick. Il a interprété récemment un rat qui chante dans une comédie musicale.

– Un écureuil », rectifie Raoul. Il plisse les paupières. « Franchement, Claire, quel est cet accent extraordinaire ? Tu joues les Américaines en espérant trouver du travail ?

– Il paraît que la seconde partie est mieux », dis-je pour changer de sujet.

Mais impossible d'arrêter Raoul maintenant qu'il est lancé.

« En parlant d'accent, j'ai discuté avec ce délicieux garçon, un peu rustre, qui travaille au Harley Bar. Des félicitations s'imposent, paraît-il... *La vache, je me suis éclaté grave au plumard avec Claire la nuit dernière. Un peu plus, et je me retrouvais circoncis !* »

Il imite parfaitement l'accent australien nasillard de Brian. Ses amis rient servilement. Patrick ricane lui aussi.

Il avance d'un pas et prend Raoul par les épaules, comme s'il voulait le féliciter pour cette plaisanterie pleine d'esprit. Et puis, brusquement, sa tête s'abat sur le nez de Raoul. Qui s'écroule telle une marionnette. Derrière nous, une femme laisse échapper un petit cri horrifié.

Raoul, à genoux, s'incline face à la moquette, comme en prière. Du sang et de la morve coulent de son nez.

« Veux-tu voir la seconde partie ? me demande Patrick, calmement. Ou préfères-tu qu'on s'en aille ? »

37

« Désagréable, ce type », commente Patrick à l'extérieur du théâtre.

Un léger crachin estival a fait son apparition, mais il semble ne pas s'en apercevoir.

« Les comédiens sont parfois vaches entre eux », dis-je d'une voix mal assurée.

Nous prenons la direction de l'ouest.

« Que voulait-il dire, d'ailleurs ? demande Patrick en cherchant un taxi du regard.

– À quel sujet ?

– Le fait que tu ne travailles pas.

– Oh… » Je hausse les épaules. « Bêtement, je m'étais mis en tête que je pourrais essayer de devenir comédienne. Mais Raoul et ses amis m'ont vite fait comprendre que c'était ridicule.

– Je trouve que c'est une excellente idée, au contraire. Tu as besoin de donner un but à ta vie. Et tu serais douée, j'en suis sûr. Jette un coup d'œil au cursus théâtral de Columbia. Ils donnent des cours particuliers. » Un taxi surgit, Patrick l'arrête d'un geste. « East Harlem, déclare-t-il au chauffeur en me tenant la portière.

– Je n'ai pas les moyens de m'offrir des cours particuliers, dis-je, une fois que nous sommes assis à l'arrière du taxi, qui redémarre.

– Je te prêterai de l'argent.

– Allons, Patrick. Ne dis pas de bêtises.

– Quelles bêtises ? Je peux me le permettre. Et quand j'aurai écrit ma pièce, tu pourras jouer dedans.

– Tu ne sais rien de moi ». La colère m'envahit. « Tu ne sais rien de *nous*. Je pourrais disparaître du jour au lendemain avec ton argent. Si ça se trouve, je suis une arnaqueuse.

– Toi, une arnaqueuse ? ». Cette idée semble l'amuser. « Je crois que je sais tout ce que j'ai besoin de savoir sur toi, Claire. La confiance, tu te souviens ?

– Pour les cours, on verra. Mais je ne peux pas accepter ton argent. »

Nous roulons vers le nord en silence.

« Au sujet de ce qu'a dit Raoul avec cet Australien…

– Tu ne me dois aucune explication, Claire. Tant que tu n'as pas décidé que tu voulais être avec moi, ces histoires ne regardent que toi.

– Je *veux* t'expliquer, Patrick. »

Et c'est vrai. J'éprouve le besoin, presque irrésistible, de tout lui raconter.

Car je suis certaine que, lorsqu'il découvrira que tout cela n'est qu'un coup monté, il va se sentir affreusement trahi. Il me haïra. Et il est important pour moi que Patrick ne me haïsse pas.

J'ouvre la bouche pour dire une chose qui empêchera que cela se produise. Une allusion, une mise en garde, une promesse…

Puis je pense à Frank et Kathryn qui nous suivent à bord d'une camionnette banalisée. Ils comptent sur moi.

Je m'oblige à reprendre le cours du scénario.

« Je crois t'avoir raconté que j'ai perdu une personne proche.

– Oui. Ton professeur. Fairbank.

– Mais je ne t'ai pas dit comment il était mort.

– J'attendais que tu sois prête à m'en parler.

– En plus d'être mon prof, il était marié. » Par la vitre du taxi, je regarde défiler les rues floues et mouillées. « Quand la vérité a éclaté, il a été renvoyé. Sa femme l'a quitté et, évidemment, il n'avait aucune chance de retrouver un poste dans l'enseignement. Pour finir… » J'inspire à fond. « Nous avions conclu un pacte de suicide. Mais je n'ai pas pu passer à l'acte. Et depuis, je n'ai toujours pas trouvé le courage. »

Les larmes coulent sur mes joues. Pas totalement feintes. Ce sont des larmes de honte. J'ai honte de ces mensonges et du côté sordide de cette histoire ridicule.

Le chauffeur de taxi pile brutalement, en klaxonnant, et fait une embardée pour changer de voie. Patrick passe son bras autour de mes épaules pour m'empêcher de tomber. J'aime ce contact.

Je pourrais aimer cet homme. Au lieu de ça, je lui mens.

« Voilà pourquoi j'ai arrêté la fac et décidé de venir vivre à New York. Depuis, j'ai l'impression d'être au bord d'un plongeoir de haut vol. J'ai trop peur pour sauter, trop honte pour reculer. »

Je pourrais t'aimer, Patrick.

« Le salopard, dit-il, tout bas. Quel sale type méprisable, lâche et égoïste. Te séduire ne lui a pas suffi. Il t'a obligée à accepter ses fantasmes sexuels pathétiques… ça me rend fou de rage, même si tu prétends que tu aimais ça. Par-dessus le marché, il a fait peser sur tes épaules le poids de *sa* culpabilité ! Quelle honte ! »

Je le regarde, étonnée.

« Tu trouves ?

– Qui peut faire une chose pareille ? S'il n'était pas déjà mort, je le tuerais de mes propres mains. »

Il sourit et me caresse la joue. Je revois Raoul à quatre pattes sur la moquette, et je n'ai aucun mal à le croire.

Quand nous arrivons devant chez moi, il descend. L'espace d'un instant, je crois qu'il va renvoyer le taxi et je sens mon cœur faire un bond dans ma poitrine. Mais il se penche vers le chauffeur et dit :

« Une minute, je vous prie.

– Tu ne me demandes pas la permission de monter ? » fais-je remarquer timidement alors qu'il m'accompagne jusqu'à la porte de l'immeuble.

Il me dévisage. La pluie fait briller ses cheveux.

« T'ai-je raconté comment s'est terminée la relation entre Baudelaire et sa Vénus blanche ?

– Je sais qu'ils ont couché ensemble. Et que ça n'a pas marché. »

Patrick acquiesce.

« Il lui a dit qu'il préférait se souvenir d'elle comme d'une déesse, et non comme d'une femme. »

Je ris.

« Je ne suis pas une déesse, crois-moi. Peut-être même tout le contraire.

– Ce que je veux dire, c'est que le sexe peut être un test pour n'importe quelle relation. Ainsi que l'a dit Flaubert, l'ami de Baudelaire : il ne faut pas toucher aux idoles, la dorure en reste aux mains. » Il coince une mèche de cheveux derrière mon oreille. « Alors, si je ne demande pas à monter, Claire, ce n'est pas que je n'en ai pas envie. Je préfère attendre qu'on m'y invite. » Il marque une pause. Comme je ne dis rien, il sourit. « Dans l'immédiat, je me contenterai de ça… »

Il se penche vers moi et m'embrasse.

Si nous étions dans un film, ce serait le moment paroxystique, lorsque la caméra s'éloigne et que le générique commence à défiler. Les deux amants s'étreignent dans la nuit new-yorkaise. La pluie confère à la scène un aspect scintillant, neuf, cinématographique : les lumières de la ville, le taxi jaune qui attend, la musique sentimentale qui s'échappe de la radio. La femme qui plaque son corps contre celui de l'homme et lui rend son baiser, plus longuement. *Je te veux.*

38

« Quand je travaillais pour Henry, je pouvais inciter un homme à faire ou à dire tout ce que je voulais en moins de cinq minutes, dis-je. Patrick, lui, n'a toujours pas prononcé *une seule parole* compromettante.

– Claire n'a pas tort », souligne Frank.

Nous sommes le lendemain matin, et nous discutons de ce que nous allons faire à présent. Le climat de tension instauré par la surveillance permanente devient pesant. Malgré cela, Kathryn déborde toujours d'énergie : un chien de chasse qui ne lâche pas sa proie.

« Je n'ai jamais affirmé que ce serait rapide. Ou facile, dit-elle.

– Non, mais vous étiez certaine de trouver *quelque chose,* fais-je remarquer. Dans le cas contraire, on arrêterait l'opération.

– Pas après quelques rendez-vous seulement. Si nous arrêtons maintenant, nous ne saurons jamais si, avec un peu de patience, nous aurions pu réussir. » Elle se tourne vers Frank. « Je travaille sur ces meurtres depuis sept ans. Les meurtres d'au moins huit femmes. Je ne vais pas renoncer parce que notre *actrice* a la frousse. »

Cette façon qu'elle a de prononcer le mot *actrice*, dégoulinante de mépris.

« Je n'ai pas la frousse. Simplement, je ne sais plus ce que nous cherchons à prouver. Ni ce qu'on pourrait faire de plus.

– Je vais trouver.

– Je vais devoir coucher avec lui, c'est ça ? »

La psychologue et l'inspecteur répondent simultanément :

FRANK DURBAN	KATHRYN LATHAM
Pas question !	Absolument pas !

MOI

C'est l'indice qu'il m'a donné. En me racontant que Baudelaire avait couché avec sa Vénus blanche. C'était une sorte de test, a-t-il dit. Je pense qu'il voulait dire : c'est là que tu découvriras le vrai Patrick Fogler.

KATHRYN

Je ne fais pas la même interprétation.

FRANK

Cela voudrait dire franchir la ligne rouge. Du piège psychologique au guet-apens.

MOI

Au moins, on saurait la vérité. Si c'est un tueur ou… un chic type affecté par la mort de son épouse.

Kathryn me regarde d'un air hébété.

KATHRYN

Bon sang ! Vous le croyez innocent, hein ? Vous gobez tout ce qu'il vous raconte ! Claire, étant responsable de vous…

MOI

Responsable de moi ? Je n'ai pas quatre ans.

KATHRYN

À la minute même où j'estimerai que vous commencez à croire à votre personnage, j'arrêterai tout. Quant à coucher avec lui, n'y pensez même pas.

Nous échangeons des regards noirs. Chacune veut forcer l'autre à baisser les yeux.

MOI

Allez vous faire foutre.

Je fonce dans la chambre et claque la porte. J'entends la voix de Frank à travers.

FRANK

Tempérament d'artiste. Peut-être que je devrais aller lui parler.

KATHRYN

Elle vous mène par le bout du nez, hein ?

INT. APPARTEMENT – CHAMBRE – CONTINUITÉ

Je colle l'oreille à la porte.

VOIX DE FRANK

Qu'est-ce que vous insinuez ?

KATHRYN

Allons, Frank. Elle sait parfaitement manipuler les hommes tels que vous. Elle a fait ça toute sa vie.

Je m'approche du miroir pour examiner mon reflet. Mon personnage me dévisage, sans ciller. Il touche le collier-micro. Je l'imagine l'arrachant d'un geste violent, extravagant. Il se retourne et le lance contre le mur, où il se brise. En hurlant que je me trompe du tout au tout sur Patrick. Ce n'est pas plus un meurtrier que Frank. Cela ferait une scène magnifique. Parfaite. Mais je me retiens.

39

Ce soir-là, j'arpente les rues de New York en réfléchissant.

Je me souviens du jour où j'ai dû tourner une scène de sexe pour *Tumulte*. Le metteur en scène nous en a d'abord parlé, il nous a fait répéter habillés, puis il a réduit l'équipe technique pour nous mettre à l'aise, autant que possible. Détail amusant : Laurence et moi, on couchait déjà ensemble à ce moment-là.

J'avais voulu jouer la scène pour de vrai, comme un défi, mais Laurence avait refusé. Quoi qu'il en soit, c'est après le tournage de cette scène qu'étaient nées les rumeurs concernant notre formidable alchimie à l'écran. Et Laurence était devenu nerveux. D'ailleurs – j'y songe maintenant –, ce n'était peut-être pas un hasard si son épouse avait débarqué peu de temps après avec leurs enfants. Peut-être avait-il choisi cette tactique de lâche pour se libérer de notre relation. Il avait juste voulu se distraire pendant son séjour à l'étranger. Malheureusement pour lui, la jeune Britannique qu'il avait draguée se montrait insistante et redoublait d'ardeur.

Me déshabiller devant la caméra ne m'avait posé aucun problème. Au contraire. Comparé à Daniel Day-Lewis obligé de vivre en fauteuil roulant pour jouer le rôle d'un paraplégique, ce n'était rien du tout. Mais c'était la preuve de mon *implication*. J'étais prête à tout donner pour mon rôle.

De même, je ne comprends pas pourquoi Kathryn s'oppose à ce que je couche avec Patrick. Elle savait dès le départ qu'il me plaisait, et elle n'a pas hésité à s'en servir pour monter son opération.

La véritable raison qui me fait hésiter à coucher avec lui, c'est que cela exacerbe ses sentiments à mon égard. J'ai peur de le pousser un peu plus, sans le vouloir, dans le piège tendu par le Dr Latham.

Et le sentiment que notre première nuit ensemble ne devrait pas être partagée avec Frank, Kathryn et quelques minicaméras.

Mais plusieurs voix s'expriment dans ma tête, et elles ne sont pas toutes d'accord.

KATHRYN LATHAM

Claire, vous perdez de vue la différence entre le scénario et la réalité. Voilà pourquoi je suis obligée de vous dire ce que vous devez faire.

MARCIE

Vous avez commis une faute professionnelle qui a foutu en l'air votre carrière. Et vous recommencez ! Vous répétez la même erreur stupide. Vous tombez amoureuse de votre partenaire. Je ne veux plus être votre agent.

FRANK DURBAN

Vous vous souvenez de ce qu'a dit Kathryn ? C'est une opération de désamorçage. Si vous touchez le mauvais fil… boum.

Les équipes de déminage, face à un colis suspect, ne prennent pas toujours la peine de tripoter les fils, me semble-t-il. Il arrive qu'elles fassent tout sauter, directement. Les meilleures solutions sont parfois les plus radicales.

Néanmoins, Kathryn a raison sur un point : je suis trop impliquée, d'une manière que je n'avais pas anticipée. Rétrospectivement, je ne peux même pas déterminer à quel moment tout s'est embrouillé dans ma tête.

Mais, si j'arrête, je perdrai Patrick, et je ne le veux pas.

40

INT. BAR EN SOUS-SOL – NUIT

Nous voici de retour dans ce bar où Patrick et moi sommes allés le premier soir. Nous attaquons notre deuxième bouteille de vin.

MOI

Stella aussi ?

PATRICK

Je l'aimais. Nous avons été mariés quatre ans, quand même. Mais aujourd'hui... Sa mort ne m'attriste plus. Ce n'est pas bien de dire ça, hein ? Pourtant, c'est la vérité. Car si elle n'était pas morte, je ne serais pas là, avec toi.

MOI

Tu te demandes parfois qui l'a tuée ?

PATRICK

En permanence. Mais la police est d'une telle incompétence… Je crois qu'on ne le saura jamais.

Il sort de sa poche une petite boîte carrée qu'il pose sur la table

Ouvre.

J'obéis. Je découvre un collier, magnifique : un torque en argent aux motifs tarabiscotés.

MOI

Il est superbe.

Une pensée me vient.

Il lui appartenait ?

PATRICK

Elle l'a porté, quelques fois. Désormais, il est à toi. Mets-le.

MOI

Oh, Patrick… Il doit valoir une fortune.

PATRICK

C'est pour ça que je veux que tu le portes. Ça ne t'embête pas d'enlever celui que tu as toujours autour du cou, j'espère ?

MOI

Ça ?

Je porte la main à l'horreur en toc de Frank.

Sincèrement, je ne serai pas fâchée de ne plus le voir. Puis j'hésite. Si j'ôte ce collier, cela signifie-t-il qu'ils ne pourront plus m'entendre ? Ou est-il assez sensible pour capter notre conversation de l'intérieur de mon sac ?

Patrick se méprend sur la signification de mon hésitation.

PATRICK

Je tiens à te l'offrir, Claire.

Je prends une décision.

MOI

Aide-moi, s'il te plaît.

Je me penche en avant pour lui offrir mon cou. Alors qu'il procède à l'échange de colliers, je prends une autre décision.

Est-ce qu'on pourrait aller chez *toi* ? Ce soir ?

PATRICK

Pourquoi ? Ton appartement est plus près.

INT. CAMIONNETTE DE SURVEILLANCE – NUIT

Le visage déformé par un rictus, Frank tripote les commandes pour amplifier le son du micro, à présent enfoui dans mon sac.

MA VOIX

(à peine audible)

Je ne me sens pas à l'aise chez moi.

FRANK DURBAN

Merde !

J'imagine aisément la scène. Et cela m'indiffère.

INT. APPARTEMENT DE PATRICK – NUIT

Patrick habite dans un superbe appartement moderne qui domine la cathédrale de Morningside Heights, rempli de tapis turcs, de livres et d'œuvres d'art européennes. Je déambule pendant qu'il nous sert à boire.

Je sais que j'aurais dû en discuter avec Frank et Kathryn. Mais je n'en avais pas envie. Je veux le faire maintenant, sur-le-champ ; je veux m'impliquer, sauter le pas les yeux fermés.

Ne réfléchis pas. Agis.

Patrick se retourne… et découvre que j'ai ouvert mon chemisier. Puis dégrafé mon soutien-gorge.

PATRICK

Je croyais que tu n'étais pas encore prête.

MOI

Je le croyais aussi.

Je m'avance vers lui.

MOI

(dans un murmure)

Fais de moi ce que tu veux.

PATRICK

Compte sur moi.

Il glisse la main à l'intérieur de mon chemisier et remonte vers un sein. Il pince délicatement le téton et je retiens mon souffle. Il tire plus fort, m'obligeant à le suivre tandis qu'il marche vers la chambre à reculons.

INT. APPARTEMENT DE PATRICK, CHAMBRE – CONTINUITÉ

PATRICK

Voilà ce que je veux, Claire.

Il m'embrasse tendrement.

INT. APPARTEMENT DE PATRICK, CHAMBRE
– UN PEU PLUS TARD

Nous faisons l'amour sur le lit. Avec passion, avec ferveur… mais tendrement, sans le moindre soupçon de violence.

41

« C'était incroyablement stupide. Sans parler des risques ! » s'emporte Kathryn avant même que j'aie ouvert entièrement la porte de l'appartement.

Frank a le teint grisâtre à cause de la fatigue. Apparemment, ils m'ont attendue toute la nuit.

« Bonjour, dis-je, poliment. Vous avez bien dormi, Claire ? Oui, très bien, merci. Tout s'est passé normalement, non ? Preuve supplémentaire que votre hypothèse ne tient pas debout.

– Vous pensez qu'un sociopathe ne peut pas faire semblant d'avoir des goûts sexuels conventionnels ? Vous n'avez donc pas écouté un traître mot de ce que je vous ai dit ?

– Un sociopathe ? Vraiment ? Car rien dans ce qu'il a dit ou fait la nuit dernière…

– Il ne risque pas d'avouer quoi que ce soit si vous lui fourrez votre chatte dans la bouche. »

Pas question de laisser passer ça.

« Est-ce une note de jalousie que je perçois, docteur Latham ?

– Allons, mesdames, intervient Frank. S'il vous plaît. »

Kathryn inspire profondément.

« Soit. Ce qui est fait est fait. La question qui se pose maintenant est : comment sauver quelque chose de ce naufrage ?

– Que proposez-vous ? » demande-t-il.

La psychologue réfléchit.

« La prochaine fois, me dit-elle, persuadez-le de vous faire mal. Dites-lui que vous en avez envie. De quoi tester son self-control.

– Oh, pour l'amour du ciel…

– *Là,* je serai jalouse. Franchement, j'aimerais bien vous flanquer une raclée.

– Quand êtes-vous devenue aussi parano avec les autres ? » Je hausse le ton. « Aussi *défiante.* »

Elle pousse un soupir théâtral.

« Oh, Claire. Il faut grandir. Vous n'êtes plus l'adolescente en lutte contre vos parents adoptifs. C'est pour de *vrai.*

– Patrick n'est pas un meurtrier. Vous ne comprenez donc pas ? C'est *vous* qui êtes obsédée. *Vous* qui ne voyez pas plus loin que le bout de votre nez. *Vous* qui essayez toujours de déformer les faits pour qu'ils collent avec votre théorie débile. Cette histoire de meurtres prétendument inspirés par des poèmes, ça ne tient pas debout. C'est risible. Quant à ces prétendues conneries de perversion sexuelle, vous donnez l'impression de vivre dans un autre siècle. Les gens font parfois des expériences. Et alors ? Patrick est un des hommes les plus doux, les plus attentionnés, avec lesquels j'ai couchés.

– Je ne possède pas votre grande expérience, rétorque Kathryn. Mais il se trouve que j'ai étudié les serial killers. Toute leur vie, ils apprennent à donner le change. Ils savent se faire passer pour des gens normaux. Chaque jour. La plupart de ceux que j'ai rencontrés sont de meilleurs comédiens que vous ne le serez jamais.

– Allez vous faire foutre ! »

Je me jette sur elle.

Frank m'arrête en tendant le bras, sans peine.

« Ce n'était peut-être pas utile, Kathryn », murmure-t-il.

Elle l'ignore. Ses yeux bleus transpercent les miens ; elle me met au défi de l'attaquer de nouveau.

« Je vais prendre une douche, dis-je. Je vous demande de me laisser tous les deux. »

Sur ce, je disparais dans la salle de bains, sans un regard derrière moi.

42

Le lendemain soir, cependant, lorsque je me retrouve avec Patrick, alors que nous nous déshabillons mutuellement, je me surprends à ôter la ceinture de son pantalon pour la lui tendre.

« Tu peux me fouetter si tu veux », dis-je timidement.

Il me prend la ceinture, la tend entre ses mains, teste sa souplesse.

« Et si je ne veux pas ? C'est possible aussi ?

– Évidemment.

– Alors, c'est ce que je choisis. »

Il lance la ceinture dans un coin.

« Patrick…

– Oui ?

– Supposons que je te dise que je n'ai jamais été attirée par tous ces trucs dont je t'ai parlé ? Que j'essayais simplement de… te choquer ? »

Il sourit.

« Je te remercierais d'être honnête avec moi, enfin. Tu essayais de me choquer ? »

Je marmonne :

« Oui, en quelque sorte. Ou de t'impressionner, peut-être.

– Claire Wright, tu es une femme adorable. Tu le sais ?

– Tu crois au destin, Patrick ?

– Quel genre de destin ?

– Le genre qui dit : tout ce qu'on a pu faire, toi ou moi, pour en arriver là n'a aucune importance. C'est une chose qui devait arriver. Et nous sommes là, ensemble. C'est la seule chose qui compte. Car c'était écrit. »

Il secoue la tête, sans cesser de sourire.

« Je ne crois pas à ce genre de destin, non. Uniquement aux coïncidences. Auxquelles, évidemment, je serai éternellement reconnaissant de nous avoir réunis. »

Plus tard, enchevêtrés sur le sol, nous buvons un verre de vin au milieu de nos vêtements éparpillés.

« Claire... Il faut que je te dise une chose. Une chose importante... Tu sais, l'autre jour, quand on parlait de Stella ? »

Je me fige. C'est alors qu'entrent en jeu tous ces exercices de relaxation et de concentration.

« Oui ? » fais-je, aussi nonchalamment que possible.

Il prend mon téton entre deux doigts, le pince délicatement et le tourne dans un sens puis dans l'autre, comme s'il actionnait le bouton d'une radio pour capter la bonne fréquence.

« Si la mort de Stella m'a appris une chose, c'est à détester les secrets. »

Oh, non.

« Tu as un secret, Patrick ? »

Je m'adresse à lui, mais aussi au micro qui se trouve dans mon sac, à quelques mètres de là.

« Oui. Un seul. Que je dois confesser. »

Son ton solennel, hésitant, indique qu'il s'agit d'un énorme secret, capital. Il semble même nerveux. Or Patrick n'est jamais nerveux.

Kathryn avait-elle raison, finalement ? Me suis-je trompée sur toute la ligne ?

J'attends, comme on me l'a appris. *Le silence est la plus efficace des questions.* Mon cœur cogne dans ma cage thoracique. Patrick le sent certainement du bout des doigts.

« Je crois que je suis en train de tomber amoureux de toi. »

43

« Aujourd'hui, on va apprendre à utiliser deux des outils les plus importants dont dispose le comédien : la mémoire sensorielle et la mémoire affective. Au fil des ans, la mémoire affective s'est parée d'une certaine aura mystique dans notre profession. En vérité, il s'agit simplement de plonger dans son passé pour se remémorer des émotions ou des événements, et de les ressusciter afin de conférer de l'authenticité au rôle que vous interprétez. Laissez-moi vous donner un exemple. »

Paul choisit Leon, un grand type dégingandé, originaire du Midwest, et lui demande de jouer l'homme qui a perdu son portefeuille. Nous regardons tous Leon (qui n'est pas l'étudiant le plus talentueux du groupe) tapoter ses poches, prendre un air inquiet, puis de plus en plus affolé ; c'est tout juste s'il ne s'arrache pas les cheveux.

« OK, dit finalement Paul. Essayons autre chose. Leon, quand tu as accroché ta veste tout à l'heure, j'ai subtilisé ton portefeuille et je l'ai caché quelque part dans cette salle. Je ne te le rendrai pas. À toi de le trouver. »

Leon est stupéfait.

« Il y a ma carte de transport dans mon portefeuille.

– Je sais, répond Paul. Et environ quatre-vingts dollars. Une photo de ta petite amie également. Et tes cartes de crédit. Alors, tu as intérêt à bien chercher.

– Merde, alors. »

Visiblement agacé, Leon se dirige vers les tables rassemblées dans un coin et se met à fouiller dans nos sacs, dont il renverse le contenu par terre, un par un. La colère enflamme son cou.

Peu à peu, il comprend que son portefeuille n'est pas caché dans un endroit aussi évident, et sa recherche devient plus méthodique. Régulièrement, il se retourne pour jeter un regard noir à Paul.

« Bon, ça suffit », dit celui-ci. Il sort de sa poche le portefeuille de Leon. « Tiens.

– Ah, putain de… »

Paul l'ignore.

« Je n'ai pas besoin de vous dire laquelle de ces deux interprétations était la plus crédible. Mais pour quelles raisons ? Tout d'abord, bien sûr, c'est seulement lorsque l'imagination croit à la réalité de la situation qu'elle parvient à la communiquer aux spectateurs. Mais il n'y a pas que cela. Nous avons tous senti, dans le second cas, que Leon avait un objectif, un but concret, et donc une émotion s'y rattachait. Il savait que, s'il ne retrouvait pas son portefeuille, il devrait rentrer à pied. Et vous avez tous perçu sa colère d'être ainsi manipulé par moi, uniquement pour illustrer ma théorie devant vous. »

Quelques élèves rient.

« Allez vous faire voir ! » grogne Leon.

S'ensuit un silence dangereux. Paul se tourne vers lui.

« Qu'est-ce que tu as dit ? »

Leon est écarlate.

« Allez vous faire voir. Avec votre putain de manipulation mentale. Pour vous, tout est une question de pouvoir. Vous avez vos chouchous, que vous trouvez si merveilleux. Comme *elle.* » Il me montre du doigt. « Nous autres, c'est comme si on n'existait pas.

– Je te ferais des compliments à toi aussi, si tu faisais une once d'effort, répond calmement Paul. Mais ce n'est pas le cas. Pour toi, c'est un cours comme un autre, n'est-ce pas ? Sur le chemin de ton diplôme.

– De toute façon, j'aurai un meilleur boulot que vous, ricane Leon. Si vous êtes si doué que ça, comment ça se fait que vous ne soyez pas connu ? Vous savez ce qu'on dit, hein ? Ceux qui ne savent pas faire enseignent. » Il récupère sa veste. « Allez vous faire foutre. Je me tire. »

Après le départ de Leon, Paul dit :

« Parfait. Nous n'avons que faire d'un poids mort dans un cours comme celui-ci. Josh, si tu nous jouais le type qui cherche ses clés ? »

Plus tard, Paul nous demande de nous détendre et de nous souvenir d'une situation riche en sensations.

Il nous donne quelques exemples simples pour commencer. La fois où nous avons mangé une chose réellement délicieuse. À l'inverse, la fois où un aliment nous a rendus malades.

Je ferme les yeux et me souviens d'un petit déjeuner, il y a deux mois environ. Je ne m'étais pas couchée de la nuit, je n'avais rien mangé depuis la veille et, bien que mes moyens ne me le permettent pas, je m'étais laissé attirer dans un *diner* par l'odeur du bacon grillé. Je me revois assise dans un box, le cuir de la banquette est chaud sous mes cuisses. Je serre dans ma main une épaisse tasse blanche remplie de café fumant, alors que la serveuse dépose devant moi une assiette d'œufs pochés, coulants, luisants, et des tranches de bacon croustillantes…

Je salive. « C'est le but, nous explique Paul. Quand votre corps vous dit que c'est vrai, ça l'est. »

Et puis je repense à la fois où j'ai acheté des coquilles Saint-Jacques, bradées en fin de journée, et que j'ai oublié de les mettre au réfrigérateur. En les mangeant le lendemain, je l'ai immédiatement regretté. Je ne peux retenir un haut-le-cœur.

« Bien, dit Paul. Maintenant, on va ajouter une émotion. Commençons par le bonheur. »

C'est facile, évidemment. Il me suffit de penser à la nuit dernière et un large sourire se répand sur mon visage.

Moi aussi, Patrick. Je ressens la même chose pour toi.

Voilà ce que je cherche depuis l'enfance, je m'en aperçois. Un amour inconditionnel. Une acceptation totale.

La croyance en une relation sans avenir. Mais pas question de penser à cela. Je refuse.

Concentrez-vous sur le bonheur.

« Très bien, me glisse Paul en passant à côté de moi. Excellent. »

Après le cours, Paul me prend à part.

« Au sujet de ce qu'a dit Leon tout à l'heure. Il y avait peut-être du vrai. Je sens que tu as du talent, Claire. »

Je bégaie quelques remerciements, mais il m'arrête d'un geste.

« Mais je sens autre chose. Je l'ai déjà vu chez certains élèves : une tendance à compter uniquement sur ce talent. Les très grands comédiens savent quand ils doivent oublier la technique. Ce n'est pas sans raison que l'on parle d'entrer en contact avec ses sentiments : les meilleurs comédiens ont quelque chose de calme et d'immobile en eux, au plus profond. Une sorte *d'intégrité*. Et non pas un noyau creux malléable. Tu comprends ce que je veux dire ? »

J'acquiesce.

« La mémoire affective peut t'aider à ce niveau-là, si tu la laisses faire, ajoute-t-il. Si tu la laisses t'emmener là où se trouvent réellement tes sentiments. Pour certains, ce sont des endroits très sombres, Claire. Mais tu dois quand même y aller. »

Le regard qu'il m'adresse est presque compatissant.

44

« Il faut remettre les choses à plat », déclare Kathryn Latham.

À force de passer de longues heures ensemble tous les trois, nous avons du mal à nous supporter. Comme une pièce jouée trop longtemps, une de ces comédies policières rebattues qui font toujours salle comble, année après année. J'ai appris à apprécier Frank, mais j'aimerais qu'il tienne davantage tête à Kathryn. Que je ne comprends pas du tout. Son désir de confondre Patrick est si écrasant, si obsessionnel, qu'il occulte tous les autres aspects de sa personnalité.

« Nous devons définir clairement notre objectif, et comment nous comptons gérer les événements afin d'atteindre notre but, dit-elle. J'espérais, je l'avoue, des confidences sur l'oreiller, mais, apparemment, nous n'en sommes plus là.

– Que suggérez-vous ? » demande Frank.

Je me déconnecte de la conversation pour regarder le soleil se diffracter à travers une bouteille d'Évian posée sur la table. Un disque de lumière au plafond prend la forme d'une ellipse, puis d'un huit, avant de s'aplatir pour redevenir un cercle.

Il m'aime il m'aime il m'aime il m'aime…

« Claire ? Êtes-vous d'accord avec ce que vient de dire Kathryn ? »

Je reviens sur terre.

« D'accord avec quoi ? »

La psychologue soupire.

« Comme vous le savez, j'avais des doutes concernant le chemin que nous suivons désormais. Mais, puisque nous y sommes, nous devons trouver le moyen d'exploiter au mieux cette relation intense, apparemment, qui se développe.

– De quelle manière ?

– Je pense que nous devons changer le scénario. Si Patrick Fogler est un meurtrier, c'est en partie parce qu'il estime avoir été trahi par les femmes. Je propose donc que vous le trahissiez.

– Vous voulez dire... en me laissant surprendre avec quelqu'un d'autre ? »

Je n'en crois pas mes oreilles.

« Pourquoi pas ? S'il est aussi attaché à vous qu'il semble l'être, il sera furieux. Chez un homme ordinaire, la colère peut s'exprimer verbalement. Si c'est un meurtrier, peut-être qu'il deviendra violent. »

Frank intervient :

« Nom d'un chien, Kathryn, c'est une stratégie à haut risque. »

Elle hausse les épaules.

« Vous avez une meilleure suggestion ?

– Hors de question, dis-je

– Vous êtes *comédienne,* rétorque Kathryn. Ce n'est pas vous qui écrivez le scénario.

– Si on fait ça à Patrick... »

Je m'interromps. *Il me haïra*, ai-je envie de dire. *Il ne me fera plus jamais confiance.*

Mais, bien entendu, c'est pour ça que Kathryn le propose.

J'ai enfin trouvé un homme avec lequel je ne veux pas tout gâcher. Et c'est précisément ce que je m'apprête à faire.

J'entends la voix de Paul : *Ce n'est pas sans raison que l'on parle d'entrer en contact avec ses sentiments : les meilleurs comédiens ont quelque chose de calme et d'immobile en eux, au plus profond. Une sorte d'intégrité...*

Je pose mon verre d'eau et me lève

« J'arrête, dis-je.

– Quoi ? fait Frank.

– Je ne veux pas continuer.

– Oh, pour l'amour du ciel, Claire, soupire Kathryn, arrêtez votre numéro et asseyez-vous.

– Je parle sérieusement. C'est fini. Désolée. »

Kathryn se tourne vers Frank.

« Inspecteur ? »

Je comprends alors qu'ils ont déjà évoqué cette possibilité, ils l'ont prévue. Maintenant, c'est à Frank de dire ou de faire quelque chose.

Mais il dit simplement :

« Vous être libre, Claire.

– Dites-le-lui, Frank, insiste Kathryn. Ou je m'en charge.

– Quoi donc ? je demande.

– Si vous renoncez, on vous met dans l'avion. Destination la Grande-Bretagne. »

Je la regarde d'un air hébété.

« Vous avez signé un contrat, ajoute-t-elle.

– Je ne l'ai pas lu ! Vous ne m'en avez pas laissé le temps ! »

Kathryn hausse les épaules.

« Nous ne pouvions pas courir le risque de vous laisser abandonner à mi-chemin, explique Frank, comme pour s'excuser.

– Ce sera fini quand je le dirai », déclare Kathryn. Il n'y a pas plus d'inquiétude ni de compassion dans son regard que si j'étais un rat de laboratoire. « Eh bien, on se remet au travail ? »

45

« Tu es bien calme ce soir, Claire. »

Patrick revient se coucher avec une bouteille de vin et deux verres.

« Tout va bien ? demande-t-il.

– Oui, oui. » Je me redresse dans le lit en m'obligeant à sourire. « Je suis un peu… songeuse, voilà tout. »

Il sourit à son tour.

« Dis-moi à quoi tu songes, alors. »

Je soupire.

« J'aimerais bien. »

En vérité, je revivais mentalement ma dispute avec Kathryn et Frank après avoir découvert ce qui arriverait si je décidais d'abandonner l'opération. J'avais protesté, supplié, pleuré même. En vain.

Je suis prise au piège. Je suis une marionnette, un zombie. Je débite leurs répliques, j'exécute leurs gestes.

Comment en suis-je arrivée là ?

Kathryn ne renoncera pas avant d'avoir découvert un élément, si ténu, si ambigu soit-il, qu'elle pourra utiliser contre

Patrick. Elle se jettera dessus et s'en servira pour l'expédier derrière les barreaux.

Ne serait-ce que la rage compréhensible d'un orphelin trahi par la femme qu'il aime. Cette femme dont il pensait être aimé de manière inconditionnelle en retour.

« Je croyais que nous devions nous faire confiance et partager nos pensées les plus abominables, dit Patrick. Quoi que tu me dises maintenant, Claire, je t'assure que cela ne changera pas ce que je ressens pour toi. »

Attends un peu de découvrir le sort que te réserve Kathryn.

Et soudain, cette pensée me vient : *Et si je lui racontais tout ?*

Une idée complètement folle, et d'une simplicité si lumineuse en même temps, que je dois retenir une petite exclamation de surprise.

Et si je sortais de mon personnage ? Si j'avouais tout à Patrick ?

Si nous voulons avoir une chance de bâtir un avenir commun, il faut qu'il sache la vérité à mon sujet. Mais, à partir de ce moment-là, le stratagème tombera à l'eau. Et je serai expulsée.

À moins… – mon cerveau fonctionne à toute allure – que je lui dise la vérité sans que Frank et Kathryn le sachent. Patrick et moi, nous pourrions continuer à les mener en bateau, jusqu'à ce qu'ils se désintéressent de lui.

Au lieu de le piéger, je pourrais le sauver.

« Qu'est-ce qui te fait sourire, Claire ?

– Garde ça dans un coin de ta tête, dis-je en me levant d'un bond. Et ne bouge surtout pas. J'ai quelque chose à te dire… Un truc dément qui va te… » Je m'arrête, consciente de l'énormité de mon geste. « Un truc qui va te faire halluciner. Mais, d'abord, je vais prendre une douche rapide.

– J'ai hâte », dit Patrick.

Tout cela semble l'amuser.

Je file dans la salle de bains, en attrapant un peignoir au passage. Je récupère le collier-micro enfoui dans la poche de mon jean et le plonge au fond du panier à linge sale de Patrick, sous une pile de serviettes.

Désolée, Kathryn, mais il ne fallait pas essayer de me forcer la main.

J'inspire profondément, je me concentre, je fais défiler la scène dans ma tête, en accéléré. Quelle attitude adopter ? Quels mots utiliser ? Et le ton ? Grave ? Excité ? Contrit ? Larmoyant ? Non. Calme. Pour lui, ça va faire beaucoup de choses à assimiler. Et je n'aurai pas droit à un autre essai. Il n'y aura pas de deuxième prise.

L'espace d'un instant, je crains que Patrick ne laisse éclater sa colère contre moi. Je me souviens de sa réaction violente au théâtre, je revois le visage ensanglanté de Raoul.

Mais ce sera différent. *Quoi que tu me dises maintenant, Claire, je t'assure que cela ne changera pas ce que je ressens pour toi.* Je dois y croire.

J'ai peur – je suis terrorisée –, et pourtant je suis heureuse. Je sais que cela peut se retourner contre moi. Mais il y a une chance, infime, qu'il comprenne la pression que j'ai subie et qu'il me pardonne. Et cette infime chance suffit à m'enivrer de joie.

Peut-être pourrons-nous enfin nous aimer sans tous ces mensonges.

Je fais couler l'eau et veux me saisir du gel douche, mais le flacon glisse entre mes doigts humides. Il roule derrière le lavabo. Je m'accroupis pour le ramasser.

C'est alors que je le découvre ; un fil, aussi fin qu'un vermicelle, fixé derrière la porcelaine.

Je le touche. Il est collant. En glissant un ongle dessous, je le décolle délicatement. Il remonte autour des robinets et passe à travers un minuscule trou. Je le suis jusque derrière le miroir, où il disparaît.

Je contemple mon reflet, incrédule.

Je décroche le miroir et le retourne. On a collé derrière, à l'endroit où le tain a été gratté, une minicaméra de surveillance.

Je le sais, car elle ressemble très exactement à celles qu'ils ont installées dans mon appartement.

Qu'est-ce que ça signifie ? Je ne comprends pas. Frank m'a expliqué que je devais porter ce collier en permanence, car ils ne pouvaient pas prendre le risque de poser des micros au domicile de Patrick. Alors, comment cette caméra a-t-elle atterri ici ?

Le souffle coupé, je suis le fil dans l'autre direction, jusqu'au sol. Je le décolle du mur. Il sort d'un interstice entre deux carreaux, comme une ligne d'amarrage qui dépasse du sable sur une plage.

Il mène à un placard. Où il rejoint un boîtier de raccordement, niché là telle une grosse araignée noire dont les pattes sont formées d'une multitude de fils partant dans tous les sens.

Il n'y a pas une seule caméra, mais des dizaines, dans tout l'appartement. Et il y a des fils partout. Si nombreux que Patrick ne peut ignorer leur présence.

J'arrache le boîtier de raccordement de sa cachette.

Je t'assure, Claire, quoi que tu me dises maintenant, cela ne changera pas ce que je ressens pour toi.

« Salopard », dis-je à voix haute, avec mon véritable accent britannique. Car je viens de comprendre. Inutile de continuer à jouer la comédie.

Patrick sait que ces caméras sont ici.

Ce n'est pas lui, le suspect.

C'est moi.

46

Une avalanche de flashbacks dégringole dans mon esprit.

FRANK

Allons discuter dehors.

INT. SIÈGE DE LA POLICE – COULOIR

Les deux inspecteurs parlent à voix basse.

INSPECTEUR DAVIES

Soit elle dit la vérité, soit elle mérite un Oscar.

FRANK

Qu'est-ce qu'il nous reste, alors ?

INSPECTEUR DAVIES

Le mari ?

FRANK

Ou bien elle est très douée, en effet.

INSPECTEUR DAVIES

Essayons d'en savoir un peu plus sur Claire Wright, d'accord ?

Ce qu'ils ont certainement fait. Et malheureusement :

INSPECTEUR DAVIES

Elle possède un alibi partiel, mais l'homme avec qui elle a couché ce soir-là était ivre et il ne se souvient pas de l'heure à laquelle elle est repartie. Elle a très bien pu rejoindre Stella à l'hôtel.

La scène qui se déroule maintenant dans l'esprit de l'inspecteur Durban a changé.

INT. LEXINGTON HOTEL – COULOIR – NUIT

Je frappe à la porte de la chambre de Stella.

MOI

Madame Fogler ? Stella ? C'est Claire… J'ai quelque chose qui appartient à Patrick.

Pas de réponse tout d'abord. Puis Stella ouvre, un verre à la main. Chancelante.

STELLA

Oh, c'est vous. La fille qui n'a pas réussi à séduire mon mari. Que voulez-vous ?

MOI

Ne restons pas dans le couloir.

Et puis, une succession de coïncidences malencontreuses.

INT. SALLE D'INTERROGATOIRE – JOUR

HENRY

D'après cet avocat, Rick, Claire s'est un peu trop investie dans son rôle. Un investissement d'une valeur de mille dollars, précisément.

Coïncidence numéro deux :

INT. SALLE D'INTERROGATOIRE – JOUR

INSPECTEUR DAVIES

Le producteur affirme qu'elle l'a agressé. Elle a sorti un pistolet… et exigé de l'argent pour ne pas envoyer l'enregistrement à sa femme. Ce même soir, elle est allée travailler pour Stella. Peut-être avait-elle conservé cette arme, et elle s'en est servie pour la menacer… puis la discussion a mal tourné et une dispute a éclaté.

FRANK

Nom de Dieu… On a la preuve qu'il dit la vérité ?

INSPECTEUR DAVIES

Uniquement les images de surveillance sur lesquelles on la voit sortir du bureau. Elle signe le registre dans le hall, comme si de rien n'était. Mais on aperçoit le pistolet qui dépasse de son sac à main.

INT. SALLE D'INTERROGATOIRE – JOUR

FRANK

Si Claire est responsable de la mort de Stella Fogler, que signifient les blessures post-mortem sur le corps ?

INSPECTEUR DAVIES

Elle avait le recueil de poèmes. L'idée vient peut-être de là. Elle a compris que cette mise en scène détournerait le véritable mobile du meurtre : le vol.

FRANK

Et les traces de préservatif ?

INSPECTEUR DAVIES

Les filles qui couchent à droite et à gauche se trimballent souvent avec leurs propres capotes. Elle en a introduit une dans la plaie sur la cuisse de Stella en espérant que les gars du labo s'en apercevraient, pour nous inciter à croire que le meurtrier était un homme. Et elle avait raison.

FRANK

Seule une personne déséquilibrée peut raisonner aussi froidement après avoir frappé quelqu'un à mort.

INSPECTEUR DAVIES

Ou une personne habituée à agir en état de stress. Sur scène, par exemple.

FRANK

OK. Elle est suspecte.

Et puis, quelques semaines plus tard :

INT. BUREAU DE KATHRYN LATHAM – JOUR

FRANK

Nous n'avons quasiment aucune piste… excepté cette comédienne, Claire Wright.

KATHRYN

Intéressant. Je me demande si… Nous pourrions lui laisser croire qu'elle est hors de cause et la convoquer sous prétexte de lui faire passer quelques tests ?

FRANK

C'est légal ?

KATHRYN

Oui, si elle signe des formulaires de consentement. Nous lui expliquerons qu'elle peut m'aider à bâtir le profil psychologique du meurtrier. Ça lui plaira, je pense… L'idée qu'elle a réussi à s'immiscer dans une enquête.

FRANK

Quand lui dira-t-on qu'elle est suspecte ?

KATHRYN

Peut-être jamais si elle ne parvient pas à se disculper. On inventera une histoire mélodramatique autour de Patrick et des poèmes… pour satisfaire son goût du théâtre.

Sur le coup déjà, j'avais trouvé bizarre qu'ils aient besoin de me faire passer tous ces tests.

Ils savaient que je me laisserais attirer par cet appât. D'abord le caméscope pour m'enregistrer. Je devenais la vedette. Ils comblaient ma vanité…

INT. SALLE D'OBSERVATION – JOUR

VOIX DE L'INSPECTEUR DURBAN

Évidemment, on a des collègues féminines qui pourraient le faire. Mais sans vouloir leur manquer de respect… vous les avez vues ? Je pense que Claire a plus de chances de vaincre ses défenses.

VOIX DE KATHRYN LATHAM

Ça n'a pas marché la fois précédente.

VOIX DE L'INSPECTEUR DURBAN

Il lui a donné le livre. Vous l'avez dit vous-même : venant de lui, c'est un signe d'intimité.

Ils attendaient de voir si j'allais faire irruption dans la salle pour exiger de participer à l'opération. Pour m'immiscer dans l'enquête.

KATHRYN

Excellent, Claire. C'est de l'analyse freudienne de pacotille, évidemment, mais je suis impressionnée par la façon dont vous avez exploité ma suggestion. Et les larmes, c'est le petit plus.

Comprendre : *Vous pourriez être notre meurtrière, finalement.*

47

Je me précipite dans la chambre, le boîtier de raccordement à la main, et je le lance sur le lit.

Patrick semble surpris.

« Qu'est-ce que...

– Tu sais déjà quasiment tout ce que j'allais te dire, pas vrai ? En fait, tu sais un paquet de choses. »

Il me regarde en clignant des yeux.

J'explose :

« Qu'est-ce qu'ils t'ont raconté comme conneries, hein !

– Ils m'ont dit que tu avais peut-être tué ma femme. Ils sont venus me trouver à mon retour d'Europe. Cela semblait expliquer pas mal de choses que tu avais dites, ton comportement... Et quand ils m'ont appris que tu étais entrée dans la suite de Stella ce soir-là, et que tu avais une arme...

– Tu ne comprends donc pas ? réponds-je, incrédule. J'ai toujours eu confiance en *toi*. Pas en eux... en *to*i. Et tu me trahis, espèce de salopard ! » Mes poings martèlent inutilement son corps sec et dur. « Je suis tombée amoureuse de toi ! »

Même dans ce contexte ô combien épouvantable, ça me fait du bien de prononcer enfin ces mots à voix haute.

« Ils ont tenté de m'en dissuader, mais j'étais trop stupide pour les écouter. Tu ne comprends donc pas, Patrick ? Je t'aime. »

C'est seulement lorsque je tente d'atteindre son visage qu'il plaque mes bras contre mon corps.

« Nom de Dieu, Claire ! Calme-toi. »

Soudain, la porte de l'appartement s'ouvre avec fracas et Frank Durban se précipite pour m'éloigner de Patrick. Je me laisse faire. Ça n'a plus d'importance maintenant. Plus rien n'a d'importance.

« Claire Wright, je vous arrête pour le meurtre de Stella Fogler… »

Je le repousse en lançant un cri de rage. Je profite qu'il soit déséquilibré pour lui échapper. Et je m'enfuis. Sans savoir où je vais. Je sais seulement que tout mon monde, ma réalité, viennent de basculer.

« Putain de merde ! » J'entends Frank jurer et s'élancer à ma poursuite. « Envoyez des renforts ! » beugle-t-il dans sa radio.

48

Finalement, je débarque chez Jess. Je ne vois pas d'autre endroit où aller.

Mais Jess n'est pas là, et je n'ai pas mes clés. J'achète une bouteille de vodka et j'attends. En vain.

Des images tourbillonnent dans ma tête et forment une boucle sans fin.

RICK

Si je peux me permettre, Claire… vous n'avez pas la tête de l'emploi.

MOI

Avant de m'apercevoir qu'il existe des façons plus excitantes de payer son loyer.

PRODUCTEUR

En fait, je vous ai appelée pour autre chose. Je suis en train d'établir le casting de tout un éventail de projets.

FRANK

Même si l'essentiel de notre travail s'est concentré sur une seule personne.

KATRHYN

Le but est de l'inciter à dévoiler divers aspects de sa personnalité, que nous pourrions comparer ensuite avec le profil que j'ai établi du meurtrier.

MOI

« *C'est une nécropole, un caveau où les morts…*
Ces corps que j'ai aimés… sont jetés bon gré mal gré »

KATHRYN

Voyons ce que nous dit le test.

PATRICK

Je crois que je suis en train de tomber amoureux de toi.

PATRICK

Je crois que je suis en train de tomber amoureux de toi.

PATRICK

Je crois que je suis en train de tomber amoureux de toi.

Je vide la moitié de la bouteille de vodka avant de comprendre que Jess a dû partir en voyage. Finalement, je n'ai plus d'autre endroit où aller que l'appartement où m'ont installée Frank et Kathryn, rempli de caméras, de micros et de mensonges.

Il n'y a personne là non plus. Mais je sais qu'ils finiront par me retrouver. Je saccage tout. J'arrache les micros cachés, je démonte les minicaméras derrière les miroirs, je détruis les meubles West Elm et les livres d'art. Je lève le pied au-dessus de la table basse en verre et l'abat de toutes mes forces. Une première fois. Le plateau dessine une mosaïque de flocons blancs. La seconde fois, j'obtiens une explosion satisfaisante.

Et puis… plus rien. Le vide. Un désespoir paralysant. *Ils vont m'arrêter*. Je ne verrai plus Patrick. Finis les cours de théâtre.

C'est *Tumulte* qui recommence. Non, c'est pire. Je m'écroule au milieu du carnage, épuisée.

Au mieux, je serai expulsée. Retour en Angleterre. Mon rêve – ma seconde chance – s'envole.

Je ramasse un éclat de verre.

J'avais voulu lui montrer que ce n'était pas de la comédie.

J'appuie le verre contre mon poignet. *Hello, mon vieil ami.*

La douleur est grisante. Elle dit : *Tu avais raison. Pas eux,* toi. *Tu étais brillante. Tu étais* vraie.

Je fais glisser le morceau de verre sur mon poignet, aussi aisément qu'on déchire un sachet de cacahouètes. Pendant une seconde, rien ne se passe. Puis le sang jaillit, impatient. Il coule à flots, par saccades. L'euphorie et la terreur se percutent dans mon cerveau.

Peut-être qu'ils comprendront ce qu'ils ont fait.

Et s'ils ne comprennent pas, quelle importance ?

Qu'ils aillent se faire foutre.

De nouveau, je frotte le morceau de verre acéré contre mon bras, tel une violoniste qui prolonge une note.

Mon ultime salut. *Merci et bonsoir.*

Le spectacle est terminé, mesdames et messieurs.

Un dernier mouvement d'archet avec l'éclat de verre. Ma vue se trouble, c'est comme un tunnel qui fonce vers moi, un projecteur qui faiblit, et ma tête bascule sur ma poitrine.

Rideau. Applaudissements.

Oubli.

Fondu au noir.

49

INT. APPARTEMENT DE CLAIRE – NUIT

Le chat zigzague entre les morceaux de verre en poussant des miaulements plaintifs. Un grand fracas retentit dehors : quelqu'un donne des coups de pied dans la porte. Elle vibre sous la violence du choc. Au cinquième coup, elle s'arrache de ses gonds.

Frank Durban se précipite.

FRANK

Nom de Dieu !

Claire gît dans une mare de sang, inconsciente.

FRANK

Claire ! Claire ! Réveillez-vous ! Merde.

Il sort sa radio et appuie frénétiquement sur le bouton.

50

« Ses jours n'étaient pas en danger, déclare Kathryn avec mépris. Elle n'a entaillé qu'un seul poignet. Un geste théâtral typique.

– Elle serait morte si personne ne l'avait découverte, réplique sèchement Frank. Elle est toujours en soins intensifs. » Il se tourne vers Patrick Fogler. « On enverra quelqu'un récupérer les caméras restantes. »

Patrick balaie son appartement du regard.

« Toutes ? Vous voulez dire… c'est fini ? Terminé ? Elle va être inculpée ? »

Frank secoue la tête.

« Sans aveux, rien ne peut justifier une inculpation. Désolé, Patrick.

– Néanmoins, elle va être envoyée dans un centre psychiatrique surveillé, ajoute Kathryn. Il est probable qu'elle y reste jusqu'à ce que les services de l'Immigration l'expulsent vers le Royaume-Uni. »

Patrick hoche la tête.

« Qu'en pensez-vous ? demande-t-il. Sincèrement ? A-t-elle tué Stella ? »

Il s'ensuit un long silence.

« Sincèrement, avoue Kathryn, je pense qu'on ne le saura jamais. Et même si on avait continué à la surveiller, je ne suis pas certaine qu'on l'aurait su un jour. Je pense que, pour Claire Wright, la réalité est telle qu'elle veut la voir. »

51

Greenridge. Un centre psychiatrique fermé, situé à une trentaine de kilomètres au nord. Au cours de mes dix mois passés aux États-Unis, je n'ai quasiment pas quitté Manhattan – aussi n'étais-je pas préparée à affronter la misère des institutions de santé publiques de ce pays.

Je me retrouve dans un service protégé par des serrures électroniques. Pour assurer notre sécurité le temps de l'évaluation, en théorie. Dans la pratique, nous sommes des prisonniers. Une sorte d'audience a eu lieu, mais on m'a jugée inapte à y assister et mon avocat commis d'office a rempli un document stipulant que je représentais un danger pour moi-même et pour les autres. Rien d'inhabituel, apparemment. Un des patients, un colosse noir que les aides-soignants surnomment l'Abruti, est menotté à son lit 24 h/24. Les autres sont libres de se déplacer, d'une certaine manière, même s'ils se contentent d'aller et venir dans les couloirs cirés en traînant les pieds, comme entravés par d'invisibles fers, en grommelant dans un patois urbain que je ne comprends pas. Tous semblent assommés par les médicaments qu'on leur fait ingurgiter.

Nous subissons une vague de chaleur, mais les fenêtres sont évidemment condamnées. Les patients de sexe masculin se promènent torse nu, et les employés eux-mêmes ne portent rien sous leurs blouses. La nuit, seul un couloir sépare les hommes des femmes. La première nuit, j'ai entendu les cris d'une femme qui se faisait agresser dans sa chambre. Les aides-soignants sont intervenus, mais, deux heures plus tard, le type était de retour.

Le psychiatre qui s'occupe de moi est le Dr Andrew Banner. Il est jeune et il a la vilaine peau caractéristique des personnes surmenées. Lors de notre première rencontre, il passe un long moment à tester mes zones réflexes.

« Souffrez-vous de stress ou d'un traumatisme quelconque ? me demande-t-il.

– Je vous ai expliqué ce qui s'est passé. » Sans que je sache pourquoi, je claque des dents. « C'était une enquête. Je travaillais avec la police. Ils m'ont installée dans un appartement truffé de caméras. Mais ils ne m'ont pas dit qu'il y avait des caméras partout ailleurs également. Car, en réalité, c'est moi qu'ils surveillaient. »

Je m'interromps, consciente de l'agitation dans ma voix.

« Pas d'accident de voiture ? D'agression ? »

Banner examine mes yeux avec une petite lampe électrique.

« Non, rien. »

Je serre la mâchoire pour essayer d'empêcher mes dents de claquer.

« Avez-vous des problèmes nerveux ? Crises d'épilepsie ? Hypoglycémie ? Phases maniaco-dépressives ? Dépression ? Pensées violentes ?

– Non. » Je regarde mon bras bandé. « À part cette fois-là, évidemment.

– Vous arrive-t-il d'entendre des voix sans savoir d'où elles viennent ?

– Non, pas vraiment. »

Il éteint sa lampe.

« Pas vraiment ?

– Parfois, j'imagine que je suis dans une sorte de film. Et je me regarde jouer. »

Il note quelque chose.

« Avez-vous consommé des drogues au cours des douze derniers mois ?

– De l'ecstasy uniquement. Mais rarement.

– Ah. »

Il le note aussi.

« Écoutez, dis-je, pour la cinquième fois, me semble-t-il. Tout cela est lié au meurtre de Stella Fogler, qui a eu lieu en février. La police a utilisé une ruse pour me faire passer des tests avec une psy.

– Quels tests ? »

J'essaye de m'en souvenir, mais les médicaments qu'ils me donnent obscurcissent ma mémoire.

« On a parlé surtout. Des familles d'accueil. À mon avis, ça faisait partie du profil qu'elle avait élaboré. Le trip Papa Ours-Maman Ours et Boucles d'or. »

Il le note.

« Vous me croyez ? »

J'entends le désespoir dans ma voix.

« Bien sûr.

– C'est vrai ? » Je suis soulagée. « *Merci.* Pendant un moment, ça m'a paru complètement fou à moi aussi. »

Sans cesser d'écrire, il dit :

« Récemment, j'ai eu un patient qui pensait qu'un arbre poussait dans son ventre. Il se souvenait d'avoir mangé un trognon de pomme, et il pensait que les pépins avaient germé en lui. Il souffrait de terribles crampes d'estomac. On lui a donné un traitement et les douleurs ont cessé. Il s'est persuadé que ces médicaments étaient un poison qui avait tué l'arbre.

– Mais il est toujours fou, fais-je remarquer.

– C'est un mot que nous n'aimons pas utiliser ici, Claire. Chacun habite sa propre réalité. » Le regard du Dr Banner glisse vers son ordinateur portable. « C'est un peu comme un réseau informatique. Différentes machines reliées à ce réseau gèrent différents logiciels. Parfois, il y a de petits bugs. Des problèmes de compatibilité, dirons-nous. Le service technique doit intervenir. Vous comprenez ce que je veux dire ?

– Pas trop.

– Disons les choses autrement : il y a dans votre organisme des déséquilibres chimiques qu'il faut corriger.

– Qu'entendez-vous par *corriger* ? »

Réponse : des doses massives de pimozide, de Proverin et d'Iclymitol, des médicaments qui ont peu d'effets secondaires, affirme-t-il, mais je sens qu'ils émoussent le mécanisme de ma pensée et enveloppent mon esprit d'une substance épaisse et gluante. En outre, ils aiguisent mon appétit. Je passe mes journées dans la salle de télévision, dans un état léthargique, à attendre qu'on m'apporte un autre plateau rempli d'aliments riches en glucides. Au cours d'une consultation, je commets l'erreur de dire au Dr Banner que la peur des autres patients m'empêche de dormir, si bien que, en plus des drogues que je prends déjà, on me donne maintenant des somnifères. Inutile de préciser que les traitements prescrits ici ne sont pas optionnels. Les aides-soignants s'assurent que vous avalez bien tous vos médicaments. On se croirait dans *Une vie volée*, mais sans Whoopi Goldberg.

On pourrait s'étonner que le Dr Banner soit obsédé par les médicaments, étant donné que c'est clairement leur consommation excessive qui au départ a grillé les cerveaux de la plupart de ses patients. Ceux-ci comparent leurs ordonnances en véritables connaisseurs : « Ils t'ont filé de la meth ? Ah, putain, j'ai eu droit qu'à deux aspirines de merde », et ils racontent à tout le monde l'expérience de conscience modifiée qu'ils ont vécue avec de l'*angel dust* ou du crack. Je ne suis pas rassurée à l'idée de sombrer chaque soir dans un coma médicamenteux, d'autant que je suis certaine que les plus vigilants savent très bien ce qu'on me fait avaler. Mais je n'ai pas le choix.

Au bout d'une semaine environ, le Dr Banner annonce, avec tambour et trompettes, son diagnostic. Je fais une crise de délire paranoïaque. Quand je proteste en affirmant que tout cela a bien eu lieu, que l'opération de police était aussi réelle que cet hôpital, il repousse mes objections d'un geste. Les faits ne comptent pas, insiste-t-il. Ce qui importe, c'est ma réaction face à eux. Je souffre de *dissociation* : une division interne de différentes parties de ma personnalité. S'y ajoute un élément de *psychose* : je ne sais pas séparer la perception de la réalité. Selon lui, ces symptômes sont liés à un *trouble de la personnalité histrionique* sous-jacent, déclenchés par des épisodes de *stress intense*.

Un seul traitement pour tout ça : augmenter les doses de médicaments.

Lentement, très lentement, conséquence des drogues ou simplement du temps qui passe, mon agitation retombe. Je ne saute plus au plafond en entendant un bruit, je ne me réveille plus avec dans la bouche un goût de vomi dû à la panique. Le torrent d'images fragmentées qui se déversait dans ma tête s'est réduit à un filet. La boucle infernale des images ralentit, puis s'arrête par à-coups.

Il est rare que je me voie encore en interprète de ma vie, traversant à grands pas le film de mon existence.

En revanche, la douleur dans mon cœur, provoquée par le souvenir de Patrick Fogler, met plus de temps à s'estomper. Je comprends à présent que j'ai été stupide de m'autoriser à tomber amoureuse de lui. Ce n'est que la seconde fois dans ma vie que je suis amoureuse, et la seconde fois que je succombe à une chimère.

Mais cela ne signifie pas que mes *sentiments* ne sont pas réels.

C'est mon précieux secret, la partie de moi-même que je ne dévoile pas à Banner ni à son équipe de thérapeutes. J'ai peur, si je leur en parle, qu'ils trouvent un moyen de m'en priver. Et je n'ai plus que ça à quoi m'accrocher. C'est tout ce qui me reste de Patrick.

Quant à Frank et Kathryn, je ne les hais pas. Je ne ressens rien. Même si j'ai cru que Kathryn était de mon côté, j'ai toujours su que je n'étais qu'un pion pour elle. Je ne l'ai jamais aimée, je n'ai jamais eu confiance en elle. Désormais, je sais que mon instinct ne m'avait pas trompée.

Les jours s'éternisent. Lassitude et morosité
Sont en elles-mêmes une forme d'immortalité...

Dans les premiers temps, j'attends avec angoisse de voir débarquer les agents de l'Immigration. Mais, à mesure que les semaines passent, je suis obligée d'affronter une autre hypothèse. Le système m'a balancée ici et m'a oubliée. Tant que le Dr Banner ne décidera pas que je suis guérie, personne n'a aucune raison de vouloir me voir partir.

TROISIÈME PARTIE

52

« Je vais beaucoup mieux maintenant, je crois, dis-je timidement. Vraiment, je me sens bien. »

Le regard que m'adresse le Dr Banner semble chargé de pitié.

« Hélas, une des caractéristiques principales des troubles de la personnalité dits "Cluster B", c'est que la personne atteinte a une image déformée d'elle-même. Souvent, elle valorise à tort ces qualités qui provoquent le désarroi de son entourage et minent ses relations avec les autres. »

Je fronce les sourcils.

« Vous voulez dire que je n'irai pas mieux tant que je croirai aller mieux ? Ça fait un peu *Vol au-dessus d'un nid de coucou*, non ?

– Je dis seulement que votre propre jugement n'est peut-être pas aussi fiable que le mien ou celui de mon équipe médicale.

– Et le Dr Latham ? Qu'en dit-elle ?

– Je n'ai pas réussi à retrouver votre Dr Latham, Claire. »

L'emploi du « votre » me fait réagir de manière agressive.

« Vous pensez que je l'ai inventée ?

– Je n'ai pas dit ça. Et de toute façon, les faits…

– Ne sont pas importants, je sais. Mais elle est psy ! Et elle m'a fait passer un tas de tests. Les résultats devraient vous intéresser.

– S'ils existent, ils seraient certainement très utiles, répond Banner, en marchant sur des œufs. Mais je peux vous assurer qu'aucune Kathryn Latham n'appartient à l'Association américaine de psychologie criminelle. J'ai vérifié.

– Je pourrais vous montrer son bureau…

– Impossible, Claire.

– Pourquoi ? C'est l'affaire de deux petites heures. Peut-être que vous me croirez ensuite ! » Je pense que Banner m'aime bien. Je suis à peu près la seule de ses patients avec qui il peut avoir une conversation rationnelle, et j'ai remarqué que les consultations duraient plus longtemps avec moi qu'avec les junkies au cerveau cramé. « Peut-être que j'y croirai moi-même. Au lieu de me demander si toutes ces conneries n'existent pas seulement dans ma tête. »

Comble de l'humiliation, je me mets à pleurer.

Banner m'observe ?

« Très bien, dit-il finalement. Si vous pensez vraiment que ça peut vous aider. Je vais organiser un déplacement. »

Le lendemain, nous montons à bord du minibus du centre. Le Dr Banner, moi et un aide-soignant baraqué, prénommé Anton, qui est uniquement là pour m'empêcher de filer. Quand nous arrivons à Union City, je commence à paniquer, car je ne retrouve pas le bon pâté de maisons.

« C'est quelque part par ici, dis-je en bondissant d'un côté à l'autre du minibus. J'en suis sûre. »

Le Dr Banner note tout ce que je dis, si bien qu'au bout d'un moment je m'oblige à la fermer et à rester assise. Soudain, nous tournons au coin d'une rue et, ô soulagement, il est là : cet alignement de parkings quasi déserts et de bâtiments industriels bas et laids.

« C'est ici ! Vous voyez, je vous l'avais dit ! Arrêtez-vous. »

Nous descendons du minibus. L'immeuble semble à moitié abandonné.

« Ne vous inquiétez pas, dis-je, il était déjà comme ça. »

Je me dirige vers la porte d'entrée. Impossible de l'ouvrir. Je colle mon nez à la vitre. Il n'y a personne à la réception. Seule une pancarte indiquant que ce bâtiment est surveillé par des maîtres-chiens. Et celle d'une agence immobilière.

« Il n'y a personne ici, Claire, dit le Dr Banner, confirmant l'évidence.

– Attendez ! Laissez-moi vous montrer l'appartement. Celui où ils filmaient tout. C'est juste de l'autre côté du fleuve. »

Mais, avant même d'y arriver, je devine ce qui nous attend.

Une femme à l'accent sud-africain ouvre la porte. Elle a loué cet appartement sur Airbnb, explique-t-elle. Il est très bien noté.

Idem pour l'appartement du dessous, celui qu'occupait Frank Durban.

Le Dr Banner prend soin de ne pas croiser mon regard, mais je remarque qu'Anton ne me quitte pas d'une semelle.

« Je peux utiliser votre téléphone, docteur ?

– Qui voulez-vous appeler, Claire ?

– Frank… L'inspecteur Durban. Il pourra vous dire où est le Dr Latham. »

Banner hésite.

« Je vais l'appeler à votre place. Et ensuite, il faudra rentrer. »

Il sort son portable, compose un numéro et demande le standard de la police de New York.

Il patiente pendant qu'on transfère l'appel. Il répète plusieurs fois qu'il cherche à joindre l'inspecteur Frank Durban. Finalement, il repose son portable, impassible.

« Alors ? je demande, le cœur au bord des lèvres.

– L'inspecteur Durban est en arrêt maladie depuis trois mois.

– Ce n'est pas possible. Il me suivait partout ! Il veillait sur moi. On avait même un code d'urgence, bon sang !

– Quel était ce code, Claire ?

– C'était Cay… Cam… » Je secoue la tête, submergée par la frustration. « Je ne me souviens plus. »

J'éclate en sanglots.

« Anton, dit le Dr Banner. Vous voulez bien escorter Claire jusqu'au minibus ? Il est temps de rentrer à Greenbridge. »

53

Le Dr Banner veut que je commence une thérapie de groupe. Cela me paraît inutile : en quoi le fait de discuter avec des malades mentaux abrutis par les médicaments pourrait changer quelque chose à ce qui s'est passé ? Néanmoins, je finis par accepter de faire une tentative, ne serait-ce que pour m'attirer ses bonnes grâces.

Notre groupe de huit personnes se réunit au réfectoire entre les repas, quand tout est calme. Une des infirmières en psychiatrie, Orla, fait office de modératrice.

« Aujourd'hui, nous accueillons parmi nous Claire, dit-elle d'une voix posée. Bonjour, Claire, et félicitations pour avoir fait cette démarche importante. »

S'ensuivent quelques applaudissements épars et léthargiques.

« Bien, reprend Orla en se tournant vers le jeune homme assis à côté d'elle. Ethan, si tu nous racontais ce qui t'a tracassé cette semaine ? »

Le dénommé Ethan se met à raconter qu'il a honte d'avoir volé de l'argent à sa sœur pour s'acheter de la drogue. Je l'écoute d'une oreille. Je viens de m'apercevoir que cette séance m'en rappelle une autre.

Plusieurs personnes réunies en cercle autour du professeur, chacune récitant son texte à tour de rôle.

Puis les *applaudissements*.

Dans le sillage du témoignage d'Ethan, le thème de la séance devient : Les choses affreuses que nous avons faites. Une femme a poignardé son mari, persuadée qu'il était le diable. Une autre a tenté de se jeter par la fenêtre devant ses enfants.

Puis c'est à moi.

« Claire, me dit Orla, y a-t-il quelque chose qui te tracasse ?

– Eh bien… à une époque, je n'avais pas de quoi payer mon loyer, et comme la police m'interdisait de travailler, j'allais dans des hôtels de Manhattan et je faisais semblant de me prostituer.

– Euh… d'accord, dit Orla. Merci d'avoir partagé cette expérience avec nous. Et toi, Anna…

– Ouah ! s'exclame un type prénommé Michael, sur ma droite. Attendez un peu ! Comment ça se passait ? Vous disiez à un type au hasard que vous étiez une pute ? »

Tout le monde m'observe.

Alors, je leur raconte.

INT. BAR DU ROOSEVELT HOTEL – NUIT

REBECCA

Quel est le prix maximum que vous avez payé pour une femme, Alan ?

ALAN

Quatre cents dollars.

REBECCA

Multipliez par deux.

ALAN

Vous êtes sérieuse ?

Non. Je m'amuse… C'est pour ça que je vaux huit cents dollars. Mais si vous avez changé d'avis…

ALAN

Non, attendez. Huit cents… d'accord.

REBECCA

La moitié d'avance.

ALAN

(sortant son portefeuille)

Vous aviez tout manigancé, hein ?

REBECCA

Évidemment. On va monter séparément. Vous d'abord. Ne croisez pas le regard du concierge.

« Je n'avais pas vraiment l'intention de coucher avec eux, conclus-je. Mais j'étais habituée à faire ce genre de choses, car j'avais servi d'appât professionnel pour un cabinet d'avocats. Seule différence, c'était maintenant le mari qui me payait directement, au lieu que ce soit sa femme. En plus, il gardait la moitié de l'argent, et son épouse. Tout le monde était gagnant. »

Les autres sont subjugués. Pour interpréter Alan le Mari, j'avais choisi une intonation monocorde, un peu snob, très Nouvelle-Angleterre, alors que Rebecca la Pute s'exprimait d'une voix enrouée, avec un léger accent nasillard du Sud.

Il y a un long silence. Orla semble reprendre ses esprits.

« Continuons, dit-elle. Anna, as-tu quelque chose à nous confier ? »

54

« La thérapie de groupe a prouvé, me semble-t-il, que vous n'êtes pas encore guérie, déclare le Dr Banner. Comme je le supposais. »

Je découvre, trop tard, que je suis tombée dans un autre piège.

« Combien de temps allez-vous me garder ici ?

– Jusqu'à ce que vous ne représentiez plus un danger pour les autres ou pour vous-même, Claire ?

– Quand ?

– Vous progressez. Mais si les médicaments atténuent les symptômes les plus évidents, cela ne signifie pas qu'ils ont réglé les problèmes sous-jacents.

– Alors, comment saurez-vous à quel moment je suis capable de sortir d'ici ? Qu'est-ce que vous cherchez ?

– Vous voulez dire : quels sont les comportements qui m'indiqueront que vous allez mieux ? »

Je hoche la tête.

« Si je vous le dis, nul doute que vous saurez les imiter à la perfection, répond-il avec un petit sourire en coin. Alors, écoutez-moi bien, Claire : je saurai que vous êtes sur la voie de la guérison quand vous n'essaierez plus de me faire croire que c'est le cas. »

55

Nous n'avons pas le droit de surfer sur Internet, mais il y a dans le bureau de l'administration un vieil ordinateur connecté. J'ai surpris des aides-soignants en train de consulter leurs comptes Facebook quand il n'y avait pas de médecins dans les parages.

En revanche, les patients peuvent demander à exécuter de petites tâches, pour s'occuper. Je me porte volontaire pour gérer le recyclage, ce qui me donne accès au bureau. Je traîne, je déplace des paperasses, jusqu'à ce que je voie un aide-soignant entrer son code dans l'ordinateur. Plus tard, dans la soirée, je m'introduis en douce dans le bureau et je me connecte.

Je lance une recherche sur « Trouble de la personnalité histrionique ». Une liste de liens apparaît sur l'écran : des sites de psychologie essentiellement.

J'apprends que le trouble de la personnalité histrionique, le TPH, est un des troubles psychiatriques de Cluster B. Il se caractérise par une recherche constante de l'approbation, l'impulsivité, le besoin permanent de séduire les autres, les comportements sexuels à risque, la versatilité, le goût de la manipulation, la recherche de l'excitation, la peur de l'abandon et une tendance à déformer, ignorer ou mal interpréter la réalité. Quatre-vingts pour cent des personnes atteintes de ce trouble sont des femmes. Leur propension au suicide ou à l'automutilation dépasse largement la moyenne.

Je découvre également que le terme *histrionique* tire son origine du mot, aujourd'hui très décrié, *hystérie,* qui lui-même vient du mot grec signifiant « utérus ». Au début du XXe siècle, l'hystérie était soignée avec des vibromasseurs, car on avait remarqué que les personnes concernées – uniquement des femmes – semblaient moins agitées après un orgasme. Une génération plus tôt, on les enfermait, tout simplement.

Autrement dit, peut-être que je ne suis pas folle. Peut-être que je fais simplement partie de ces femmes que les médecins hommes n'ont jamais beaucoup aimées.

Je repense à ce qu'a dit Kathryn Latham, la première fois que je l'ai vue. *Elle est insécure, impulsive, fragile, elle souffre d'incontinence émotionnelle, elle ne supporte pas d'être rejetée et, bien qu'elle fasse tout pour le cacher, elle recherche l'approbation comme un junkie sa dose. Que voulez-vous que je vous dise, Frank ? C'est une comédienne.*

Et je me souviens de ce que j'avais ressenti en entendant cela. J'étais *fière.* Elle savait exactement comment me manipuler.

Mais, à tort ou à raison, me voilà enfermée ici maintenant, et je dois trouver une échappatoire. Je dois devenir une citoyenne modèle, débarrassée de tous les symptômes du TPH, l'image même de la santé mentale. En passant en revue la liste encore une fois, je m'aperçois qu'il me suffit, en gros, de cesser de draguer Andrew Banner et de le convaincre que je suis aussi coincée et ennuyeuse que lui. Alors, peut-être qu'il me laissera sortir.

56

« Vous faites des progrès, concède Banner lors de la consultation suivante.

– Ça veut dire que je vais pouvoir sortir ?

– Je ne suis pas partisan de modifier votre traitement dans l'immédiat, Claire. Or, ce mélange de médicaments nécessite une stricte surveillance. Voilà pourquoi, lors du prochain examen de votre cas, je recommanderai que vous restiez avec nous encore un peu. »

Malgré ma déception, je tends l'oreille. J'ignorais que mon cas allait être examiné.

« C'est vous qui décidez, docteur », dis-je, docile.

Ce soir-là, je retourne dans le bureau et me connecte pour faire des recherches sur l'hospitalisation sans consentement. Il s'avère que, après soixante jours, l'hôpital doit demander à la justice de renouveler l'autorisation de me garder. D'après le site que je consulte : *Vous devez être informé(e) de cette demande et vous avez le droit de vous faire représenter par le service juridique du Système d'hygiène mentale ou par votre propre avocat.*

Pendant un court instant, je me vois en train d'assurer ma défense, délivrant devant le juge un grand discours mélodramatique capable de tout changer. Je suis digne, polie, mais habitée par une ferveur froide et intense. Charlotte Rampling dans *Le Verdict.*

MOI

> Nous sommes ici aujourd'hui pour défendre non pas une personne, Votre Honneur, mais un principe. Le principe du droit naturel.

Je chasse cette idée. C'est tout à fait le genre de comportement qui prouverait que mon état ne s'est pas amélioré.

Je suis prise dans un cercle vicieux. Si je donne l'impression d'aller mieux, c'est sûrement grâce aux médicaments, je dois donc demeurer ici. Si mon état mental ne s'améliore pas, il faut augmenter le traitement, je dois donc demeurer ici. J'ai envie de hurler.

Au lieu de cela, je regarde fixement l'écran de l'ordinateur, en cherchant un moyen de contourner cet obstacle. Il y a bien quelqu'un qui peut se porter garant de moi. Quelqu'un qui expliquera au juge que je subissais un stress insupportable. Quelqu'un qui jurera que, s'il se peut que je souffre de troubles de la personnalité, comme l'a diagnostiqué le Dr Banner (soyons réalistes : tous les comédiens sont dans ce cas !), ce n'est pas ça qui m'a poussée à bout, mais plutôt la manipulation mentale exercée par Kathryn Latham.

Et soudain, j'ai ma réponse.

Oui, il y a bien quelqu'un. Il ne s'attend pas à avoir de mes nouvelles. Mais je n'ai rien à perdre. Et son adresse mail est gravée dans ma mémoire. Comme tous les autres détails le concernant.

Ou bien sont-ce mes sentiments pour lui qui m'incitent à croire qu'il est le mieux placé pour m'aider ?

Et puis, merde ! *Ne réfléchis pas.*

Je peux accéder au serveur de messagerie du centre à partir de cet ordinateur. Je suppose que la plupart des gens ouvriront un mail provenant d'un hôpital psychiatrique. Au cas où, j'écris dans la case objet : URGENT. LIS ÇA PATRICK STP. PAS UN SPAM

Cher Patrick

Je t'en prie, n'efface pas ce message. Pas avant de l'avoir lu en tout cas.

Je suis enfermée dans un centre psychiatrique quelque part au nord de New York. Ils refusent de me laisser sortir. Mon médecin, un certain Banner, est convaincu que je suis folle, en partie parce que j'ai commis l'erreur de lui parler du Dr Latham et de tout le reste, et aussi parce que j'ai fait de mauvais choix après avoir quitté ton appartement ce jour-là.

J'imagine ce qu'ils t'ont raconté sur moi pour te convaincre de participer à cette manipulation. (Ils ont inventé des horreurs à ton sujet également, soit dit en passant, mais c'est une autre histoire.) Crois-moi, je t'en supplie : tout ça, ou presque, était faux.

Pourquoi est-ce que je t'écris à toi ? Parce que je reste persuadée que, en dépit des mensonges et des faux-semblants, il y avait quelque chose de fort entre nous, d'authentique. Le Dr Banner dirait que je pense cela, car je suis une cinglée qui a tendance à déformer, rejeter ou mal interpréter la réalité. La vérité, c'est que je suis une comédienne. Et je sais qu'on ne peut pas feindre certaines choses.

Une audition va avoir lieu bientôt pour déterminer combien de temps je dois rester ici. Mon médecin veut absolument que je reste. S'il l'emporte, je crois que je ne pourrai pas tenir encore très longtemps. Les seules personnes, à part toi, qui pourraient témoigner de ce qui s'est réellement passé, Kathryn Latham et l'inspecteur Durban, se sont volatilisées. Si tu pouvais écrire un mot, n'importe quoi, pour affirmer que je ne suis pas aussi folle qu'ils le pensent, cela m'aiderait. En fait, c'est peut-être mon unique chance.

Ta vieille adversaire-maîtresse-âme sœur.

Claire.

Je mets un temps fou à rédiger ce message : je n'ai fait aucune activité qui réclame une telle concentration depuis mon arrivée ici. J'ajoute « Je t'embrasse » à la fin. Puis je l'efface. Je suis épuisée. Quand j'essaie de relire le message, les mots dansent sur l'écran.

Soit ça marche, soit ça ne marche pas, me dis-je. J'appuie sur « Envoyer », et aussitôt, j'ai peur de paraître pleurnicharde.

Alors que je me déconnecte, une autre pensée me saisit : Patrick ne va pas effacer le mail. Il va le renvoyer à l'hôpital, et le Dr Banner s'en servira contre moi au cours de l'audition. Preuve supplémentaire que je suis bien telle qu'il l'affirme.

En repensant, sous cet angle, à ce que j'ai écrit, je frémis. *Je crois que je ne pourrai pas tenir encore très longtemps.* Cela revient à dire que je vais me faire du mal. Ma remarque au sujet du Dr Banner *qui veut absolument que je reste* peut passer pour de la paranoïa. Et ce que je dis sur Patrick et nos liens supposés est typique du TPH : j'interprète *des relations qui n'existent pas.*

Une vague de nausée me submerge en prenant conscience que, loin d'arranger les choses, je viens sans doute d'aggraver mon cas.

57

Patrick ne répond pas. Mais nous sommes entre deux semestres, et peut-être qu'il ne consulte pas sa messagerie de la fac.

C'est plus facile de se dire ça, que de penser qu'il a jeté un coup d'œil au message et appuyé sur « Effacer ».

Je retourne sur Internet pour savoir comment affronter la commission d'hospitalisation sans consentement. La réponse est simple : impossible, à moins d'avoir de l'argent. Les juges se rangent habituellement à l'avis des psychiatres de l'hôpital. Seul moyen de réfuter leurs conclusions : engager un psychiatre extérieur qui émettra une autre opinion. Mais, même si j'en avais les moyens, comment pourrais-je y parvenir d'ici, à moitié abrutie par les drogues du Dr Banner ?

Suivant une impulsion, je tape son nom sur Google. La page consacrée au personnel du centre apparaît. Elle m'apprend qu'Andrew Banner, docteur en médecine, « s'intéresse particulièrement aux troubles de la personnalité du Cluster B, qui incluent tous les troubles de la personnalité, à propos desquels il a co-signé plusieurs publications ».

Le salopard. Voilà pourquoi il tient tant à me garder ici. Il *m'étudie.*

Ou bien suis-je paranoïaque ?

J'effectue une autre recherche en tapant : « Kathryn Latham psychologue criminaliste. » Je ne suis pas surprise de voir qu'il n'y a aucun résultat. Sans doute a-t-elle utilisé un faux nom. Pour pouvoir se disculper, je suppose. Encore un mensonge.

Après réflexion, je tape « necropolis.com ». Parmi les nombreuses interrogations qui entourent Kathryn, il y a celle-ci : pourquoi a-t-elle insisté pour que je consulte ce site en particulier ? Je devine qu'elle surveillait mes échanges avec les autres membres, d'une manière quelconque. Mais dans quel but ? Espérait-elle que, me laissant emporter, je dévoilerais des informations essentielles ? Ou bien ce site a-t-il une signification particulière, quelque chose qui m'aurait échappé ?

Necropolis. La cité des morts. Drôle de nom pour un site BDSM quand on y pense.

Je tape « Necropolis + Baudelaire ». Un extrait de poème apparaît.

> « *C'est une nécropole, un caveau où les morts…*
> *Ces corps que j'ai aimés… sont jetés bon gré mal gré* »

Évidemment. Le poème que Patrick et moi avons lu à voix haute, ensemble, le jour de notre rencontre. Il y a une éternité.

Je me connecte sur le site de Necropolis, j'entre mon vieil identifiant, me rends sur le Forum et je tape :

Quelqu'un s'intéresse à Baudelaire ?

Le silence est assourdissant. Autour de moi, une conversation se poursuit, concernant différents types de fouet, accompagné de photos.

« Claire ? » Une infirmière de nuit me toise, stupéfaite. « Qu'est-ce que vous faites ? »

Je m'empresse de fermer la fenêtre, mais je ne suis pas assez rapide. Elle a vu.

« C'est quoi, ça ? me réprimande-t-elle m'arrachant la souris. C'est interdit par le règlement. Et cela risque de nuire à votre traitement. Je vais devoir en informer le Dr Banner. »

58

Assise dans la salle de télé, je lis, ou j'essaie de lire. La seule autre personne présente est l'Abruti, libre de ses mouvements depuis une quinzaine de jours. Il a l'air plutôt sympathique, et je me dis que, s'ils ne l'attachent plus sur son lit, c'est qu'il n'est pas plus dangereux que les autres patients.

Depuis qu'on m'a surprise sur l'ordinateur de l'administration, on a augmenté ma dose de médicaments. J'ai renoncé à essayer de sortir d'ici. Je n'ai plus qu'un seul objectif : garder les yeux ouverts.

Une caisse contient des livres en piteux état, parmi lesquels je cherche des trucs pas trop compliqués que puisse assimiler mon esprit embrumé. Il y a principalement des westerns et des histoires de kung-fu. Et quelques romans d'amour en milieu hospitalier. Dans d'autres circonstances, j'aurais apprécié l'ironie de la chose.

L'Abruti lève la tête.

« Hé, Claire, qu'est-ce tu as trouvé ? »

Je regarde avec indifférence le livre que j'ai déniché.

« *Soins à hauts risques.* Et toi ? »

Il examine la couverture de sa bande dessinée et émet un grognement.

« *Judge Dredd.*

– On échange quand on aura terminé ? »

L'Abruti prend un air méprisant.

« Je lis pas les bouquins où y a pas d'images. »

Je m'assois et contemple la première page. Les mots s'agitent comme des asticots. Finalement, je repose le livre et lève les yeux vers la télé fixée au mur. Cinquante-huit pour cent des téléspectateurs pensent que la femme devrait accorder une seconde chance à son mari.

« Claire, vous avez de la visite. »

J'ai dû m'assoupir. Je redresse la tête en entendant la voix de l'aide-soignant. À côté de moi, l'Abruti a abandonné *Judge Dredd* pour regarder la télé d'un œil somnolent.

Sur le seuil, Patrick m'observe d'un air horrifié.

59

Nous allons dans une des salles réservées aux visiteurs. Patrick semble encore sous le choc. Je suis consciente du spectacle que j'offre. Outre les kilos superflus, j'ai la peau couverte de boutons à cause des médicaments et les cheveux plats, gras.

« Bon sang, Claire. Tu as une tête à faire peur.

– Tu sais parler aux femmes, toi. »

Je croyais que je serais folle de joie de le voir, mais maintenant qu'il est là, devant moi, je ne sais pas quoi penser.

Je trébuche en tirant une chaise. Les médicaments détraquent également mon sens de l'équilibre.

« Je suis désolé, Claire. Sincèrement désolé. »

Je devine qu'il ne fait pas allusion à sa remarque sur mon physique. J'ai envie de lui dire que ce n'est pas véritablement sa faute, mais les mots refusent de sortir.

« Si ça peut te consoler, dit-il, ils m'ont menti à moi aussi. Latham et Durban. Je m'en aperçois maintenant. »

Je secoue la tête.

« Non, ça ne me console pas.

– Je sais ce qui pourrait te consoler, en revanche. Je fais un procès à la police de New York. Ils ont eu un comportement totalement irresponsable. C'est pour ça que je suis ici… en partie. Je veux t'associer à ce procès. »

Je n'arrive pas à suivre.

« Pourquoi ?

– Tes griefs sont supérieurs aux miens. Sans leurs manigances, tu n'aurais jamais tenté de te suicider. Et tu ne te serais pas retrouvée ici. Je viens de parler à ton médecin. Un imbécile. Tu as besoin d'une aide véritable. Et je ferai en sorte qu'on te l'apporte. C'est la police de New York qui paiera. Pour commencer, on va s'opposer à ton internement.

– Patrick… Tu es venu pour… » Cette idée semble si improbable, si merveilleusement impossible, et en même temps si parfaite, que j'éclate de rire. « Tu es venu pour me *sauver* ?

– Et alors ? »

Il m'observe. Honteuse de mon apparence, je baisse la tête. Soudain, il lâche :

« Dans ton mail, tu dis qu'il y avait quelque chose entre nous. À l'époque, tu allais beaucoup plus loin. Tu t'en souviens ? »

Une lumière scintille dans le brouillard.

MOI

> Je suis tombée amoureuse de toi ! Ils ont voulu m'en dissuader, mais j'étais trop stupide. Tu ne comprends donc pas, Patrick ? Je t'aime.

Malgré les médicaments, je n'ai pas oublié le bien-être que j'avais ressenti en prononçant enfin ces paroles à voix haute.

Je ferme les yeux de toutes mes forces.

« Oui. Je m'en souviens.

– C'était vrai ? Ou bien cela faisait partie des choses qu'ils t'avaient demandé de dire ?

– Je ne sais pas, avoue-je. Je pensais que c'était vrai sur le moment. Douloureux de vérité. Mais c'est ma nature, Patrick. Ça arrive tout le temps avec les comédiens. Ils tombent amoureux de leur partenaire. On appelle ça des *showmances*. C'est du toc. Disons que ça m'arrive plus souvent qu'à d'autres.

– Je vois. » Il balaye du regard le décor beige, sinistre. « Quoi qu'il en soit, la priorité, c'est de te faire sortir de ce trou à rats. Tu pourras loger chez moi le temps de décider ce que tu veux faire. Ensuite, tu seras libre comme l'air. »

J'essaie de protester, mais il m'interrompt.

« Quelqu'un doit s'occuper de toi. En outre, j'ai un autre objectif. J'ai enfin écrit ma pièce et j'aimerais te la faire lire.

– Patrick… Je n'arrive même plus à lire une bande dessinée.

– Dans ce cas, il faut changer ton traitement. Je vais en parler aux médecins. Et à mon avocat, afin que tu puisses sortir d'ici. »

60

Deux semaines plus tard, je quitte Greenridge. Patrick semble persuadé que je vais accepter de loger chez lui, et je n'ai pas la force de résister. Il m'installe dans une chambre inoccupée, me fait couler un bain rempli d'huiles parfumées, m'enveloppe dans d'immenses serviettes moelleuses et me prépare un repas à base de produits bio achetés à Westside Market. Son immeuble possède une salle de sport où je commence, lentement, à perdre les kilos amassés à l'hôpital, en prenant soin d'éviter de croiser mon reflet dans les miroirs qui couvrent les murs et me renvoient l'image de mille Claire Wright potelées.

Impossible d'oublier les paroles de Kathryn Latham : *Si c'est le meurtrier, il sera attiré par sa vulnérabilité comme un requin est attiré par l'odeur du sang.*

Mais Kathryn se trompait, me dis-je avec conviction. C'était une menteuse.

Chaque jour, un psychiatre vient me voir. Patrick, plein de tact, s'absente pour nous laisser seuls. Lors des premières séances, le Dr Felix effectue des prélèvements sanguins pour savoir s'il reste des traces des médicaments prescrits par

Banner, et nous nous contentons de parler de ce qui s'est passé. Lorsque je lui décris le rôle joué par le Dr Latham, il devient livide de rage. Autant qu'il puisse en juger, ce coup monté était très certainement illégal. Une opération similaire a été organisée en Grande-Bretagne il y a quelque temps, me dit-il, avec une policière servant d'appât. Elle a sombré dans la dépression, le tribunal a jugé les preuves irrecevables et le psychologue a été condamné pour faute professionnelle.

« Sincèrement, vous vous en êtes bien sortie, Claire. N'importe qui ayant subi une telle pression, surtout sans y être préparé, aurait connu de sérieux troubles de la personnalité. »

Petit à petit, nous en venons à parler de mon passé, des démons auxquels j'ai voulu échapper en venant en Amérique, mais qui ont réussi à se faufiler dans mes bagages. Le Dr Felix suggère des stratégies d'adaptation, des domaines dans lesquels je pourrais éventuellement réécrire mes schémas de pensée en utilisant une technique dite théorie comportementale dialectique. Nous avons tous des scénarios de vie, me dit-il, des histoires que nous nous construisons enfant et qui, livrées à elles-mêmes, façonnent nos existences. Cette forme de thérapie consiste à dévoiler ces histoires pour les réécrire.

« Selon une théorie, m'explique-t-il, les troubles de Cluster B peuvent provenir d'une incompatibilité entre les émotions que ressent un enfant et celles que valident ses proches en y étant réceptifs. Si vos besoins émotionnels ne sont pas satisfaits, voire contrariés, par votre famille d'accueil, cela peut provoquer le genre de comportement décrit par le Dr Banner. »

Je repense à la mise en garde de Paul : *Pour certains, ce sont des endroits très sombres, Claire. Mais tu dois quand même y aller.*

Le soir précédant ma sortie de l'hôpital psychiatrique, le Dr Banner est venu me voir. Je pensais qu'il serait furieux de constater que j'avais trouvé un moyen de lui échapper, mais, si tel était le cas, il le cachait bien.

« Je ne suis pas entièrement surpris que vous nous quittiez, Claire. La plupart des psychiatres seraient d'accord pour affirmer que, si une personne se comporte normalement, alors elle va bien. Et à l'évidence, vous vous comportez très bien. »

Je me préparais au « mais ».

« Si je ne partage pas cet avis, c'est parce que je me suis spécialisé dans l'étude de ces troubles. Et je vois ce qui échappe à la plupart de mes confrères, à savoir que vous jouez un numéro. Vous vous faites passer pour une personne que vous n'êtes pas. »

Penchée en avant, je dis tout bas, pour l'obliger à s'approcher de moi :

« Vous avez raison. Je suis toujours aussi folle. Mais le type avec l'arbre dans le ventre l'était aussi. »

Une semaine après mon emménagement, Patrick m'emmène à Liberty Island en ferry. Depuis mon arrivée à New York, je n'ai jamais fait aucune activité touristique. C'est une première.

Au pied de la grande dame creuse, nous regardons les lumières de Manhattan danser sur l'eau noire aux reflets argentés.

« Clairc, me demande-t-il enfin, quelle était la part de vrai dans la femme dont je suis tombé amoureux ?

– Kathryn était très intelligente. Il y avait juste ce qu'il fallait de moi pour que ça soit crédible. » Je le regarde, puis tourne la tête. « Je te préviens, il se peut que tu aimes beaucoup moins la nouvelle Claire. Tout d'abord, je suis beaucoup plus cabotine. Kathryn a utilisé l'expression “recherche d'approbation” à mon sujet. Je m'enflamme en une fraction de seconde et je change d'avis aussi vite, j'aime être le centre de l'attention et je peux me montrer insistante parfois. Oh, et je suis rarement douce, je ne suis pas une victime et je ne suis jamais, jamais, soumise. La Claire que tu as connue avait été façonnée par Kathryn pour séduire les hommes.

– Tout cela semble fascinant », murmure-t-il. Ses yeux restent fixés sur un feu d'artifice qui illumine le ciel au-dessus de Battery Park. « Je cours le risque. »

Je soupire.

« Je suis crédule également. Même quand j'étais persuadée que tu n'étais pas coupable, elle a réussi à me convaincre que je croyais à mon propre rôle.

– Je n'ai pas tué Stella, Claire.

– Je sais. Je crois que je l'ai toujours su. » J'observe son profil. « Moi non plus, je ne l'ai pas tuée. »

Il hoche la tête. J'ajoute :

« Si tu veux, je ferai le test du détecteur de mensonges. »

Il sourit.

« Ce ne sera pas nécessaire. »

Nous restons muets un instant.

« J'ai su que ce n'était pas toi, dit-il, le soir où on est allés au théâtre. Quand cet acteur est venu nous voir.

– Raoul. Le rat chantant. À qui tu as mis un coup de tête.

– J'ai paniqué, avoue-t-il, avec un sourire en coin. J'ai cru qu'il allait tout faire rater. Et il a été ignoble avec toi... Ça m'a fait plaisir de l'envoyer au tapis. Ensuite, dans le taxi, quand je t'ai vue dans tous tes états... Le lendemain, je leur ai dit que j'étais certain que tu étais innocente.

– Je t'avais devancé. Cela faisait une éternité que je leur répétais la même chose sur toi. Pauvre Kathryn, c'est étonnant qu'elle n'ait pas tout arrêté. »

Alors que je prononce ces paroles, quelque chose clignote à la périphérie de mon esprit. *Oui, pourquoi n'a-t-elle pas laissé tomber ? Pourquoi poursuivre cette opération qu'elle savait vouée à l'échec ?*

À cause de ce site Internet ?

« Oh, et je suis orpheline, moi aussi. C'était sûrement une des choses les plus difficiles : ne pas pouvoir te le dire. »

Patrick hoche la tête lentement, il songe à toutes les implications.

« Je crois que je l'ai toujours su, malgré tout. Je sentais que nous étions semblables, d'une manière différente des autres gens. »

Il prend ma main.

« Je t'ai posé la question à l'hôpital, Claire, et tu n'as pas vraiment répondu. Mais je pense que tu vas mieux maintenant, alors je te la repose. Crois-tu que l'on puisse tout recommencer ? Ou bien trop d'eau a-t-elle coulé sous les ponts ? »

Je contemple l'élégante silhouette de fer du Brooklyn Bridge. Et soudain, comme par enchantement, tout semble possible.

« Certains ponts, dis-je, peuvent enjamber des océans. »

61

Ce soir-là, nous faisons l'amour pour la première fois depuis que j'ai quitté l'hôpital psychiatrique. Pour la première fois tout court, comme nous l'avons décrété. Lui et moi nus, totalement, dans tous les sens du terme. Sans les déguisements de nos duperies.

Il embrasse mes cicatrices, les trois fines marques rouges sur mon avant-bras gauche. Elles finiront par disparaître, m'a affirmé une infirmière à Greenridge. J'espère que non. Je n'en ai pas honte.

Puis il pénètre en moi avec une infinie douceur, en me soutenant la tête d'une main pour voir mes yeux.

L'idée d'être observée de si près me terrorise, et j'essaie de me cacher, de repousser l'angoisse. Je pense à toutes les fois où j'ai couché avec des inconnus en faisant semblant d'être quelqu'un d'autre. Mimant le plaisir parfois, ou me faisant croire à moi-même que je simulais. Mais, toujours, je jouais la comédie. Toujours.

Voilà ce qui m'effraie tant. Qu'on me voie telle que je suis réellement.

Et le sentiment d'être ainsi exposée ne fait qu'amplifier cette peur. Quand l'orgasme vient, il s'abat sur moi comme une vague, un rouleau qui m'emporte et me fait tournoyer, je suis désorientée, je suis une naufragée qui gémit, des paroles incohérentes jaillissent de ma gorge, mes jambes sont agitées de spasmes, mon dos se cambre, tous mes muscles tressaillent, incontrôlables.

« Voilà donc à quoi tu ressembles quand tu ne fais pas semblant », murmure-t-il.

62

Plusieurs jours s'écoulent avant que je me sente en état de lire la pièce de Patrick. Et malgré cela, les mots refusent de rester tranquilles. Mais comme c'est lui qui les a écrits, je persévère. Je lis deux pages à la fois pour commencer, puis trois, puis des scènes entières.

Mon cœur mis à nu s'ouvre à l'été 1857, dans l'appartement délabré que Baudelaire partage avec sa maîtresse Jeanne Duval. Celle-ci se plaint de leur pauvreté. Il lui a toujours affirmé que la publication des *Fleurs du mal* le rendrait riche. Au lieu de cela, le recueil a été saisi et il est accusé d'obscénité. S'il est déclaré coupable, il devra verser une amende ou sera envoyé en prison.

Jeanne lui offre le choix. Doit-elle vendre les bijoux qu'il lui a achetés avec son avance ou se prostituer dans la rue comme elle l'a fait bien souvent ?

Baudelaire est déchiré. Il sait qu'il doit choisir les bijoux, mais il ne peut supporter l'idée qu'elle les vende avant de les avoir portés pour lui une dernière fois. Alors, Jeanne disparaît dans leur chambre et réapparaît totalement nue, à l'exception des bijoux. À cet instant, le dialogue se transforme en vers :

La très chère était nue et, connaissant mon cœur,
Elle n'avait gardé que ses bijoux sonores.

En tournant les pages, je constate que toute la pièce suit cette structure : des épisodes de la vie quotidienne, entrecoupés des poèmes de Baudelaire. Un défi pour un metteur en scène, mais fascinant.

Après qu'ils ont fait l'amour, Jeanne part vendre ses bijoux et Baudelaire reçoit la visite de son ami Flaubert. Ce dernier, lui-même récemment poursuivi pour obscénité à cause de *Madame Bovary* avant d'être acquitté, confie à Baudelaire que, cette fois, la justice est bien décidée à triompher. Il lui conseille de trouver des personnes influentes, susceptibles d'intervenir en sa faveur.

Baudelaire en est arrivé à la même conclusion désespérante. Il ne voit qu'une seule solution : Apollonie Sabatier, la Vénus blanche, la femme à qui il a envoyé, anonymement, certains des poèmes les plus violents, les plus cruels, des *Fleurs du mal.*

La scène suivante se déroule au domicile d'Apollonie. C'est la première fois qu'ils se revoient depuis la publication du recueil, depuis qu'elle a découvert que l'admirateur inconnu qui lui adressait d'étranges poèmes sauvages était cet écrivain sans le sou qui fréquentait son salon. La rencontre est électrique. Elle veut comprendre. Lui refuse de s'expliquer. Quand elle lui demande s'il a réellement tout ça dans la tête, si elle lui inspire véritablement ces sentiments violents, il lui répond qu'elle doit interroger les poèmes, pas lui.

C'est ce qu'elle a fait, dit-elle. Et, le connaissant comme elle le connaît, elle décide de croire que la brutalité des poèmes n'est qu'un procédé littéraire pour faire sensation, et non pas l'illustration d'un esprit pervers.

Mais ses répliques sont écrites d'une manière qui laisse penser qu'elle essaie peut-être de se convaincre.

Finalement, Apollonie promet de tout faire pour l'aider, mais en échange, après le procès, elle a l'intention de réclamer une faveur, que Baudelaire devra lui accorder, quelle qu'elle soit. Baudelaire devine qu'elle va lui demander de ne plus jamais la voir ni lui écrire, mais il n'a pas le choix. Il accepte de payer le prix demandé.

J'interromps ma lecture pour réfléchir. La scène avec Jeanne Duval fonctionne bien, mais je la trouve simpliste. Contrairement à celle avec Apollonie. Son personnage vous saute au visage, complexe et tiraillé, à la fois attiré et rebuté par ces ténèbres qu'elle perçoit dans le cœur du poète.

Comme je l'étais par ce que je percevais à l'intérieur de celui de Patrick, je pense.

Le deuxième acte de la pièce est entièrement consacré au procès. Pour sa défense, Baudelaire parle avec éloquence de l'art qui ne se soucie pas de la morale. Mais, quand le procureur lui demande ce qu'il éprouverait si quelqu'un s'inspirait de ses vers pour commettre un acte infâme, il bafouille. Si ses poèmes illustrent l'amoralité, dit-il, ils ne la célèbrent pas. Alors, le procureur lit plusieurs passages qui prouvent le contraire, et il répète sa question : *Qu'éprouveriez-vous si quelqu'un s'inspirait de vos vers pour commettre un acte infâme ?* Baudelaire insiste : chacun de nous nourrit des pensées abominables. Il n'a fait que leur donner une voix. Mais, à l'évidence, l'idée d'inspirer des disciples ne lui déplaît pas.

Le procès ne dure même pas une journée. Six poèmes parmi les plus extrêmes restent censurés et Baudelaire doit s'acquitter d'une colossale amende de trois cents francs.

Il retourne voir Apollonie. Il a deviné, trop tard, que, en intercédant en sa faveur, elle s'est arrangée pour que les poèmes les plus brutaux, ceux qui parlent d'elle, restent interdits.

Elle ne nie pas l'accusation. Mais elle lui rappelle sa promesse.

« Très bien, dit-il, le cœur lourd. Qu'attendez-vous de moi ? »

Elle lui répond qu'elle veut coucher avec lui.

C'est l'unique façon, explique-t-elle, de découvrir la nature exacte des sentiments qu'il éprouve pour elle. Est-ce la sauvagerie ou la tendresse qui habite le vrai Baudelaire ?

Il lui demande alors : « Que préféreriez-vous ? »

Nous la voyons partagée. Une partie d'elle espère qu'il est l'être maléfique que laissent entrevoir ses poèmes. Elle a déjà été aimée par des hommes timides et sentimentaux. Jamais elle n'a été adorée par un homme qui veut, en même temps, l'idolâtrer et la profaner.

Néanmoins, elle persiste : elle sait qu'il est foncièrement bon.

Ils couchent ensemble. Au moment paroxystique, extinction des lumières. Le lendemain, il lui envoie la fameuse lettre de rupture.

63

La pièce est bonne. En véritable dramaturge, Patrick a su équilibrer les points de vue. Loin de glorifier la décadence, son texte la présente comme une forme de narcissisme, l'ego de l'artiste en quête d'originalité à tout prix.

Mais, surtout, c'est une pièce sur un homme et une femme qui tentent de deviner leurs motivations respectives.

On voit aisément où Patrick a puisé son inspiration. C'est notre histoire : celle de l'opération de police, transposée dans le Paris du XIXe siècle.

Mais c'est également une histoire non résolue. Apollonie couche-t-elle avec Baudelaire pour les raisons qu'elle a évoquées ? Ou bien est-elle tombée amoureuse de lui ? Espère-t-elle que la réalité de son corps nu le libérera du venin de la violente obsession qu'il nourrit à son égard ? Dans ce cas, cela a peut-être fonctionné. Après cette nuit-là, Baudelaire ne lui a plus jamais envoyé de poèmes sadiques. Il a même quitté sa Vénus noire et il est parti vivre avec sa mère veuve à la campagne. La dernière scène le montre cueillant une fleur dans le jardin pour la mettre à sa boutonnière.

Quant à Baudelaire lui-même, la pièce ne répond pas entièrement à la question que lui a posée Apollonie : est-ce ce que vous ressentez réellement ou bien cherchez-vous uniquement à choquer ? *Que verrais-je si je regardais à l'intérieur de votre corps ?*

Tous les rôles sont bien écrits. Mais celui d'Apollonie serait le plus intéressant à jouer.

64

« Ta pièce, dis-je à Patrick quand il rentre, je l'adore. Elle est provocante, mais variée. Nuancée, même.

– Tu acceptes, alors ?

– Quoi donc ?

– De jouer Apollonie, évidemment. »

Mon moral s'effondre.

« Patrick, je ne peux pas, dis-je dans un soupir. Frank et Kathryn ne te l'ont pas dit ? Je n'ai pas le droit de travailler ici. C'est comme ça qu'ils m'ont attirée au départ dans ce plan débile.

– Tu n'as jamais entendu parler du programme Equity ? On peut faire un échange entre un comédien britannique qui vit ici et un comédien américain résidant en Grande-Bretagne.

– Oui, je sais, mais c'est uniquement pour les producteurs...

– Je *suis* producteur.

– Qu'est-ce que tu racontes ?

– Je vais monter la pièce moi-même. À Broadway.

– *Broadway* ?

– Au niveau de la 115e Rue, précisément. Désolé, c'est loin de Times Square, mais je n'ai pas trouvé mieux. » Voyant mon air dubitatif, il ajoute : « Il y a un théâtre à l'université. Je vais le louer. Je ne me fais pas d'illusions, je sais que je ne rentrerai pas dans mes frais, mais quelle importance ? C'est une petite distribution et les critiques viendront quand même. C'est la meilleure façon de dépenser l'argent de Stella. »

Je proteste sans trop de conviction :

« Patrick…

– Dis-moi juste que tu acceptes.

– Tu ne comprends pas ? » La colère prend le dessus maintenant. « Tu me proposes la chose que je désire le plus au monde. Un grand rôle dans une nouvelle pièce, une création dans une des capitales de l'art dramatique. Mais je ne peux pas. Sans même parler de tout le reste, je ne suis pas en état.

– On trouvera un super-metteur en scène. Et des partenaires formidables, évidemment. J'ai les poches pleines, Claire, et sans toi, il ne peut pas y avoir de pièce.

– Je ne peux pas accepter.

– Il n'y a aucune contrepartie, ajoute-t-il, comme s'il ne m'avait pas écoutée. J'espère que cela va sans dire. »

Je ferme les yeux. Je sais que je devrais dire non. Mais une autre partie de moi-même pense : Pourquoi pas ? Déjà, je sens revenir l'énergie. J'ai perdu du poids. Ma peau est plus belle. Et malgré ce que je viens d'affirmer, je sais que je suis capable de jouer ce rôle.

Ce pourrait être l'opportunité qui m'a incitée à venir à New York. Je ne m'attendais pas à ce qu'elle survienne de cette manière, mais une chance, c'est une chance.

Et puis, il y a autre chose. Si cette pièce raconte notre histoire, la monter pourrait nous fournir l'occasion de réécrire notre relation. L'occasion, pour la véritable Claire et le véritable Patrick, de mettre leurs cœurs à nu. Et cette fois-ci, je serai sur mon terrain. Dans mon milieu naturel. La scène.

65

Je retourne chez Jess pour récupérer mes affaires. J'entends son petit cri de surprise quand je m'annonce dans l'interphone, et le temps que je monte, elle m'attend dans le couloir, bouche bée.

« Nom de Dieu, Claire ! Qu'est-ce qui s'est passé ?

– C'est compliqué.

– Ça fait *trois mois* ! La fac m'a contactée pour savoir pourquoi tu avais arrêté les cours. J'ai dû leur avouer que j'en avais aucune idée. Et ton agent a débarqué.

– Marcie est venue ici ? »

Jess acquiesce.

« Elle s'inquiétait pour toi. Elle m'a raconté que tu avais l'habitude de dérailler.

– C'est un peu exagéré. N'empêche, c'est gentil de sa part d'être venue. Je peux entrer ?

– Euh… oui.

– Je dois un tas de loyers en retard, j'imagine, dis-je en la suivant à l'intérieur. On pourrait peut-être trouver un arrangement. »

Par automatisme, je jette un coup d'œil en direction de la porte de ma chambre. Une chemise d'homme, enveloppée dans une housse de pressing, est suspendue à la poignée de la porte.

« Je suis vraiment navée, Claire, dit Jess, tristement. J'ai été obligée de la louer. Mon père a insisté.

– Oh. Oui, évidemment, je comprends, dis-je, même si j'espérais qu'il n'en serait rien. Où sont mes affaires ?

– Dans un garde-meuble. J'ai failli les remettre à ton frère.

– *Mon frère ?* » À mon tour de la regarder d'un air hébété. « Je n'ai pas de frère.

– Ton frère d'adoption, John. Il est venu il y a quelques jours avec sa fiancée. Il te cherchait. Il avait eu l'adresse par la fac. Il espérait bien te voir pendant son séjour. Ils sont à New York pour une semaine seulement.

– Oh, ce frère-là. » Inutile d'essayer d'expliquer à Jess que, pour des orphelins placés en familles d'accueil, le terme « frère » s'applique à des personnes qui partagent votre vie durant une courte période. Mais John avait fait partie des meilleurs. « Comment était sa fiancée ?

– Elle m'a paru gentille. Très terre à terre. J'ai noté le numéro de John. » Elle semble hésiter, puis lâche d'un trait : « Je lui ai parlé de l'argent. Je ne savais pas quoi faire d'autre... J'ai donné à mon père le montant du loyer, mais j'ai trouvé le reste en débarrassant ta chambre et je ne savais pas si...

– Oh. Tu as trouvé mon argent.

– Oui. Je ne savais pas quoi penser.

– Tu as peut-être cru que je l'avais volé à Stella Fogler, dis-je, car c'est ce qu'elle pense, je le devine. L'argent qui a disparu quand on l'a assassinée.

– Non », dit Jess.

Mais ça voulait dire oui.

« J'ai travaillé comme une dingue pour payer le loyer que je devais à ton père. Mille cent dollars en un mois, si tu te souviens bien.

– Tu n'avais pas le droit de travailler. C'est toi-même qui me l'as dit.

– Je t'ai dit que la police m'avait dissuadée de continuer à travailler pour Henry. Alors, je me suis débrouillée seule pour gagner cet argent.

– Je ne comprends pas. » Puis elle commence à comprendre. « Oh. Mon Dieu, Claire. *Mon Dieu*. Pourquoi tu ne m'as rien dit ? Mon père aurait compris…

– Oh, oui, c'est sûr, dis-je d'un ton sarcastique. Ton père a toujours été *très* compréhensif.

– Que veux-tu dire ? demande-t-elle d'une petite voix.

– Il est passé plusieurs fois pendant que tu étais aux répétitions. Pour vérifier le boîtier électrique ou réparer l'évier, toujours bouché avec nos trucs de filles, paraît-il. Ce genre de choses, quoi. Je me suis dit que j'allais en profiter pour lui parler. Et peut-être obtenir un délai. En fait, il s'est montré *extrêmement* compatissant.

– Oh là. » Jess me foudroie du regard. « Si tu fais allusion à ce que je crois, je ne… »

Je confirme d'un hochement de tête.

« Une réduction pour services rendus. Valable tous les mois, naturellement. J'ai refusé. Coucher avec le père de ma coloc, ça aurait été trop bizarre, même pour quelqu'un comme moi. Alors, c'est peut-être pour ça qu'il était si pressé de se débarrasser de mes affaires.

– Bon sang, Claire, je n'imaginais pas que… »

Elle est livide.

« Tu ne pouvais pas savoir. Tu n'y es pour rien. »

Jess se met à pleurer.

« Tu aurais dû m'en parler.

– J'espérais ne pas foutre en l'air tes liens familiaux. C'est pourtant ce que je viens de faire de manière spectaculaire, on dirait. » Je soupire. « La faute à la thérapie. Parfois, je trouve que la vérité est une chose surfaite. Mais ils y étaient très attachés là-bas à l'hôpital. »

Elle se dirige vers le réfrigérateur et, d'une main tremblante, elle sort une bouteille de vin blanc.

« Je crois qu'on devrait ouvrir ça. »

À partir de là, elle veut bien sûr savoir tout ce qui m'est arrivé depuis ce matin où je suis partie d'ici avec Frank Durban et un sac de voyages. Stupéfaite, elle m'écoute lui raconter la mission d'infiltration, ma dépression, mon séjour à Greenridge. Mais ce qui la laisse estomaquée, c'est d'apprendre que je vis maintenant avec Patrick et que je vais jouer dans sa pièce.

« Apparemment, conclus-je, je suis retombée sur mes pieds. Je suis amoureuse, je vais travailler et je suis toujours là, sur ce bon vieux sol américain. La totale. »

Jess retrouve sa voix.

« Tu es amoureuse ? D'un homme qui a peut-être tué la femme qui voulait le quitter ?

– C'est la théorie débile de Kathryn Latham.

– J'ai regardé la conférence de presse, me rappelle-t-elle, d'une voix devenue glaciale. On l'a même regardée ensemble. Cet homme était considéré comme suspect.

– Je sais ce que je fais.

– Dit la femme qui a connu une seule autre expérience amoureuse avec un coureur de jupons marié sur un plateau de cinéma. La femme qui sort d'un hôpital psychiatrique. Nom d'un chien, Claire ! Tu étais plus en sécurité quand tu draguais des inconnus dans des bars. » Elle semble horrifiée.

« Ou alors, c'est ça qui te plaît ? De savoir que tu couches peut-être avec un psychopathe ?

– Patrick n'a pas tué Stella.

– Qui l'a tuée, alors ? »

Je ne connais évidemment pas la réponse.

66

« Je trouve ça formidable. Bien mis en scène, ça pourrait être grandiose. Mais c'est un spectacle qui pose une question grave. En tant qu'artistes, quelle est notre responsabilité face aux conséquences de notre travail sur le monde réel ? »

Patrick a organisé un rendez-vous avec Aidan Keating, un jeune metteur en scène connu pour s'attaquer aux sujets osés. L'année dernière, il a obtenu un Tony pour sa réinterprétation du *Rhinocéros* de Ionesco. Je m'efforce de ne pas paraître béate d'admiration.

« Avec une trame aussi réduite, tout repose sur le casting », ajoute Aidan.

Sous ses cheveux blonds frisés, ses yeux voltigent dans ma direction.

Je sais ce qu'il pense : *Si je laisse l'auteur choisir sa petite amie pour le rôle principal, cela passera pour un projet orgueilleux.*

Patrick répond calmement :

« Bien entendu. C'est pourquoi j'ai immédiatement pensé à Claire pour jouer Apollonie. C'est une ancienne élève de l'Actors Studio.

– J'ai suivi les cours à Pace, dis-je entre mes dents. Je n'ai pas terminé le…

– Je sais, me coupe-t-il. Sans vouloir vous vexer, Claire, si on veut que cette pièce soit un succès commercial, nous devons choisir des têtes d'affiche. La grosse tendance, ce sont les vedettes du grand ou du petit écran qui prennent le temps de faire du théâtre. Ça pourrait attirer l'attention.

– Oui, bien sûr. Je comprends. » J'essaie de masquer ma déception. « L'intérêt de la pièce avant tout.

– Rien ne se fera sans Claire, déclare Patrick froidement. Je croyais m'être bien fait comprendre. Pour le reste de la distribution, vous avez carte blanche, et le budget nécessaire pour engager des gens connus s'il le faut. Mais si vous n'êtes pas disposé à accepter ma condition sine qua non, je trouverai quelqu'un d'autre. »

Les deux hommes s'affrontent du regard. Aucun ne bouge le moindre muscle, et pourtant, ils paraissent soudain plus menaçants : une modification subtile, inconsciente, du langage corporel et de la respiration.

Aidan répond, d'un ton de défi :

« Et au sujet du texte ? J'ai pris quelques notes, particulièrement dans la seconde partie. Je déteste la fin hollywoodienne. Certains dialogues sonnent faux. Jeanne, en particulier, s'enfonce dans le cliché chaque fois qu'elle se déshabille. Aucune comédienne qui se respecte n'acceptera ce rôle tel qu'il est.

– En tant qu'auteur, je tiendrai compte de toutes les modifications que vous réclamerez.

– J'aimerais que mon contrat contienne une clause qui vous empêche de me flanquer dehors pour cause de désaccord sur les options artistiques.

– Ce n'est pas habituel.

– Les circonstances non plus. Si vous m'offrez le contrôle absolu, un texte avec lequel je peux travailler et un budget correct, je ferai passer une audition à Claire. C'est tout ce que je peux vous promettre.

– Commencez par l'audition, répond Patrick. Si vous êtes satisfait, marché conclu. »

67

Je n'ai pas franchement envie de voir mon frère d'adoption et sa fiancée, mais, le vin aidant, Jess avait commencé à me harceler avec lui, et après avoir craché le morceau au sujet de son père, je ne voulais pas donner l'impression de ne pas m'intéresser à ma propre famille, même si c'était le cas. Alors, j'avais promis de les appeler.

Et puis, je culpabilisais un peu à cause de l'histoire avec son père. En vérité, j'étais peut-être aussi fautive que lui. Je m'étais dit que, si je l'encourageais à me draguer avant de l'envoyer sur les roses, je me retrouverais en position de force dans les négociations au sujet du loyer. Mais, évidemment, pas question de l'avouer à Jess. J'étais furieuse d'apprendre qu'il avait insisté pour virer mes affaires. Les mots avaient jailli dans mon esprit, et la seconde suivante, ils sortaient de ma bouche.

Il semblerait que je sois devenue plus impulsive depuis Greenridge. Plus en colère. *Lunatique* et *manipulatrice*, même, pour citer le Dr Banner.

Ou alors, peut-être était-ce dû au fait que Jess avait un père, elle. Quelqu'un qui lui achetait un appartement, qui s'inquiétait pour sa sécurité, qui était aux petits soins pour elle.

Quoi qu'il en soit, fidèle à elle-même, Jess m'avait obligée à envoyer sur-le-champ un texto à John, et maintenant je les attends, sa fiancée et lui, dans un restaurant de viande derrière Times Square. Patrick est assis à côté de moi. Je ne lui ai pas demandé de venir, mais il a émis le souhait de rencontrer le peu de famille que j'ai. Et je me suis aperçue que j'avais envie de l'exhiber. Pour montrer à John qu'il n'était pas le seul à être heureux en amour.

« Claire ! »

Les voici. Je me lève d'un bond et étreins John, avec un peu trop d'enthousiasme, puis je serre la main de sa fiancée, qu'il introduit comme « notre Alice ». Je leur présente Patrick, qui les félicite pour leur futur mariage. John pince fièrement l'épaule d'Alice. Elle me fait bonne impression. Je comprends pourquoi Jess a utilisé l'expression « terre à terre ». Elle est habillée pour partir en randonnée : chaussures de marche confortables et solides, jean, anorak North Face, banane. John, lui, porte un bermuda à poches bien qu'on soit presque à la fin septembre, et un sac à dos. Il était toujours en short, je m'en souviens, même quand il neigeait. Je regrette immédiatement mes efforts vestimentaires. Patrick m'avait conseillé d'emprunter une tenue à Jess en attendant de récupérer mes vêtements au garde-meuble, mais elles sont toutes un peu trop chics pour moi.

« Ah, ça fait plaisir de te voir », dit John en s'asseyant.

Il n'a pas perdu son accent du Yorkshire, même si, explique-t-il, il travaille à Londres depuis trois ans.

« Tu parles comme une Yankee, dit-il. Avec une pointe de distinction typiquement anglaise.

– Ici, les chauffeurs de taxi me prennent pour une Australienne.

– Ah, tu vois ? *Taxi* ! Vous êtes tous pareils, les Américains. Quel snobisme. Chez nous, on dit : *bus*. »

Il sourit de sa plaisanterie.

Patrick tente d'engager la conversation avec Alice, sans grand succès. Tout d'abord, je la crois effacée, mais je la surprends en train de jeter un regard à John et je comprends qu'elle se retient ; elle attend qu'il dise quelque chose.

Finalement, il se lance.

« C'est Alice qui m'a dit que je devrais essayer de te contacter, Claire. Elle a appris à bien connaître Ross et Julie depuis qu'on est fiancés, alors elle fait partie de la famille maintenant. »

J'essaye de situer Ross. Puis je me souviens que Julie, notre mère adoptive, s'est remariée.

« Nous tous, les gamins de Julie, on a créé un groupe WhatsApp. Certains sont passés entre les mailles du filet, comme toi, mais on est huit toujours en contact, plus ses enfants à elle, évidemment. Elle va avoir soixante ans dans deux mois, alors on organise une réunion. C'est une femme extraordinaire et on tient à marquer le coup. Il y aura la presse et tout ça. Et peut-être que tu pourrais faire le déplacement pour l'occasion. »

Je le regarde d'un air hébété. Même si je *pouvais* retourner au pays – si j'avais les moyens de me payer un billet d'avion, si j'étais certaine de pouvoir rentrer aux États-Unis ensuite –, l'idée de faire ce trajet dans le but de passer un moment avec cette femme et mes frères et sœurs d'adoption me paraît complètement dingue.

John se méprend sur le sens de mon expression.

« Elle ne t'en veut pas, Claire.

– *Elle* ne m'en veut pas ? » Je n'en crois pas mes oreilles. « Après ce que *son* mari m'a fait ? »

John regarde Patrick ; il semble se demander s'il doit continuer. Mais il a toujours été direct.

« Je voulais dire… Elle ne t'en veut pas d'avoir menti. Elle dit que les enfants placés dans des familles d'accueil font toujours des bêtises. Surtout quand ils viennent d'une mauvaise famille. Elle en veut aux services sociaux d'avoir cru une orpheline plutôt que son mari.

– Donc, toi aussi, tu penses que j'ai menti. Comme elle. »

À côté de moi, Patrick s'est raidi. Reconnaissant les signes avant-coureurs, je pose la main sur son bras. *Je gère.*

« Quand tu as déposé plainte contre Gary, poursuit John, tu as inventé un tas de trucs qui n'ont jamais existé. Tu le sais bien, Claire. Ça faisait partie de tes manigances pour aller dans cette école de théâtre. »

Je le foudroie du regard.

« Tu as oublié comment c'était ? je rétorque. Tu as oublié que, tous les étés, on nous expédiait dans une autre famille pour que Julie et Gary puissent partir en vacances avec leurs propres enfants ? Et qu'ils nous disaient toujours de ne pas laisser traîner nos affaires dans le salon, pour ne pas les oublier en partant ?

– Il y avait forcément des frontières. Au moins, ils nous ont recueillis.

– Oh, oui. En menaçant, sans jamais le dire ouvertement, de nous flanquer dehors si on n'était pas sages. »

On s'habitue à ce sentiment, je m'en souviens, jusqu'à ce qu'il devienne partie intégrante de soi-même. Si accueillants que puissent paraître les gens, ou ils disparaissaient tôt ou tard, ou bien ils vous informaient que vous alliez déménager. Intérieurement, on attendait en permanence que se déclenchent des sirènes invisibles, annonçant les procédures de séparation.

John soupire.

« Donc, tu ne veux pas assister à la fête d'anniversaire de Julie ?

– Pour rien au monde.

– Ouah, fait-il en secouant la tête. Tu as bien changé. Tu as toujours eu tendance à dépasser un peu les bornes, mais tu restais quelqu'un de bien, au fond de toi. Qu'est-ce qui s'est passé, Claire ? »

Je prends Patrick par le bras, dans un geste de défi.

« Oui, j'ai changé. J'ai une nouvelle vie. Tout va bien pour moi. En ce qui me concerne, le reste n'a jamais existé. »

« Désolée de t'avoir imposé ça, dis-je au moment où nous quittons le restaurant.

– Merci de m'avoir permis d'être là », répond Patrick.

Je le regarde pour savoir s'il plaisante, mais il est sérieux.

« Visiblement, nous avons eu des enfances très différentes, ajoute-t-il. Mais nous avons une chose en commun. Même si ça a été dur pour nous, au moins on peut choisir. On peut choisir nos familles, notre ville natale, nos origines… On peut être qui on veut. Et même si c'est plus difficile pour nous d'accorder notre confiance à quelqu'un, quand on l'accorde, c'est pour de bon.

– Oui, dis-je. C'est une des raisons pour lesquelles je suis venue vivre à New York. La ville où tout le monde vient d'ailleurs, hein ? Où les gens se réinventent. Et j'ai choisi de ne plus faire partie de cette famille. »

Patrick presse ma main avec son bras. Sans rien dire. Mais je sais ce qu'il pense.

Maintenant, je suis là.

68

Aidan m'auditionne dans un petit studio à Chelsea. Impassible, il trône derrière une table en compagnie d'une directrice de casting que je connais et qu'il me présente sous le nom de Mo. Aucun échange superflu, uniquement un « Qu'allez-vous nous interpréter, Claire ? », d'un ton poli, et « Quand vous voudrez ».

Ignorant le trac qui me donne envie de vomir, j'inspire à fond, je me concentre et je me lance. J'ai préparé l'épilogue de Jenny dans la pièce *Assistance* de Leslye Headland. Un monologue tapageur, grinçant, qui comporte un peu de tout – ébriété, danse, pathos, comédie – qui mettra en valeur mes talents, me suis-je dit.

Ma prestation terminée, il s'ensuit un long silence avant qu'Aidan dise :

« Merci. »

Je résiste à l'envie de le bombarder de questions : Qu'en avez-vous pensé ? Sincèrement ? Dois-je recommencer ? Plus vite ? Plus lentement ? Plus triste ? Plus drôle ? Qu'est-ce que vous cherchez ? Ça vous a plu ?

Les paroles de Kathryn Latham me reviennent en mémoire : *Bien qu'elle fasse tout pour le cacher, elle recherche l'approbation comme un junkie sa dose.* Effondrée, je comprends que mon manque de confiance en moi m'a conduite à livrer une prestation qui hurlait : *Regardez-moi !*

Ce n'était pas du théâtre. C'était de la frime.

« J'aimerais interpréter autre chose, s'il vous plaît. »

Aidan se tourne vers Mo, qui hausse les épaules, comme pour dire : *Maintenant qu'on est là…*

« Très bien, soupire-t-il. C'est quoi, cette fois ? »

Je cherche dans ma mémoire un texte qui corresponde à *sa* pièce, au rôle que je tente de décrocher.

Et ça me vient intuitivement.

Vous avez bien lu…

Alors, au lieu de choisir un monologue, j'opte pour un poème. Celui que j'ai lu avec Patrick, lors de notre première rencontre. Sans hausser la voix, j'extrais le rythme de chaque vers.

MOI

J'ai plus de souvenirs que si j'avais vécu mille ans…

Je vois Mo jeter un regard à Aidan. Celui-ci demeure impénétrable. Cependant, encouragée par la réaction de la directrice de casting, je me fie à mon instinct et je récite les derniers vers d'un ton si feutré qu'ils semblent s'évaporer.

MOI

Comme la vieille statue d'un dieu à demi oublié,
Abandonné dans le désert, de sang assoiffé
Dont le visage énigmatique, battu par les éléments,
Lorsque le soleil se couche s'illumine un court instant.

Le poème achevé, Aidan fronce les sourcils.

« Bon, dit-il. Il y a un tas de choses que j'ai détestées, particulièrement dans le premier extrait. Mais je crois que je peux travailler avec vous. »

Il se lève, m'accorde une brève poignée de main professionnelle et s'en va. Néanmoins j'ai eu le temps de percevoir l'expression de son regard.

Il est furieux.

Il espérait que je serais nulle. Ce qui lui aurait offert une échappatoire. Désormais, il va devoir travailler avec une comédienne qu'il n'a pas choisie.

69

« New York ne parle que de ça ! dit Marcie en prenant sa cigarette électronique sur son bureau. Du moins, l'infime partie de la population égocentrée qui s'intéresse au théâtre d'auteur.

– C'est très excitant, avoue-je, modestement.

– C'est surtout très complaisant. » Marcie souffle un épais nuage de fumée au-dessus de ma tête. « Mais ça change totalement la donne en ce qui vous concerne. Si un metteur en scène comme Aidan Keating voit quelque chose en vous, tout le monde va prendre le train en marche. Il y a des scènes de nu ?

– Quelques-unes.

– Parfait. Les critiques vont en parler et les banlieusards vont rappliquer en masse. On a vu naître des carrières pour moins que ça. » Elle pointe sa vapoteuse dans ma direction. « Ne merdez pas sur ce coup-là, Claire. Dans ce métier, une deuxième chance, ça n'arrive qu'une seule fois dans une vie. Les troisièmes chances, jamais.

– Je vais essayer. Mais, à supposer que ce soit un succès, il y aura toujours ce problème de carte verte, non ? »

Marcie réfléchit.

« Concrètement, oui. On pourrait utiliser le programme d'échange, en faisant valoir qu'il y a eu des précédents, mais la plupart des producteurs ne voudront pas s'embêter avec une comédienne inconnue. » Elle m'observe d'un air malicieux. « C'est sérieux avec ce Patrick ?

– Très.

– Sérieux dans le genre bague au doigt ? »

Je ne peux cacher mon étonnement. Elle enchaîne, impatiente.

« Oui, d'accord, mais ne me dites pas que vous n'y avez pas pensé. Un riche Américain monte une pièce uniquement pour voir sa comédienne préférée dans le rôle principal. Épousez-le et vous obtiendrez votre carte verte. Plus une carte Gold.

– Son précédent mariage s'est mal terminé.

– Un scandale qui profitera à la pièce, soit dit en passant.

– Quel scandale ?

– On raconte que l'un de vous deux l'a certainement butée. Je réponds aux gens que c'est idiot. Je leur explique que votre goût de la destruction est essentiellement dirigé contre vous-même.

– Merci bien. »

Elle repousse ce sarcasme d'un mouvement de vapoteuse.

« De l'avis général, vous avez fait le coup ensemble.

– C'est absurde.

– Quelle importance si ça incite les gens à venir voir la pièce ? » Soudain songeuse, elle demande : « Savez-vous à qui ils pensent pour les autres rôles ?

– Patrick n'en sait rien. Aidan a insisté pour avoir le contrôle artistique absolu.

– D'après la rumeur, il voudrait Nyasha Neary pour jouer Jeanne Duval. »

Je suis impressionnée. Mi-zimbabwéenne, mi-irlandaise, Nyasha a obtenu une avalanche de nominations l'an dernier pour son rôle dans un bouleversant biopic slave réalisé pour la télé. Elle possède des yeux immenses, capables de passer de l'affection au mépris le plus glacial en un battement de paupières, et des pommettes saillantes qui la font ressembler à un buste de Néfertiti. C'est également une des plus belles femmes de la planète.

« Et pour Baudelaire ?

– Ils parlent de Laurence Pisano. »

Je reste bouche bée. Laurence. L'acteur dont je suis tombée amoureuse lors de mon premier tournage. L'homme pour qui j'étais prête à mourir.

Je comprends immédiatement ce que cherche Aidan. Sans doute a-t-il entendu des histoires à ce sujet. Ou bien Marcie lui a tout raconté ! Il ne pouvait pas refuser de m'engager sans devoir renoncer à l'argent de Patrick. En choisissant Laurence, il espère me forcer à laisser tomber. Et il pourra dire, faussement fataliste : *C'est son choix.*

« Et pour Apollonie, ils pensent à qui ? je demande. Une fois qu'ils m'auront poussée vers la sortie ? »

Marcie hausse les épaules.

« Ils n'auront que l'embarras du choix. Si vous renoncez.

– Je ne renoncerai pas. »

Le regard de mon agent pétille.

« C'est exactement ce que je leur ai dit, Claire. »

70

Et au milieu de tout cela, il y a toujours Patrick et moi. Chaque jour, je rentre dans son appartement paisible qui donne sur la cathédrale. Nous apprenons à nous connaître de la meilleure des manières : en travaillant sur une pièce de théâtre.

« Maintenant que tu vis avec elle depuis un moment, comment décrirais-tu la véritable Claire ? » je lui demande un soir, pendant qu'il prépare le dîner.

Patrick fait preuve d'une maniaquerie amusante dans ce domaine. Jess et moi avions le sentiment de suivre une recette à partir du moment où nous disposions de la moitié des ingrédients figurant sur une liste trouvée au hasard sur Internet. Patrick, lui, pourrait rivaliser avec des grands chefs. Ce soir, il a hésité entre deux vieux livres de recettes français : Escoffier et Carême. Il possède une collection de couteaux à laquelle personne n'a le droit de toucher, dotés de lames en acier de Damas, martelées comme de mini-sabres de samouraï. Présentement, il hache de l'ail comme s'il disséquait un atome.

Mais je dois l'avouer : un homme riche et puissant est sexy avec un tablier autour de la taille.

Il prend le temps de réfléchir avant de répondre.

« Versatile. Bordélique. Tapageuse. Et immensément fascinante. Chaque fois que je crois t'avoir enfin comprise, je m'aperçois que non.

– Peut-être qu'il n'y a rien à comprendre. Ou bien, avoue-je, c'est parce que j'essaye encore de t'impressionner. J'ai peur que le jour où tu me connaîtras parfaitement, tu sois déçu.

– Ça m'étonnerait fort.

– Je ne suis pas toujours gentille, Patrick. Ni charitable. Tu as pu t'en rendre compte par toi-même, avec John et Alice.

– Être gentil en permanence, c'est bon pour les faibles. » Il me tend une cuillère pour que je goûte la sauce. « Il y a assez de poivre ?

– Tu es gentil, *toi.* »

J'avale la sauce et approuve d'un hochement de tête.

Il sourit.

« Avec toi seulement. »

En dînant, nous parlons des modifications réclamées par Aidan. Certaines concernent des éléments de la vie de Baudelaire, et là, Patrick se montre intraitable. Pour le reste, il respecte sa promesse de laisser carte blanche au metteur en scène. Ainsi, dans la dernière version, quand Jeanne découvre que Baudelaire a rendu visite à Apollonie, elle devient folle de jalousie. Furieuse, elle menace d'aller cracher sur une célèbre statue de nu pour laquelle Apollonie a servi de modèle. Mais, en arrivant sur place, elle est hypnotisée par la beauté de cette femme. La statue s'anime et elles font l'amour. Par la suite, le spectateur découvre que cette scène n'a eu lieu que dans l'esprit de Baudelaire, inspiré par un de ses poèmes censurés sur le lesbianisme.

« Ça ne t'ennuie pas ? me demande Patrick.

– Comme toi, je suis entre les mains d'Aidan. Et toi, tu ne seras pas gêné de me voir comme ça sur scène ?

– Je ne suis pas du genre jaloux, Claire. Je serai fier de toi, au contraire. Très fier. »

Sachant que je vais jouer ces scènes avec une femme beaucoup plus belle que moi, je réduis ma consommation de petits plats et multiplie les séances à la salle de sport. Quand la pression devient trop forte, je pars courir dans les parcs voisins. Morningside, avec ses groupes d'étudiants disséminés sur les pelouses ; Riverside et sa vue saisissante sur l'autre berge de l'Hudson. Ce vieux sentiment d'autrefois, *Ouah, on se croirait dans un film !*, a cédé la place à une constatation stupéfaite : *Ouah, tout ça est vrai !*

Sérieux genre bague au doigt ? Ne me dites pas que vous n'y avez pas pensé, avait dit cyniquement Marcie. Bien évidemment, j'y ai pensé. Qui n'y penserait pas ? Néanmoins, je m'efforce de prendre chaque jour comme il vient, de donner à notre relation le temps de respirer.

Le Dr Felix ne vient plus qu'une seule fois par semaine désormais. Peu à peu, nos séances se sont écartées du stratagème de la police pour se concentrer sur mes rapports avec Patrick.

« J'ai toujours été la première à rompre, lui dis-je. Ou bien je poussais les hommes à le faire. Jamais je n'ai connu de relation aussi longue.

– Et vous attendez que quelqu'un vienne vous informer qu'il est temps de partir ? Vous attendez que… » Il consulte ses notes. « …"des sirènes invisibles annoncent la procédure de séparation ?" »

Je lui ai parlé de la rencontre avec John et Alice. Ce jour-là, le Dr Felix avait pris tellement de notes qu'il avait eu du mal à suivre le rythme.

Je grimace : j'ai dû lui paraître mélodramatique.

« Non, bien sûr que non... Enfin, peut-être. Disons que j'ai encore l'impression d'être une imposture. Comme si je jouais un rôle.

– Certains pourraient trouver cela ironique, murmure-t-il.

– Curieusement, c'est seulement quand je joue que je n'ai pas cette sensation. Mais ici, dans l'appartement où a vécu Stella, allant jusqu'à porter certains de ses vêtements...

– Parlez-moi de ça. L'idée vient de Patrick ou de vous ?

– De lui. Mais uniquement pour des raisons pratiques. Mes affaires sont toujours dans un garde-meuble et, entre la pièce et tout le reste, je n'ai pas eu le temps d'aller les récupérer. »

Il note quelque chose.

« Je crois que je me demande si c'est vraiment ça, l'amour. Ou si je continue à faire ce que me reprochait Kathryn Latham : m'investir trop profondément dans mon rôle.

– Cela n'a rien de surprenant étant donné que, pendant des années, vous avez été obligée de vivre à la fois au sein d'une famille et en dehors. C'est peut-être même ce qui vous a poussée vers le métier de comédienne.

– Vous voulez dire que j'aurai toujours cette impression ?

– Personne ne peut l'affirmer. Le fait d'être amoureuse est peut-être tout simplement une chose nouvelle et surprenante pour vous, Claire. Essayez d'en profiter, voilà tout. »

Pourtant, si je veux être honnête, il manque quelque chose entre Patrick et moi désormais.

« J'ai un aveu à te faire », lui dis-je un soir.

Je songe que, autrefois, ces paroles auraient suffi à affoler notre rythme cardiaque. Et celui de notre public : ces spectateurs et auditeurs invisibles, penchés au-dessus de leurs manettes de contrôle.

Patrick se contente de hausser un sourcil.

« Ah ?

– Nos jeux me manquent. C'était excitant, de ne pas savoir si tu étais un meurtrier ou non. »

Ses lèvres tressaillent.

« Tu voudrais que je tue quelqu'un pour toi ?

– Non, je ne crois pas. Mais peut-être que je ressemble à Apollonie dans ta pièce… Je refuse de croire que les poèmes reflètent ta personnalité véritable. Et en même temps, une partie de moi-même l'espère. C'est dément, je sais. Tu n'es pas plus maléfique que Baudelaire. »

Patrick se penche pour déposer un baiser sur le dessus de mon crâne.

« Tu ne me connais pas encore, Claire, dit-il d'un ton léger. Tu ne sais pas tout ce qui se cache à l'intérieur de mon esprit. Ça prendra un peu plus de temps. »

71

Le premier jour des répétitions arrive enfin. Lecture assise.

Je suis terrorisée, évidemment. À l'idée de revoir Laurence. À l'idée d'être humiliée par Nyasha. À l'idée que le décorateur et les autres sachent que j'ai obtenu ce rôle uniquement grâce à Patrick.

Celui-ci semble s'amuser de mon trac. Il ne m'a jamais vue dans cet état, dit-il pour me taquiner, et franchement, il pourrait s'en dispenser. Je dois me rappeler que je suis douée.

Nous arrivons les premiers. Aidan nous rejoint, et quand il me prend dans ses bras, il semble presque sincère, mais je me méfie d'instinct. Les quatre comédiens qui ont des rôles secondaires – trois d'entre eux feront également office de doublures – arrivent ensemble. Laurence débarque dix minutes avant l'heure et prend soin de s'attarder et de plaisanter avec les éclairagistes. Style : je suis un mec comme les autres. Son beau visage juvénile n'a presque pas changé, mais je constate avec soulagement que je n'éprouve plus rien pour lui, absolument rien.

« Laurence, vous connaissez Claire ? » demande finalement Aidan.

Laurence jette un regard dans ma direction.

« Oui. On s'est rencontrés sur *Tumulte.* » Il marche vers moi et m'embrasse sur les deux joues, sans conviction. « Comment ça va, Claire ? Je suis vraiment impatient de retravailler avec toi. » Le sourire qui, autrefois, faisait fondre mon cœur, s'allume et s'éteint. Rien de plus. Aucune allusion à notre brève liaison, ni à ce que j'ai fait. Aucune excuse. Un simple mot affectueux, une parole de regret aurait suffi. Apparemment, c'est trop demander.

Pendant un tournage, ça ne compte pas, trésor.

Nyasha arrive pile à l'heure. Habillée comme pour une séance à la salle de sport : un survêtement gris dont l'ouverture laisse deviner un T-shirt rouge et une casquette de base-ball noire enfoncée sur ses nattes africaines. Cette tenue a pour effet d'atténuer sa beauté, mais rien ne peut effacer la perfection de ses pommettes ni masquer l'éclat de son regard. Elle est plus petite qu'on pourrait l'imaginer quand on la voit à la télé. Elle me serre la main poliment, presque timidement, d'un air grave.

Aidan frappe dans ses mains et les conversations cessent aussitôt. Il commence par nous souhaiter la bienvenue dans ce qui est désormais une communauté. Il parle de *troupe*[1], un mot ancien et noble servant à décrire un groupe de comédiens itinérants qui dépendaient les uns des autres pour survivre. Il évoque brièvement la production, qui devra posséder la puissance brute de la poésie de Baudelaire, défier et provoquer un public d'aujourd'hui, comme *Les Fleurs du mal* ont bousculé un siècle englué dans le sentimentalisme romantique. Enfin, il aborde la séance du jour.

« Il ne s'agit pas d'une représentation. Et encore moins d'une audition. Concentrez-vous sur la clarté du texte, faites

1. En français dans le texte.

jaillir les mots écrits sur la page. Nous aurons grandement le temps de jouer plus tard. Nous sommes entre nous, pour jeter un premier coup d'œil au projet. Personne n'a besoin d'impressionner les autres. »

Nous acquiesçons. Je me demande si cette dernière remarque m'était destinée. Nyasha ôte sa casquette de base-ball.

Ma première scène n'intervient pas tout de suite, alors je commence par écouter. Très vite, il apparaît que, si Nyasha a entendu les remarques d'Aidan et se contente de lire le texte à voix haute, Laurence, lui, est venu avec quelques idées personnelles. Option la plus flagrante : il lit le rôle de Baudelaire en prenant un accent français. Patrick dresse la tête dès la première réplique, mais Aidan ne dit rien durant plusieurs pages.

« C'est très bien, Laurence, intervient-il finalement. Mais contentons-nous de lire le texte à plat pour le moment, on s'occupera des accents plus tard.

– OK. Parfait », dit Laurence.

Et il reprend sa lecture, toujours avec le même accent.

Aidan l'arrête de nouveau.

« Mettons l'accent de côté pour l'instant. »

Laurence fronce les sourcils. Je comprends qu'il a déjà composé son personnage, et il va avoir du mal à s'en débarrasser. Lorsqu'il poursuit, il parvient à supprimer la plupart des intonations françaises, mais elles reviennent par moments. En lisant, il repousse d'un geste agacé les cheveux qui tombent devant ses yeux. Autrefois, je trouvais cela irrésistible. Aujourd'hui, je me demande pourquoi il ne va pas chez le coiffeur.

Nyasha bouge à peine sur sa chaise. Elle n'a pas besoin d'en rajouter, sa voix est magnifique. Je pourrais l'écouter pendant des heures.

Quand vient mon tour, j'essaie de suivre son exemple et de laisser les mots parler d'eux-mêmes. Mais ma première scène est une scène au cours de laquelle Baudelaire m'avoue qu'il est l'auteur des poèmes violents et anonymes que je reçois depuis cinq ans, et je laisse s'insinuer dans ma voix un peu du mépris que m'inspire Laurence. Je vois Aidan lever les yeux de son texte, songeur. Il ne dit rien cependant.

Arrivés à la fin de la lecture, nous nous applaudissons mutuellement. Aidan trouve que nous avons tous été formidables. En réalité, c'est la pièce qui est excellente.

Je comprends que ce spectacle pourrait être extraordinaire. Le point de départ de ma carrière. Je n'en reviens pas d'avoir autant de chance.

Nous nous levons en nous étirant. Laurence se précipite vers Aidan et je l'entends demander s'il serait possible de discuter de quelques idées qu'il a eues. Aidan formule une réponse polie, tout en se défilant.

Nyasha vient me féliciter pour ma lecture.

« On va bien s'amuser », dit-elle de sa petite voix sérieuse.

Elle a retiré sa veste de jogging. Les bras qui dépassent de son T-shirt ressemblent à des filins noirs, des tresses de muscles durs. De près, je suis hypnotisée par l'aspect surnaturel de sa beauté.

Elle pose sa main sur mon poignet.

« Il paraît que tu es avec Patrick, dit-elle tout bas. Il a vraiment l'air super. »

Son regard glisse de Patrick vers Laurence, toujours en pleine discussion avec Aidan. Elle ne dit rien de plus.

C'est inutile. Nous voilà alliées désormais. Peut-être même amies.

72

Le lendemain après-midi, alors que je fais mon jogging dans Morningside Park en repensant à la répétition de la veille, je suis saisie par un sentiment familier. Un sentiment que ressent chaque comédien sur scène : celui d'être observé.

C'est d'autant plus étrange que, dans ce parc, il y a toujours des gens qui vous regardent, et habituellement je n'éprouve pas cette impression. Je secoue la tête et continue à courir.

Durant le tour suivant, cette sensation réapparaît. Exactement au même endroit. Je sens mes poils se hérisser sur ma nuque.

Je m'arrête et lève les yeux. Tout là-haut, sur les marches qui descendent de Harlem, se tient un homme.

Frank Durban.

Du moins, je crois que c'est lui. À cette distance, je ne distingue pas son visage. C'est plutôt sa posture que je reconnais. Appuyé contre la balustrade, une épaule tournée vers l'intérieur comme pour soulager une douleur.

Je reste longuement immobile. Et soudain, je fonce vers lui, en zigzaguant entre les arbres, sautant par-dessus la laisse d'un chien pour ne pas me prendre les pieds dedans. Quatre escaliers décalés s'accrochent à la pente raide. Je les gravis à fond, les jambes et les poumons en feu…

Il n'y a personne. Je m'arrête, haletante, et regarde autour de moi.

J'ai peut-être rêvé.

Sur le chemin de l'appartement, je ne cesse de me retourner brusquement. Mais personne ne se baisse pour refaire son lacet, personne ne s'engouffre dans une entrée d'immeuble, comme dans les films.

Arrivée à destination, j'ai réussi à me convaincre que j'avais rêvé, en effet. Pourquoi Frank s'intéresserait-il encore à moi ? D'autant qu'il est en congé maladie, que Kathryn a disparu et que Patrick a attaqué en justice la police de New York…

Je me fige, terrassée par l'idée qui vient de me traverser l'esprit.

Et si rien de tout cela n'était vrai ?

Concernant le procès, je n'ai que la parole de Patrick. Le congé maladie de Frank pourrait n'être qu'une couverture. Quant à Kathryn… Même si elle s'est volatilisée, elle est toujours là, quelque part. Je le sens. Elle me manipule. Elle se livre à ses petits jeux.

Prise de nausées, je comprends ce qui se passe véritablement. Je me suis jetée dans la gueule du loup. En envoyant à Patrick ce mail désespéré de Greenridge. J'imagine Kathryn le lisant, en tapotant sa bouche avec son stylo, songeuse.

KATHRYN

> Il semblerait que l'opération ne soit pas morte, finalement.

FRANK

Vous proposez qu'on continue à utiliser Fogler ? Claire ne lui fera plus jamais confiance.

KATHRYN

Pourquoi pas ? Elle est toujours obsédée par lui, à l'évidence. Supposons qu'il débarque à Greenridge en sauveur ?

FRANK

Ça ne marchera pas. Elle est paranoïaque.

KATHRYN

Il faut trouver un dérivatif. Un objectif si tentant qu'elle prendra tous les risques pour l'atteindre. Quelle est donc la chose que Claire Wright désire le plus au monde ?

FRANK

C'est vous la psy.

KATHRYN

Un public, Frank.

La pièce.

Pourquoi Patrick a-t-il éprouvé l'envie soudaine et impérieuse d'écrire cette pièce ? Par amour pour moi ? Ou bien s'agit-il du plus gros, du plus bel appât, que pouvait concevoir Kathryn ?

Un rôle brillant, provocant, créé spécialement pour moi. Et une occasion unique, à peine croyable : jouer sur une scène à New York, avec une troupe de professionnels.

À peine croyable, oui… Comme une idiote, j'ai voulu y croire.

J'ouvre la porte de l'appartement.

« Patrick ? »

Pas de réponse. Le silence a quelque chose de différent maintenant. C'est peut-être uniquement dans ma tête, mais on dirait que cet endroit m'écoute.

Je me rends dans la salle de bains. Accroupie devant le lavabo, je palpe l'arrière du bloc de porcelaine, comme un flic qui fouille un suspect. À la recherche d'un micro.

Rien.

Fiévreusement, j'inspecte le placard. Je balance par terre toutes les serviettes bien pliées. Rien non plus. Pas de boîtier de raccordement tapi là telle une araignée malfaisante, reliée par sa toile à une multitude de bébés maléfiques dans tout l'appartement.

Soudain, l'évidence s'impose : ils n'allaient pas commettre l'erreur de placer des micros et des caméras là où j'avais déjà cherché.

Je dévisse les appliques une par une. Rien. Idem dans la cuisine. Et dans la chambre. Et dans le couloir.

Mon regard glisse vers mon téléphone posé sur la table basse. Évidemment. Désormais, ils peuvent vous espionner à travers le micro de votre portable. C'est aussi facile que de télécharger une application, et vous ne vous en rendez pas compte.

73

Quand Patrick rentre, j'ai remis de l'ordre. Les serviettes sont de retour dans le placard, bien pliées, les appliques revissées et, installée dans le canapé, j'apprends mon texte.

Il vient m'embrasser.

« Alors, comment s'est passée la répétition aujourd'hui ?

– Très bien, réponds-je d'un ton léger. Aidan a évoqué quelques sources d'inspiration possibles. On a visionné une vieille captation du *Sacre du printemps* de Stravinsky.

– Le ballet qui a fait scandale ?

– Oui. Et on s'est posé la question de savoir si l'art devait s'autocensurer. Par exemple : peut-on représenter un suicide sur scène, au risque d'inciter une personne dans le public à en faire autant ? »

Je ne précise pas que Laurence et Nyasha n'étaient presque jamais du même avis sur ces sujets, Nyasha estimant que nous devons assumer les conséquences de nos actions, Laurence affirmant qu'on ne peut pas être tenus pour responsables de ce que font les autres.

« Ça ressemble à un de mes TD de première année », ironise Patrick.

Je le regarde se diriger vers le coin cuisine et sortir des ingrédients des placards.

« Beaucoup de metteurs en scène commencent de cette manière. Ensuite, on passera aux jeux de confiance.

– Les jeux de confiance, répète-t-il en m'adressant un sourire par-dessus son épaule. On en a fait, toi et moi, tu te souviens ?

– Oui. À la demande de Kathryn, c'est ça ? »

Il hoche la tête.

« J'ai vu Frank Durban aujourd'hui, dis-je, désinvolte.

– Frank ? Où ça ? »

Patrick semble surpris.

« Dans Morningside Park. Il me regardait courir. »

Il fronce les sourcils.

« Ça me paraît peu probable.

– Je l'ai vu, j'en suis sûre.

– Il était à quelle distance ?

– Suffisamment près », dis-je en guettant sa réaction.

S'ils en ont parlé, Frank a sans doute minimisé la chose.

FRANK

Elle n'était pas assez près pour me voir distinctement. Répondez-lui qu'elle s'est trompée.

« Bizarre, dit Patrick en se retournant vers le réfrigérateur. À mon avis, tu es toujours obnubilée par ce plan. À cause du procès et tout ça. »

Il entreprend de hacher de l'estragon.

« Comment ça se passe, au fait ? je demande, toujours désinvolte.

– Lentement. Tu connais la justice. » Il s'arrête, le couteau à la main. « D'ailleurs, mon avocat souhaite que le Dr Felix rédige un rapport sur ton état mental. Tu es d'accord ?

– Bien sûr.

– Apparemment, il est essentiel de mettre en avant les conséquences psychologiques provoquées par la police. Néanmoins, il faudrait peut-être essayer de minimiser l'aspect paranoïaque.

– Oh, très astucieux, dis-je.

– Comment ça ?

– Ton avocat. C'est très astucieux de sa part d'y avoir pensé.

– Je le paie pour ça. » Son front se plisse. « Tout va bien, Claire ?

– Je sais que tu travailles encore pour la police.

– Hein ? »

Patrick semble réellement estomaqué.

« La pièce, dis-je. C'est un appât. Pour me piéger. »

L'espace d'un instant, la méfiance se lit dans son regard.

« C'est une idée de Kathryn, hein ? Elle a pensé que je serais prête à tout pour obtenir un tel rôle. Et je dois avouer qu'elle avait raison. » Je prends mon téléphone sur la table basse. « Vous entendez, Kathryn ? Vous aviez raison.

– Claire… » Visiblement inquiet, Patrick pose son couteau et vient vers moi. « *Claire.* Que se passe-t-il ? L'autre jour, tu disais que nos jeux te manquaient. C'est ça, alors ? Un jeu ? Tu inventes une chose qui n'existe pas, uniquement pour introduire du piment dans notre vie ? Ou alors, est-il possible que tu croies réellement à ce délire ? Car, franchement, tu me fais peur. » Il prend une longue inspiration. « Oui, j'ai écrit cette pièce pour servir d'appât… en un sens. Je l'ai écrite, car je voulais que tu reviennes avec moi. Ici. C'est tout ce que j'ai trouvé pour t'impressionner. Voilà.

– Prouve-moi que tu ne travailles pas pour eux.

– Bon sang, Claire ! Comment puis-je prouver une chose qui n'existe pas ? »

La colère crispe ses traits.

« Je ne sais pas. Et c'est bien le problème, hein ? Comment pouvons-nous encore nous faire confiance, en sachant que nous sommes très doués pour mentir l'un et l'autre ? »

74

Aux répétitions, nous passons maintenant aux activités de cohésion. Le Jeu du mur : vous courez vers un obstacle les yeux bandés en comptant sur les autres comédiens pour vous retenir. Le Contact visuel : deux par deux, vous vous regardez droit dans les yeux en exprimant tour à tour la sympathie, le désir et la haine.

Face à Laurence, je suis stupéfaite qu'il n'ait pas la moindre idée de ce que je pense de lui maintenant.

Et le Jeu de l'argile, dans lequel un comédien mime une statue, qu'un autre comédien doit sculpter, en déplaçant ses membres et en modifiant son expression, afin de transmettre une émotion particulière que la statue ne connaît pas. Chargée de sculpter Nyasha pour traduire le mot *indolent*, je m'émerveille de constater qu'il me suffit d'appuyer sur son épaule pour modifier tout l'équilibre de son corps. Elle ressemble à une machine de haute précision, dont chaque élément est parfaitement équilibré.

Quand on me demande de modeler Laurence pour exprimer le mot *fierté*, une seule idée me vient : je l'oblige à redresser les épaules et à lever le menton pour lui donner un air plus imposant. Je vois Nyasha sourire de cette pose grotesque.

Laurence lui rend son sourire et je comprends qu'il croit qu'elle le drague. La colère me saisit. Non pas à cause de lui, mais à cause d'elle.

Il ne manquait plus que ça. Une gamine qui en pince pour mon partenaire. Comme si les choses n'étaient pas assez compliquées.

Enfin nous en arrivons au texte et à l'exploration de nos personnages. Une des choses qui m'ont attirée dès le départ dans le rôle d'Apollonie est son mystère. La pièce ne nous indique jamais ce qu'elle pense précisément. Mais, en répétition, ça ne marche pas. Je *dois* savoir ce qu'elle pense, sinon je ne peux pas la rendre convaincante.

Cela étant, peut-être se ment-elle à elle-même. Ce sont toujours les personnages les plus intéressants : ceux qui s'abusent eux-mêmes. Car, tôt ou tard, le masque de la tromperie tombe.

« Je me persuade que je veux croire à sa bonté, alors qu'en réalité je suis attirée par son côté obscur, dis-je à Aidan. Je suis comme un papillon de nuit attiré par sa flamme, et je veux me convaincre qu'elle ne me brûlera pas, car l'autre option – garder mes distances – serait trop décevante. »

Il acquiesce ;

« Ça me va. »

Plus tard, lorsque je répète ces paroles à Patrick, il me demande :

« On parle toujours de la pièce, là ? Ou de nous ?

– La pièce, c'est nous. Et donc, pour la jouer avec sincérité, je dois jouer la vérité de notre histoire. Et sincèrement, c'est ce qu'il y a de plus excitant, non ? Connaître la vérité sur quelqu'un ? » J'hésite un instant. « Par conséquent, si tu travailles toujours pour la police, tu dois me le dire.

– Claire, soupire-t-il en me prenant la main. C'est ma faute. Je t'ai poussée à jouer trop tôt. Tu es encore fragile. Mais il n'est pas trop tard pour arrêter. Tu as une doublure, de toute façon. Tu pourrais lui passer le relais.

– Je ne suis pas fragile. Bien au contraire. Et pas question de laisser ma place. »

Au cours de ma séance hebdomadaire avec le Dr Felix, il aborde le sujet.

« Patrick m'a appelé. Il s'inquiète pour vous.

– Je sais.

– Il pense que vos soupçons à son égard sont le signe d'une rechute.

– Oui, c'est ce qu'il dit.

– Et vous, Claire, qu'en pensez-vous ?

– Je pense que c'est comme ce vieux slogan qu'on voyait sur les T-shirts : *Ce n'est pas de la paranoïa s'ils sont vraiment à vos trousses.* Disons que je cherche à savoir s'ils sont à mes trousses ou pas. Si ce n'est pas le cas, tout ira bien. »

Il attend que je développe. Comme je ne dis rien, il tente une autre approche.

« Un important défi professionnel se présente à vous, si j'ai bien compris.

– La pièce ? Oui.

– Se pourrait-il que vous ayez arrêté prématurément le traitement du Dr Banner ? J'ignorais, à l'époque, que vous alliez subir une telle pression… Peut-être devrions-nous envisager de réintroduire certains de ces médicaments. À des doses largement inférieures, évidemment. »

La question clignote dans mon esprit, malgré moi : *Le Dr Felix est-il dans le coup lui aussi ?*

Je secoue la tête.

« J'ai besoin de toute ma lucidité. Et je ne peux pas courir le risque d'avoir plein de boutons sur le visage.

– Très bien, dit-il. Dans ce cas, si nous passions en revue toutes vos angoisses, une par une, pour tenter de les faire disparaître ? »

75

Ce soir-là, je m'excuse auprès de Patrick.

« Je me suis laissée un peu emporter, en me disant que tu me mentais. Mais, après avoir parlé avec le docteur Felix, je m'aperçois que j'ai dramatisé.

– Tout va bien, alors ? Tu n'as plus ce sentiment ?

– Non.

– Dieu soit loué, Claire. J'avoue que, pendant un instant, tu m'as sacrément inquiété. »

Manifestement, Patrick est plus détendu maintenant que j'ai apaisé les tensions. Nous nous couchons tôt et nous faisons l'amour. Je ne lui dis pas *Je vais me racheter,* mais je fais toutes les choses qu'il aime. Que tous les hommes aiment. Car Patrick a des goûts on ne peut plus conventionnels en la matière. Je commence par l'embrasser partout, je lui offre du plaisir, puis je l'oblige à s'allonger et je le chevauche. Mais je m'arrête.

« Patrick, il faut que je te dise quelque chose.

– Quoi ? demande-t-il, tout sourire.

– J'en ai assez de garder ce secret. C'est moi qui l'ai tuée. J'ai tué Stella. »

76

Il m'observe durant une éternité, abasourdi.

« Hein ? fait-il finalement, d'une voix enrouée par le choc. Qu'est-ce que tu racontes, Claire ?

– J'avais besoin de cet argent. J'étais fauchée. Jess allait me flanquer à la porte de son appart et je devais payer mes cours de comédie… On s'est disputées, Stella et moi, à propos du chantage. Plus tard, ce soir-là, j'ai décidé qu'en fait elle me devait beaucoup plus que quatre cents dollars. »

INT. LEXINGTON HOTEL – COULOIR – NUIT

Stella ouvre la porte de sa suite, un verre à la main. Elle titube.

STELLA

Oh, c'est vous. La fille qui n'a pas réussi à séduire mon mari. Que voulez-vous ?

MOI

Ne restons pas dans le couloir.

INT. LEXIGTON HOTEL, TERRASSE DE LA SUITE – NUIT

MOI

... Vous vous êtes servie de moi pour essayer de faire chanter votre mari. Et si ça n'avait pas été un type honnête, vous auriez réussi. Quoi qu'il en soit, vous m'avez rendue complice d'un crime. J'exige deux mille dollars de plus.

STELLA

Sinon ?

MOI

Sinon, je lui raconte ce que vous avez fait.

STELLA

Petite idiote. Vous ne savez pas dans quoi vous mettez les pieds. Je vous conseille de décamper avant que j'appelle la direction.

Elle se dirige vers le téléphone à côté du lit.

MOI

Éloignez-vous de ce téléphone.

Elle se retourne... et découvre que je pointe le pistolet de Jess sur elle.

STELLA

Qu'est-ce que...

MOI

Tournez-vous face au mur. Non, attendez... passez-moi ce sac d'abord.

« Je ne voulais pas la tuer, conclus-je. C'était un accident. Elle s'est emparée du pistolet au moment où je prenais le sac et j'ai dû la frapper avec ce que j'avais sous la main pour l'obliger à le lâcher. Mais, maintenant qu'elle était morte, je ne pouvais pas repartir sans l'argent. » Je le regarde. « Oh, Patrick, je suis navrée. Pour tout. Mais je ne regrette pas ce qui s'est passé, car je t'ai rencontré. Tu sauras me pardonner ? »

Il continue à m'observer d'un air incrédule. Aucun de nous deux ne bouge : nous formons un tableau. Puis je regarde mon téléphone posé sur la table de chevet.

Je vois la lueur de compréhension qui s'allume dans son regard.

« Oh, nom d'un chien, dit-il. Tu as raconté tout ça pour savoir si je disais la vérité, hein ? Pour voir si les flics allaient débarquer et t'emmener. Eh bien, non, Claire. Les flics ne viendront pas. Car je n'ai plus rien à voir avec eux.

– Je ne mentirais pas au sujet d'une chose aussi…

– Arrête. Arrête ça tout de suite, ordonne-t-il, féroce. Tu vas trop loin.

– Il fallait que je sache, dis-je d'une petite voix. Il fallait que je sois sûre. Essaie de comprendre, Patrick. C'est le seul moyen que j'aie trouvé de prouver une bonne fois pour toutes que tu ne travailles plus pour eux…

– Oh, je vais te le prouver. » Il est en colère, autant que ce soir-là au théâtre. Ses mains se referment autour de mon cou. « S'ils nous écoutent, ils ne me laisseront pas t'étrangler, dit-il entre ses dents. Ils ne me laisseront pas faire *ça.* »

Je sens ses doigts s'enfoncer dans ma peau, serrer plus fort. Je ne peux plus respirer. J'essaie d'arracher ses mains, mais il a trop de force, et l'étau se resserre encore. Le sang fait battre mes tempes. Je griffe ses doigts. Des lumières éclatent devant mes yeux. Je suis prise de vertiges, puis je tombe, je tombe dans un tunnel.

Et j'atterris dans ses bras. Il me berce tendrement. J'ai la gorge en feu.

« Je suis désolée, dis-je dans un murmure.

– Non. C'est moi qui suis désolé. »

Il m'étreint. Il tremble.

« Ne sois pas désolé. Je t'ai provoqué délibérément, mon amour. C'était un jeu de confiance. Et ça a marché. »

77

Je me réveille avant l'aube. À côté de moi, Patrick dort tel un chat ; il respire si doucement qu'on pourrait le croire mort. Pourtant, même au repos, son corps semble tendu, aux aguets, un assemblage de muscles et de nerfs ultra-sensible.

Délicatement, afin de ne pas le réveiller, je me lève et me rends dans la cuisine pour boire un jus de fruits. J'ai encore mal à la gorge et demain – non, aujourd'hui – on commence à jouer de mémoire. Je ne peux pas risquer de perdre ma voix.

En buvant mon jus, je contemple la ville. J'adore ces baies vitrées qui confèrent à l'appartement l'apparence d'un décor de théâtre. C'est comme si nous étions en représentation, à l'intérieur d'une maison de poupée que tout le monde peut observer, même si ce quartier est calme à cette heure-ci et la rue en bas quasiment déserte.

Je pense à Stella.

Un jour, en cours, Paul nous a fait faire un jeu dans lequel trois personnes reçoivent un chapeau noir ou un chapeau rouge. Elles ne voient pas leur propre chapeau, uniquement ceux des autres, mais la première personne qui devine la couleur de son chapeau a gagné. C'est un exercice pour apprendre à voir une scène à travers les yeux de quelqu'un d'autre.

C'est ce que j'essaie de faire maintenant.

En écoutant mes faux aveux, Patrick avait tout d'abord paru surpris. Puis abasourdi. Puis en colère. Mais à aucun moment il n'avait semblé convaincu.

Parce qu'il m'aime et a confiance en moi ?

Parce que je suis moins bonne comédienne que je le crois ?

Ou parce qu'il sait que je n'ai pas pu commettre ce geste… pour la bonne raison qu'il était présent au moment de la mort de Stella ?

Une voiture de police passe à toute allure dans la rue déserte, gyrophare allumé, mais sirène éteinte afin de ne pas réveiller la population endormie. Roule-t-elle vers un autre meurtre ? D'autres vies détruites ?

La voix du Dr Banner résonne dans ma tête.

DR BANNER

Vos hallucinations mélodramatiques n'ont rien de surprenant, Claire. Elles sont symptomatiques de votre trouble. Demain, vous serez persuadée de l'exact opposé.

Il faut que je sache. Il faut que je sache qui l'a réellement tuée. Découvrir que Patrick est un meurtrier ne m'empêcherait pas de l'aimer. Mais si c'est un meurtrier, je ne veux pas qu'il me le cache.

Voilà mon sombre secret. Mon amour pour lui est si dévorant que, même si je savais qu'il a tué Stella, cela ne changerait pas mes sentiments pour lui. En revanche, je ne supporterais pas qu'il ait commis un geste aussi colossal et qu'il ne le partage pas avec moi.

Comme Apollonie, je dois faire face aux ténèbres. Marcher vers elles.

Je ne peux pas aller trouver la police, bien évidemment. Mais je peux tenter autre chose.

78

Victor ?

Claire. J'espérais te voir revenir à Necropolis un jour.

Victor, j'ai besoin d'un service.

Tout ce que tu veux, trésor.

Ça ne va pas te plaire.

Dis toujours. Je suis étonnamment large d'esprit pour un pervers.

J'aimerais te rencontrer. Pour de vrai.

Il s'ensuit un immense vide. J'entends presque le bourdonnement des fils téléphoniques, le grésillement de connexions lointaines, tandis que notre silence bondit d'un satellite à l'autre, jaillit d'un ordinateur à l'autre, serpente le long d'interminables câbles de fibre optique…

Tu me proposes un rancard, Claire ?

Je pense à tous ces hommes que j'ai menés par le bout du nez, pour qui j'ai joué la comédie, pour qui je suis devenue une illusion, le fruit de leurs rêves.

Non. Désolée. Entre amis. Mais, crois-moi, c'est important.
Tu es le seul en qui je peux avoir confiance.

Où es-tu ?

À New York. Et toi ?

Pas très loin.

Qu'est-ce qui t'arrange ?

Il y a un cybercafé dans l'East Village,
à St Marks Place. Je peux t'y retrouver à midi.

Comment je te reconnaîtrai ?

Connecte-toi sur le site, je te le dirai.

Merci, Victor. Je ne te demanderais pas ça
si ce n'était pas important.

79

J'arrive au cybercafé avec un quart d'heure d'avance et je choisis un ordinateur dans un coin. À côté de moi, un étudiant japonais entretient une cyber-discussion enflammée avec sa petite amie. Non loin de là, une femme d'affaires massive tape énergiquement un rapport à deux doigts. Un adolescent joue à un jeu vidéo. Un couple d'Italiens télécharge des photos de sa lune de miel en gloussant.

Un homme d'un certain âge, vêtu d'un imperméable, joue avec un gobelet Starbucks vide.

Je me connecte à Necropolis.

Tu es ici, Victor ?

Oui, Claire.

Sur le site ou dans le café ?

Les deux. Décris-toi.

Vingt-cinq ans. Brune.
Je porte un cardigan en cachemire
qui a appartenu à quelqu'un d'autre.
Je suis dans un coin, devant un ordinateur.

Tu n'as pas dit que tu étais belle.

Je lève les yeux. La femme d'affaires me sourit tristement.

80

« Tu pourrais réellement faire du mal à quelqu'un ? Pour de vrai, je veux dire ? »

Victor, Corinne de son vrai prénom, secoue la tête.

« Dans mes fantasmes, je rêve de domination sexuelle. Mais aussi de paix dans le monde, de vivre avec une top-model et d'être musicienne professionnelle. Cependant je suis consciente de mes obligations envers la société, Claire, et cela signifie que, comme n'importe qui d'autre, je dois réguler mes envies. » Elle hausse les épaules. « Pas facile de trouver de bons soumis, surtout quand on est une vieille gouine obèse. Mais, apparemment, mes amis hétéros ne s'en sortent pas beaucoup mieux.

– OK. J'ai compris.

– Alors, explique-moi ce qui se passe. »

Je lui parle de l'opération montée par la police, et de ma théorie selon laquelle elle pourrait avoir un lien avec Necropolis. Je dois me contenir pour ne pas passer pour une folle.

« C'est la psychologue de la police qui m'a suggéré de me connecter sur ce site, dis-je en conclusion. Sans elle, je n'aurais jamais eu l'idée d'entraîner mon personnage dans cette direction. Et, bien évidemment, Patrick semblait branché sur ce genre de trucs bizarres lui aussi, même s'il ne l'était pas réellement.

– Étant moi-même branchée sur ce genre de trucs bizarres, je trouve ça généreux de sa part.

– Désolée, je ne voulais pas… » Elle repousse mes excuses d'un sourire. « Bref, la question que je me pose, c'est : pourquoi Necropolis ? Pourquoi une profileuse de la police s'intéresse-t-elle à un site BDSM parfaitement légal ? »

Corinne hésite.

« Necropolis n'est peut-être que la partie émergée de l'iceberg. Du moins, c'est ce qu'affirment certains utilisateurs. Il paraîtrait qu'une partie du site est hébergée sur le dark web, à laquelle les membres eux-mêmes n'ont pas accès sans y être invités. C'est là que se passeraient les choses sérieuses.

– Les choses sérieuses ?

– Des échanges. Des images et des vidéos, d'après ce que j'ai entendu dire.

– Des images illégales ? »

Corinne acquiesce.

« Je n'ai jamais demandé de détails. Ce n'est pas… mon truc. »

Je ne suis pas surprise d'apprendre que le site vers lequel m'a orientée Kathryn Latham est lié à des activités illégales. Mais quel rôle Patrick joue-t-il dans tout ça ?

« *Un vieux bureau rempli d'idées mortes cache moins de secrets que ma tête souffrante* », avait-il récité lors de notre première rencontre, d'une voix chargée de conviction. S'agissait-il d'un indice ? Était-ce le secret auquel il faisait allusion de manière détournée, en utilisant les mots de Baudelaire pour masquer leur sens caché ?

S'il achetait des images sur Necropolis, et si Stella les avait découvertes, cela pourrait expliquer son désir de le quitter, et même sa vive agitation ce soir-là.

Soudain, je comprends que c'est ce qui nous différencie, elle et moi. Ce qui lui faisait peur m'intrigue. Si Patrick se livrait véritablement à ce genre d'activités, je ne serais pas choquée. Bien au contraire : j'accueillerais avec plaisir cette occasion de lui prouver que je peux accepter cette partie de lui. D'accroître notre intimité. Tel un papillon attiré par la flamme.

81

Quand j'entre dans le bar où nous nous sommes donné rendez-vous, Henry commande déjà sa deuxième bière. Il est arrivé en avance, m'explique-t-il. Depuis le meurtre de Stella, le cabinet ne s'occupe plus d'affaires conjugales et on l'a muté au service des recouvrements.

« Des recherches sur ordinateur, essentiellement. C'est à mourir d'ennui. Je devine qu'ils vont bientôt me pousser vers la sortie. Mes talents particuliers ne leur sont plus d'aucune utilité.

– Et si je vous proposais un travail en free-lance ? »

Il hausse les sourcils.

« Vous voulez que j'enquête sur votre petit ami ? »

L'espace d'un instant, je suis presque tentée, puis je secoue la tête.

« Il ne s'agit pas d'une personne. »

Je lui résume ce que j'ai appris sur Necropolis.

« J'aimerais que vous jetiez un coup d'œil. Vous pourriez peut-être essayer de vous introduire dans la partie cachée.

– Vous savez, répond Henry, songeur, deux ou trois choses m'ont toujours paru suspectes dans la mort de Stella. Vous vous souvenez comme elle était nerveuse ce soir-là ? »

J'acquiesce. Elle faisait les cent pas devant les fenêtres quand j'étais entrée.

STELLA

Vous serez prudente, n'est-ce pas ? Promettez-moi que vous serez prudente.

« Elle n'arrêtait pas de tripoter une clé USB métallique au bout d'une chaînette », avoue Henry.

Je revois la scène. Elle se tordait les mains et serrait dans sa paume ce que j'avais d'abord pris pour un chapelet, avant d'entrevoir l'éclat de la chaînette. Et lorsqu'elle m'avait mise en garde contre son mari – *Vous n'avez jamais rencontré un homme tel que lui* –, elle avait regardé ce qu'elle tenait dans la main. Comme s'il s'agissait de la preuve de ce qu'elle affirmait.

« Il est possible que j'extrapole, mais si vous me parlez d'images interdites, cette clé USB en contenait peut-être, ajoute Henry en prenant son verre.

– Avez-vous parlé de cette clé USB à la police ?

– Oui, évidemment. Mais ils m'ont répondu qu'ils n'avaient rien trouvé en fouillant la suite. Soit je m'étais trompé, soit le meurtrier l'avait emportée, ont-ils dit. »

Je me cale dans mon siège pour réfléchir.

« Stella voulait que je piège Patrick afin d'avoir un moyen de pression sur lui, m'a-t-elle expliqué. Dans ce cas, cette clé USB était peut-être un autre moyen de pression. Mais si elle a disparu, comment Kathryn Latham pouvait-elle connaître l'existence de Necropolis quand elle m'a briefée ?

– Elle appartenait peut-être au FBI. »

Je lui lance un regard étonné.

« Pourquoi dites-vous ça ?

– Premièrement, cela expliquerait pourquoi elle utilisait un pseudonyme. C'est fréquent chez les agents de terrain.

Deuxièmement, c'est le boulot du Bureau de traquer les sites illégaux. Après chaque meurtre, les policiers doivent remplir un questionnaire électronique baptisé VICAP, pour Violent Criminal Apprehension Program. La plupart du temps, c'est un calvaire : vous devez répondre à trente pages de questions, uniquement pour découvrir que votre crime correspond à un autre crime qui n'a pas encore été résolu. Mais, de temps en temps, vous appuyez sur la touche "Envoyer" et un message automatique vous demande d'appeler un numéro à Quantico[1]. Si l'ordinateur a estimé qu'il y avait un lien entre le meurtre de Stella et un élément de ce site…

– Mais oui, bien sûr, dis-je. Baudelaire. D'où son nom : Necropolis. Les membres de ce site sont très branchés sur Baudelaire. Mais pas de manière franchement poétique. »

1. Académie du FBI.

82

« Aujourd'hui, j'ai parlé avec Henry, dis-je.

– Qui ? »

Patrick ne lève pas les yeux de son livre.

« L'ex-flic avec qui je travaillais dans le temps. Je voulais savoir où en est l'enquête. »

Là, il me regarde.

« Je croyais que nous étions d'accord pour ne plus évoquer ce sujet.

– Non. *Tu* étais d'accord. Pas moi. Bref, Henry m'a appris une chose intéressante. Stella avait une clé USB, que le meurtrier a sans doute volée, et qui contenait des images provenant d'un site baptisé Necropolis... Ce nom te dit quelque chose ? »

Patrick m'observe sans ciller, impénétrable.

« Oui », dit-il finalement.

Je relâche ma respiration.

« Tu es allé sur ce site. Et tu as acheté des photos.

– Non. Des thumbails sont arrivés sur ma boîte mail un jour. J'ai noté le nom de domaine : Necropolis.

– Mais pourquoi te les a-t-on envoyés à toi ?

– C'étaient des photos numérisées d'images ayant trait aux *Fleurs du mal*, explique-t-il calmement. Des recréations, si tu préfères.

– Comment ça ?

– Dans le temps, les recueils de poèmes destinés aux connaisseurs contenaient parfois des planches, des illustrations réalisées par des artistes connus. Dans le cas d'œuvres érotiques ou obscènes, les tirages, très limités, étaient destinés à des collectionneurs. » Il montre les étagères qui occupent un mur entier de son appartement. « Moi-même, je possède quelques éditions illustrées rarissimes des *Fleurs du mal.*

– Et ces images, c'était quoi ? Des illustrations des poèmes ? Mais photographiées au lieu d'être dessinées ? »

Il hoche la tête.

« Et totalement ridicules. Les trucages étaient si visibles que la puissance évocatrice des vers de Baudelaire passait à la trappe. C'est ce que j'ai répondu, et je n'ai plus jamais entendu parler de Necropolis.

– Tu as gardé ces images ?

– Non. » Son regard glisse vers la bibliothèque. « En fait…

– S'il te plaît, Patrick. C'est peut-être important. »

Il soupire.

« J'en ai conservé une. Une seule. La couverture. La moins moche. »

Il marche vers les rayonnages. Il sort, d'entre deux volumes, une feuille qu'il me tend. Je ne peux retenir un hoquet de stupeur.

La photo montre un ventre de femme, plat, à la peau très mate. Une rosette de duvet, autour du nombril, capte la lumière provenant d'une source invisible. Le duvet descend vers le pubis en un trait bien net. L'ensemble forme une fleur. Une image tendre, délicate… n'eussent été les mots

LES FLEURS DU MAL gravés au-dessus du nombril, dans la peau elle-même. Pour moi, ça ne fait pas très photoshoppé.

« Oh, mon Dieu…

– Oui, je sais, dit Patrick. Les autres étaient de la même veine.

– Elles étaient toutes aussi… » Je m'interromps, consciente de l'incongruité de cette remarque à propos d'une chose aussi repoussante. « Elles étaient toutes aussi *belles* ?

– Oui, d'une certaine façon. »

Je ne peux détacher les yeux de cette photo.

« La beauté du mal.

– Oui, la beauté du mal, répète-t-il.

– Le mail ne contenait rien d'autre ?

– Juste un court message. Du style : "Une autre fleur de la même graine. Une autre transfiguration. De la part d'un admirateur."

– Qu'est-ce que ça veut dire ?

– C'est une référence à un passage de mon introduction. Le travail d'un traducteur, dit-il, ne consiste pas uniquement à passer d'une langue à une autre, il doit transfigurer, ressusciter les poèmes dans un autre siècle, sous une forme nouvelle.

– Et c'est ce qu'il fait ici. Mais alors que toi, tu utilises des mots, lui utilise des photos. Et il le fait *pour de vrai.* »

Le front de Patrick se creuse.

« Tu en as parlé à la police ?

– Je leur ai parlé de quelques mails, oui. Ça n'a pas semblé les intéresser.

– De simples policiers ne pouvaient pas établir le rapprochement. C'est Kathryn Latham qui l'a fait, beaucoup plus tard. » Mon regard revient sans cesse sur cette image, comme aimanté. « *Une autre fleur de la même graine…* On dirait qu'il imagine que *Les Fleurs du mal* éclosent et se multiplient. Le mal se répand. Et c'est toi qui as inspiré cet homme. » Une autre évidence me frappe. « C'est le thème du deuxième acte de ta pièce, n'est-ce pas ? Quand le procureur demande à Baudelaire ce qu'il ressentirait si un individu, inspiré par un de ses poèmes, commettait un acte maléfique. Tu es dans cette position. Tu as des fans. Des *disciples*, même. Et l'un d'eux, parce que tu as méprisé son travail, a assassiné Stella.

– C'est une possibilité, admet Patrick, mal à l'aise. Mais ne nous emballons pas.

– Tu ne comprends donc pas ce que ça veut dire, Patrick ? Cette pièce... On fonce tête baissée dans les fantasmes d'un cinglé. Comment va-t-il réagir ?

– Pourquoi veux-tu qu'il réagisse ? »

Je contemple l'image une fois de plus : à la fois repoussante et étrangement attirante.

« Je ne pense pas que cet homme se considère comme un simple pornographe pervers. Il se voit comme un artiste. S'il n'aime pas la pièce, il ne se contentera pas d'envoyer une mauvaise critique au *New York Times*. Il se sentira personnellement attaqué.

– Je ne vois pas pour quelle raison. Mais si tu as peur... Tu veux laisser tomber ? »

Je suis presque tentée. Mais Patrick a raison : ce n'est sans doute qu'une théorie farfelue. Et je ne vais pas laisser passer la chance de ma vie à cause d'une chose qui s'est produite avant même que je monte sur scène.

« Non, bien sûr que non, dis-je. Mais peut-être qu'on devrait commencer à faire attention. »

83

Deux jours plus tard, en faisant mon jogging dans Morningside Park, j'aperçois quelque chose sur un banc. Quelqu'un a oublié un livre.

En m'approchant, je découvre qu'il s'agit d'un exemplaire des *Fleurs du mal.*

Je le prends. Une photo s'en échappe. Le portrait de moi que Marcie m'avait fait réaliser pour son site, imprimé sur un papier de mauvaise qualité.

La photo servait à marquer le poème intitulé « Le Revenant ».

Comme les anges à l'œil fauve,
Je reviendrai dans ton alcôve
Et vers toi glisserai sans bruit
Avec les ombres de la nuit.

Une vague de nausée m'envahit. Je continue à lire malgré tout.

Et je te donnerai, ma brune,
Des baisers froids comme la lune

Et des caresses de serpent
Autour d'une fosse rampant.

Comme d'autres par la tendresse,
Sur ta vie et sur ta jeunesse,
Moi, je veux régner par l'effroi.

84

« Tu n'as vu personne ?

– Non, personne. Enfin, si. Il y avait du monde tout autour. Mais aucun individu particulièrement louche. Et j'ai eu ce sentiment encore une fois, d'être observée. »

Patrick tourne et retourne le livre entre ses mains. Il s'agit d'une banale édition de poche, celle qui contient ses propres traductions.

« La librairie de la fac est à deux rues de là. Il pourrait appartenir à un de mes étudiants…

– Avec une photo de moi à l'intérieur ? » Je perçois le stress dans ma voix. « Pourquoi ?

– Tu vas jouer dans une pièce sur Baudelaire. Peut-être que quelqu'un t'a googlée. Ou bien c'était un pense-bête, pour acheter un billet.

– Non, je n'y crois pas.

– Comme tu ne croyais pas que je ne collaborais plus avec la police, souligne-t-il, sans agressivité. Comme tu croyais avoir vu Frank Durban.

– Peut-être que j'ai un peu dramatisé ce jour-là, reconnais-je. Mais pas aujourd'hui. Ce livre a été laissé sur ce banc à mon intention. C'est l'évidence même ! *Moi, je veux régner par l'effroi*. Il cherche à m'effrayer. » J'arrache le livre des mains de Patrick et le lance à travers la pièce. « C'est *lui*. Forcément. L'homme qui a réalisé ces images. Il me suit. Il m'envoie des messages.

– Tu veux que j'aille voir la police ?

– Ils ne te prendront pas au sérieux. Tu l'as dit : c'est juste un livre. Et puis, tu n'es pas dans leurs petits papiers, je te le rappelle.

– Alors, quoi ? »

Je réfléchis.

« Si je demandais à Henry d'assurer ma protection ? Il pourrait m'accompagner aux répétitions, et pour rentrer.

– Bonne idée. Du moment que tu te sens en sécurité. »

Je devine qu'il pense que j'ai raison.

85

Au cours de la répétition suivante, Aidan fait une annonce.

« Vous l'avez sans doute remarqué, des agents de sécurité ont été engagés et on vous a distribué des laissez-passer pour entrer et sortir. Claire pourrait être la cible d'un détraqué. Vous constaterez également qu'elle est accompagnée d'un garde du corps. Je vous demande de vous conformer aux nouvelles procédures. Il y va de notre sécurité à tous. »

Dans le coin opposé, je vois Laurence griffonner sur son texte en fronçant les sourcils. J'imagine ce qu'il pense : *Et voilà, ça recommence. Madame nous refait son numéro.*

Va te faire foutre, lui dis-je en silence.

Henry lui-même est sceptique.

« Généralement, les harceleurs ne se contentent pas de déposer des livres ici ou là, me dit-il. Pour commencer, ils préfèrent les lettres d'amour. Et quand vous ne répondez pas, ils s'énervent, et l'obsession se transforme en colère.

– Je pense qu'il ne s'agit pas d'un harceleur au sens où on l'entend habituellement. C'est plus un chasseur qui traque sa proie.

– Dans ce cas, pourquoi prendre le risque de vous alerter ?

– Je l'ignore. Mais, à mon avis, ça fait partie d'un plan quelconque. Il cherche à me perturber. À me manipuler.

– S'il en reste là, peut-être qu'on s'inquiète à tort.

– Vous n'avez pas vu les images. Cet homme a déjà tué. Envoyer des poèmes ne lui suffira pas. Tôt ou tard, il voudra les rejouer.

– *Si* c'est bien le même homme. En parlant de ça, je me suis baladé sur Necropolis la nuit dernière. En faisant clairement comprendre que je trouvais tout ça beaucoup trop tiède. Hélas, personne n'a mordu à l'hameçon.

– Ça va venir, dis-je. Necropolis est la clé de toute cette histoire. J'en suis convaincue. »

86

Toutes les scènes de sexe sont chorégraphiées avec soin, de la même manière qu'un combat. Tout d'abord, nous les répétons habillés, au ralenti, puis de plus en plus vite, jusqu'à ce qu'elles deviennent une sorte de numéro de danse ou un mouvement de gymnastique : la précision avant la passion.

« Si, à un moment ou à un autre, vous vous sentez mal à l'aise, signalez-le-nous, dit Aidan. Respectez vos camarades et vous-même. Avoir des limites n'est pas honteux. »

Évidemment, je ne me plains pas une seule fois. Parce que déjà je ne veux pas être celle qui fait obstacle à la pièce avec ses réticences, et parce que je ne rencontre aucune limite infranchissable.

« Ce sont les seules scènes dans lesquelles vous ne devez jamais improviser. Jamais, insiste Aidan. Pas de surprise. Tout repose sur la confiance. »

Je dois jouer trois scènes de ce genre. Quand la statue qui me représente s'anime et que je fais l'amour avec Jeanne. Quand Baudelaire et moi passons notre unique nuit ensemble. Et enfin, l'ultime scène, paroxystique, réécrite par Patrick à la demande d'Aidan, dans laquelle Nyasha, Laurence et moi dansons une valse avec trois squelettes humains. Une danse macabre qui se transforme peu à peu en orgie. Les squelettes seront animés par des marionnettistes installés dans les cintres. Lors de la première tentative, nous nous retrouvons complètement enchevêtrés et le réglage de cette scène nous prend un temps fou. C'est seulement lorsque tout est au point que nous passons à la suite.

Ma scène avec Nyasha est relativement facile. Passive au début, une statue allongée sur un socle, je m'éveille progressivement, puis je me fige en prenant la pose extatique dans laquelle on m'a sculptée.

La scène avec Laurence s'avère plus problématique. Personne, pas même Aidan, ne sait précisément comment il faut la jouer. À certains égards, il s'agit de la scène la plus importante de la pièce, le mystère central, dans laquelle Baudelaire passe de l'adoration d'Apollonie au rejet. Nous évoquons diverses options. Était-il impuissant ? Extatique ? Terrorisé ? Éploré ? Le texte de Patrick ne le précise pas. Tout le monde estime qu'il s'est défilé, mais pas moyen de tomber d'accord sur la façon de combler ce vide.

Sur l'insistance d'Aidan, Patrick débarque au studio avec quelques idées sous le bras. Nous testons différentes choses, mais aucune ne fonctionne.

Finalement, Patrick demande d'un ton hésitant :

« Je peux faire une suggestion ?

– Bien sûr, répond Aidan.

– Admettons qu'elle soit sur lui. Et soudain, délibérément, elle lui prend les mains et les referme autour de son cou.

– Dans quel but ?

– C'est ambigu. Soit elle l'encourage à prouver qu'il n'est pas celui que décrivent ses poèmes… soit elle l'encourage à prouver qu'il lui ressemble. Quoi qu'il en soit, il se met en colère. Sans que l'on sache si c'est parce qu'elle ne le croit toujours pas, ou parce qu'il est incapable de se contrôler.

– L'ambiguïté, c'est très bien pour les spectateurs. Mais Apollonie ? Que veut-*elle*, à cet instant précis ? » Aidan se tourne vers moi. « Claire ? C'est ton rôle.

– Je pense qu'elle veut qu'il soit fidèle aux poèmes. En définitive, elle veut qu'il soit authentique. Elle a peur, car elle ignore où cela va l'entraîner, où cela va *les* entraîner. Elle a conscience de briser un tabou. Néanmoins, voilà ce qu'elle désire véritablement, à cet instant du moins : l'intimité. Partager ses secrets les plus profonds, les plus sombres. Et il accepte. Voilà pourquoi il la rejette ensuite. Tout est marqué là, dans la lettre qu'il lui envoie le lendemain : *J'ai horreur de la passion, car je sais trop bien vers quelles abominations elle peut m'entraîner.* Baudelaire est lui-même effrayé par ce qu'il a dévoilé. »

Je me tourne vers Patrick. Il soutient mon regard. Finalement, il hoche la tête.

« OK, ça fonctionne, décrète Aidan. On reste là-dessus. »

87

Nous voici arrivés à la « répétition sans costumes », comme nous l'avons surnommée : pour la première fois, nous allons jouer les scènes de nu dans le plus simple appareil. La séance se déroule à huis clos, en présence d'Aidan et du chorégraphe uniquement. Quelle attitude adopter ? Sérieuse et respectueuse ou bien humoristique et ironique ? Deux options qui s'envolent lorsque Nyasha se déshabille. J'aurais pu parcourir des milliers de kilomètres en jogging, jamais je n'aurais pu rivaliser avec son corps noueux et dur, ses seins parfaits, son ventre aussi plat et tendu qu'une raquette de tennis. J'ôte mon peignoir en silence.

L'impression de gêne dure deux minutes, puis j'oublie totalement que je suis nue.

Une fois la scène terminée, lorsque nous rouvrons les portes, un machiniste vient vers moi.

« On a livré des fleurs pour vous, Claire. Je les ai mises là-bas. »

Un énorme bouquet de lys noirs trône dans le lavabo. De la part de Patrick, sans doute. Il sait combien j'étais nerveuse à cause de cette répétition.

Il n'y a aucun nom sur la carte, uniquement quelques lignes dactylographiées.

Je t'aime surtout quand la joie
S'enfuit de ton front terrassé ;
Quand ton cœur dans l'horreur se noie.

Je l'appelle.

« Tu m'as envoyé des fleurs ?

– Non. Zut… j'aurais dû.

– Ce n'est pas ça… J'ai reçu un autre poème. » Je le lui lis. « C'est tiré des *Fleurs du mal*, hein ?

– Oui. Ça vient d'un poème intitulé "Madrigal triste". Adressé à la Vénus blanche. Il dit que beaucoup d'hommes l'ont fait sourire, mais il voudrait faire partie des rares privilégiés qui l'ont fait pleurer.

– *Quand ton cœur dans l'horreur se noie…* C'est encore lui. » Je tremble. « Le type du bouquin. C'est sûr. »

Patrick ne répond pas immédiatement.

« Un bouquet ne peut pas s'apparenter à une menace, Claire. Il doit s'agir d'une personne qui veut te féliciter. Ton talent est enfin reconnu.

– Ce sont des fleurs noires, Patrick ! Des fleurs du mal ! Il fait exactement ce qu'il a promis : il cherche à m'effrayer. »

Et il y parvient.

Pourtant, alors même que je me fais cette réflexion, une partie de moi éprouve presque un sentiment de reconnaissance. *Sers-toi de ça*. Quand Apollonie a reçu ce même poème, anonyme, un jour chez elle, quand elle a ouvert cette lettre manuscrite, dont l'encre était à peine sèche, elle aussi ignorait qui le lui avait envoyé, et pourquoi cet homme l'avait choisie, elle plutôt qu'une autre. S'agissait-il d'un admirateur, d'un pervers ou – ainsi qu'elle le découvrit – de quelqu'un qui était un curieux mélange des deux ? J'avais toujours deviné sa peur, maintenant, je le ressentais.

« Tu ne crois pas que tu donnes à ces paroles un sens qu'elles n'ont pas ? » demande Patrick, et je comprends alors que lui aussi a effectué des recherches sur le trouble de la personnalité histrionique.

88

Au moment où je vais m'en aller, Laurence vient me trouver.

« C'était intense tout à l'heure, dit-il en me gratifiant de son sourire juvénile. Tu as vraiment assuré.

– Merci. »

J'ai la tête ailleurs, je pense encore à ce bouquet de fleurs. Et j'ai hâte de rentrer chez Patrick.

D'un ton de conspirateur, il ajoute :

« J'avais oublié que tu faisais des prouesses au lit.

– Je prends ça comme un compliment. Il faut que j'y aille…

– Attends. » Il me retient par le bras. « Comment ça va, Claire ? C'était horrible de devoir faire croire à tout le monde qu'il n'y avait jamais rien eu entre nous. Mais ne va pas croire, sous prétexte que j'ai réussi à donner le change, que je n'éprouvais rien pour toi. »

Je le foudroie du regard.

« Sincèrement, Laurence, c'est exactement ce que j'ai cru. »

Il ignore mon ton sarcastique.

« On est comédiens, hein ? Avec nous, on ne sait jamais ce qui est vrai et ce qui ne l'est pas. Ça te dirait d'aller boire un verre ? Je loge au Mandarin Oriental.

– OK, dis-je. Entendu. J'y serai à huit heures. Mais juste pour boire un verre et bavarder, d'accord ? Pour mettre les pendules à l'heure.

– Oui, évidemment. Juste pour boire un verre. Super. »

En regardant son beau visage ardent, je m'aperçois que ce qui s'est passé entre lui et moi n'est pas terminé.

89

Ce soir-là, en sirotant son deuxième Martini, Laurence m'avoue à quel point il était excité pendant la répétition de notre scène d'amour.

« Je ne sais pas comment je vais pouvoir tenir le coup tous les soirs, ajoute-t-il avec son fameux sourire. Et est-ce que je me trompe en disant que ton engagement dépassait le cadre purement professionnel ?

– Un peu, peut-être », dis-je en rougissant.

Au troisième Martini, alors qu'on flirte vaguement, il me propose de monter dans sa chambre.

Nous flirtons encore un peu et, au bout d'un moment, je dis : OK, montons. Il occupe une suite au dernier étage, qui donne sur le parc. Ça doit coûter une fortune à Patrick.

Il débouche une bouteille de champagne. Pendant qu'il remplit mon verre, je lui annonce que je ne coucherai pas avec lui.

« Ah bon ? » fait-il d'un ton léger.

Visiblement, il ne me croit pas. Rares sont les femmes qui se refusent à lui, j'imagine.

« Non », dis-je.

Il continue à sourire.

« Dans ce cas, si je peux me permettre, pourquoi as-tu accepté de monter dans ma chambre, Claire ?

– Je voulais voir la vue. »

Je ressors de la chambre et rentre chez Patrick. Pour lui montrer la bande que j'ai enregistrée avec le magnétophone caché dans mon sac. Celle que je vais envoyer à la femme de Laurence, dès que les représentations seront terminées.

« Tu es une créature maléfique et folle, me dit-il.

– Tu ne sais pas à quel point. Tu n'as encore rien vu. »

90

Le lendemain matin, Henry passe me chercher comme tous les jours pour m'accompagner à la répétition. Je ressens encore l'excitation provoquée par le piège tendu à Laurence. Mais, en entrant dans le studio, je vois tout le monde en état de choc. Louise, ma doublure, pleure. Laurence affiche son expression pleine de gravité, mais sensible. Il évite mon regard.

« Claire, dit Aidan. Nous avons une terrible nouvelle à vous annoncer. Au sujet de Nyasha. Je ne sais pas comment le dire… Elle est morte. »

Pendant un instant, ces paroles n'ont aucun sens.

« Hein ?

– La police nous a informés il y a vingt minutes. Elle logeait dans un appartement meublé à Columbus. Ne la voyant pas descendre ce matin, le concierge est monté voir. » Il nous regarde tous, l'un après l'autre. « La police n'a pas dit grand-chose, mais je devine qu'il s'agit d'un acte criminel. Ils nous demandent de rester ici pour qu'ils puissent nous interroger. »

91

Nous restons tous abasourdis. Personne n'ose demander ce que cela implique pour la pièce. Quelqu'un s'inquiète pour la famille de Nyasha, mais nous ne savons pas grand-chose d'elle. Je m'aperçois que c'était une jeune femme extrêmement secrète.

Trois inspecteurs de police viennent prendre nos témoignages. Je suis interrogée par une certaine Ferelli.

Je décide de tout lui dire. Par respect pour Nyasha. Alors, je lui parle du harceleur, des fleurs, des messages que je croyais m'être destinés.

« La première fois, il a marqué un poème intitulé “Le Revenant”. Ça parle d'un homme qui s'introduit dans la chambre d'une femme pour l'agresser. Je pensais être visée, alors qu'en fait il faisait exactement comme Baudelaire. Il m'a envoyé le poème, mais le drame qu'il décrit est arrivé à la Vénus noire. »

L'inspectrice Ferelli me regarde d'un air ahuri. Agacée, je vais chercher le livre dans mon sac. Et je lis :

« “Comme les anges à l'œil fauve, je reviendrai dans ton alcôve.” Autrement dit l'appartement de Nyasha. “Et vers toi glisserai sans bruit, avec les ombres de la nuit.” C'est suffisamment clair, non ? “Et je te donnerai, ma brune, des baisers froids comme la lune...” C’est à ce moment-là que j’aurais dû comprendre. “Ma brune”. Il parle de la Vénus noire. Sa cible était Nyasha. Pas moi.

– Vous voulez dire que les circonstances de la mort de mademoiselle Neary ressemblent au scénario de ce poème ?

– C’est exactement ce que je veux dire. »

Je pourrais ajouter que le meurtrier a certainement pris des photos, mais cela me conduirait à parler de Necropolis et, une fois engagée sur cette voie, je passerais vraiment pour une folle.

L’inspectrice pince les lèvres en un rictus de scepticisme, mais elle note quelque chose dans son carnet.

Je demande :

« Comment Nyasha est-elle morte ? Comme dans le poème, non ? Dans son sommeil ? Et elle a été tuée avec un couteau ou un morceau de verre brisé... on l’a mutilée ? »

Ferelli pose sur moi un regard chargé de dégoût.

« Nous ne divulguons aucun détail pour le moment, mademoiselle Wright. Pour des questions de procédure. » J’ai l’impression de l’entendre dire : Surtout pas à des sadiques dans votre genre. « Pouvez-vous me décrire ce que vous avez fait hier soir en sortant d’ici ?

– Je suis allée boire un verre avec Laurence Pisano... c’est lui là-bas... à son hôtel, le Mandarin Oriental, entre 20 heures et 21 heures. »

Elle me lance un regard de biais.

« Au bar ?

– Oui... et dans sa chambre. Brièvement. »

Elle note ma réponse sans faire de commentaire. Quelque chose me pousse à ajouter :

« On n’a pas couché ensemble.

– Cela ne me regarde pas, mademoiselle Wright. Je m'intéresse uniquement à l'heure. Et ensuite ?

– Je suis rentrée. J'habite avec Patrick Fogler, l'auteur de la pièce. Dans la 113e Rue.

– Bien. » Elle referme sèchement son carnet. « Pour le moment, rien ne permet de penser que le décès de mademoiselle Neary ait un lien avec sa vie professionnelle. Alors, essayez de ne pas trop vous inquiéter. »

Je ne comprends pas immédiatement ce qu'elle veut dire.

« Vous ne me croyez pas ? Vous ne pensez pas qu'il y a un rapport entre ces poèmes et ce meurtre ?

– Nous ne négligeons aucun élément, répond-elle. Mais le fait que quelqu'un vous a laissé un poème et que vous avez reçu des fleurs ne vient étayer aucune des pistes que nous suivons actuellement. »

92

Aidan nous autorise à rester aussi longtemps qu'on le souhaite et à prendre notre journée. Louise, ma doublure, a enfin arrêté de pleurer. Elle part avec Laurence, qui la tient par la taille. Nous nous dispersons sans un mot, plongés dans nos pensées.

J'appelle Henry afin qu'il m'escorte jusqu'à l'appartement. Quand il me dépose, Aidan est déjà là, avec Patrick, et ils évoquent les conséquences pour la production. La nouvelle circule apparemment déjà sur les réseaux sociaux. Je me rends dans le coin cuisine, mais je ne peux m'empêcher d'entendre leur conversation.

« J'ai discuté avec Faith », dit Aidan. Faith est la doublure de Nyasha. « Elle est prête à prendre la relève. Il suffira d'apporter quelques modifications pour supprimer le rôle qu'elle devait jouer.

– Le public ne s'attend pas à ce qu'on annule tout ? demande Patrick.

– Je ne pense pas. Il est rare qu'un comédien ou une comédienne décède durant les répétitions, mais c'est déjà arrivé.

Tout le monde sait que le spectacle doit continuer, comme on dit. »

Et vous savez que cette affaire fera vendre des places, songé-je avec cynisme.

« Nous publierons un communiqué, ajoute Aidan. *Nous pleurons une amie chère et une brillante artiste. La disparition brutale de Nyasha est une tragédie. Elle nous manquera terriblement.* Et les répétitions reprendront dès demain matin. Faith va devoir mettre les bouchées doubles. »

« Je le trouve étonnamment calme, me confie Patrick après le départ d'Aidan.

– C'est son métier. Toute l'équipe va s'en remettre à lui maintenant.

– Et toi ? Comment tu te sens ? »

J'hésite.

« Je peux te dire une chose affreuse ?

– Bien sûr.

– Quand j'ai appris la nouvelle… Quand Aidan nous l'a annoncée… j'ai d'abord reçu un choc, évidemment. J'étais horrifiée. Et très triste pour cette pauvre Nyasha. Mais, ensuite, j'ai ressenti…

– Vas-y, continue.

– Une partie de moi-même, minuscule, infime, était déçue. Car c'est la preuve ultime en quelque sorte. Non ? La preuve que Kathryn s'est trompée sur toute la ligne. Selon toute vraisemblance, Stella a été victime de ce meurtrier, comme toutes ces autres filles. Alors que, au fond de moi, j'espérais encore… » Je m'interromps. « J'espérais encore, à moitié, que c'était toi. Que tu dissimulais ce terrible secret, et qu'un jour tu le partagerais avec moi. »

Patrick semble abasourdi.

« Tu plaisantes !

– Tu voulais connaître la véritable Claire. Tu es choqué ?

– Ce n'est pas la véritable Claire. C'est elle… Apollonie. Ton personnage. Une fois encore, tu t'identifies trop.

– Non. J'ai construit son personnage à partir de moi. Tu le sais. J'ai toujours été comme ça, Patrick. Simplement, il m'a fallu du temps pour avoir confiance en toi, au point de me dévoiler. Peut-être que j'aimerais ressentir plus d'empathie ou de compassion, mais la vérité, c'est que je ne fonctionne pas de cette manière. Tu peux accuser l'enfant que j'étais, dont personne ne voulait, ou ma personnalité un peu borderline, appelle ça comme tu veux. Toujours est-il que je ne ressemble pas aux autres. Voilà tout. »

93

Les répétitions reprennent le lendemain. Faith est suffisamment professionnelle pour ne pas transformer le rôle créé par Nyasha. Elle va jusqu'à conserver les mêmes déplacements, les mêmes silences, afin que nous ne soyons pas obligés de tout reprendre. On pourrait presque croire que Nyasha est de retour parmi nous. Preuve du talent de Faith. Comme on dit toujours : les doublures d'aujourd'hui sont les vedettes de demain.

Plusieurs fois, je me surprends à l'appeler Nyasha par mégarde. Laurence me le fait remarquer avec insistance.

De toute la troupe, lui seul donne des interviews à la presse, pour dire à quel point il admirait Nyasha. J'envisage de faire savoir qu'elle le prenait pour un bouffon, mais je me retiens. Je suis très occupée et les réseaux sociaux sont déjà submergés de théories la concernant.

Après deux jours de répétitions intensives, à cinq jours seulement de la première, toute l'équipe émigre vers le théâtre où nous allons jouer. Le décor, symbolisé jusqu'alors par des morceaux de ruban adhésif de différentes couleurs fixés sur le sol du studio, devient une réalité physique. Il faut encore essayer les costumes et régler les éclairages. Les réservations marchent bien, apparemment. Les deux premières semaines sont complètes. Comment résister à un spectacle sur Baudelaire qui a déjà fait une victime ?

J'ai droit à ma propre loge, une sorte de cagibi poussiéreux dans le labyrinthe des coulisses, destinée initialement à Nyasha. Il y a une coiffeuse, un lavabo, des miroirs et même un minuscule canapé. Je l'adore. Chaque fois que j'y entre, j'hume les odeurs. La peinture des décors, la poussière de la scène et le velours mité. Le parfum du royaume magique.

Très vite, elle se remplit de fleurs. Envoyées par Patrick, Aidan, Jess, Marcie.

Mais rien de la part de Laurence.

Puis arrive un bouquet qui attire immédiatement mon attention. De longues roses noires enveloppées dans un cône de papier portant le nom d'un des fleuristes les plus chers de Manhattan. Quand je le déballe, le cœur battant, le bouquet se disloque. Les roses ont été mutilées, les têtes sectionnées, les tiges lacérées.

Sur une carte, il est écrit :

Que j'ai puni sur une fleur,
L'insolence de la Nature.

Je reconnais immédiatement ces vers tirés de « À celle qui est trop gaie ». Un des poèmes envoyés par Baudelaire à Apollonie Sabatier. Ce poème censuré pour obscénité, dans lequel il décrivait de quelle manière il voulait la tuer.

94

« Tu ne peux plus penser que c'est mon imagination, dis-je à Patrick. Il me fait comprendre que ce n'est pas terminé. Que ça ne s'arrête pas avec la mort de Nyasha.

– Je vais appeler le fleuriste. » En raccrochant quelques instants plus tard, il paraît soucieux. « Ils affirment que les fleurs étaient intactes quand elles ont quitté la boutique. Mais ils les ont livrées à un point-relais et non pas directement au théâtre. Elles ont sans doute été lacérées ensuite.

– Le fleuriste t'a donné un nom ?

– Elles ont été commandées par Internet et payées avec un compte PayPal.

– Donc, je ne suis pas parano. »

Patrick débouche une bouteille de vin rouge. En me tendant un verre, il répond, prudemment :

« Non, tu n'es pas parano. Mais il existe d'autres hypothèses que l'existence d'un détraqué.

– Par exemple ?

– Une plaisanterie de mauvais goût.

– Hein ?

– Je pense à Laurence. Il a vu que tu étais terrorisée en recevant le premier bouquet, et il a peut-être décidé de se venger du sale coup que tu lui as fait.

– Ta théorie oublie que ce n'est pas lui qui a envoyé le premier bouquet. Et il ne sait pas encore que je détiens cet enregistrement.

– Aidan, alors. On connaît des metteurs en scène qui terrorisent délibérément leurs comédiennes, non ? » Il hésite. « Notamment quand ils estiment qu'elles ne sont pas à la hauteur. Hitchcock l'a fait avec Tippi Hedren…

– Non, ce n'est pas Aidan. Ce n'est pas lui. Il ne voulait pas me choisir, certes, mais, depuis, il se comporte en professionnel. »

Je repousse mon verre de vin, sans y toucher.

« Claire…

– Oui ?

– Il faut que je te pose la question… Est-ce toi qui t'es envoyé ces fleurs ?

– Tu plaisantes, j'espère ? »

Je n'en crois pas mes oreilles.

« Je comprendrais, dit-il, les yeux fixés sur son verre. C'était peut-être un moyen d'entrer dans le rôle. De ressentir ce qu'a pu éprouver Apollonie quand Baudelaire lui envoyait ces poèmes. Mais, dans ce cas, il faut me le dire.

– Tu ne peux tout de même pas croire ça.

– Je sais que tu es capable de faire des choses étonnantes. Je sais que tu te jettes à corps perdu dans tes rôles. Et c'est une des choses que j'adore chez toi. Mais j'ignore jusqu'où tu es prête à aller.

– Je ne me suis pas envoyé ces fleurs, Patrick. » Je reprends mon verre et bois finalement une longue gorgée de vin rouge. « C'est *lui*. C'est lui qui fait tout ça. »

Ce soir-là, j'appelle Jess pour lui demander un service.

95

« J'ai enfin réussi à accéder au site, me confie Henry le lendemain matin en m'accompagnant au théâtre. La partie cachée de Necropolis.

– Et ? Vous avez découvert quelque chose ? »

Il y a un kiosque à journaux au coin de la 116e, juste avant qu'elle devienne College Walk. Je m'y arrête pour acheter le *New York Times*. Je veux savoir s'il y a du nouveau concernant la mort de Nyasha. Je le feuillette rapidement. Apparemment, non. Uniquement des spéculations, et plusieurs références à la pièce. *Mademoiselle Neary devait partager la scène avec Laurence Pisano et une jeune comédienne montante, la Britannique Claire Wright*. C'est la première fois quc quelqu'un utilise l'adjectif « montante » en parlant de moi.

Henry secoue la tête en réponse à ma question.

« Ça fonctionne de manière réciproque. Si vous ne postez rien, vous n'avez pas accès aux contenus.

– Oh », fais-je, déçue.

J'étais pourtant persuadée que la réponse se trouvait là.

« En revanche, j'ai pu voir la liste des intitulés des photos disponibles. »

Quelque chose dans son intonation m'incite à tendre l'oreille.

« Et alors, en quoi ça peut nous aider ?

– La plus récente s'intitule “Le Revenant”.

– Nyasha, dis-je aussitôt. Forcément ! »

J'ai presque la tête qui tourne en constatant que j'avais raison.

« Et ce n'est pas tout, Claire. » Il hésite. « Il y avait une autre image… plus exactement une image qui n'existe pas encore. Intitulée : “Prochainement : Mon cœur à nu.”

– Le titre de notre pièce. »

Il hoche la tête.

« Vous devez prévenir la police, Henry.

– En théorie, je suis d'accord. Mais, concrètement, que vont-ils faire ? Ces gens ont recours à ces sites, car ils sont anonymes. Et vous savez aussi bien que moi qu'il faudrait des mois à la police pour découvrir l'identité de ces utilisateurs. » Il me pince l'épaule, dans un geste maladroit qui se veut rassurant. « Ne vous inquiétez pas, Claire. Je suis là. Je vous protégerai. »

96

J'entre dans ma loge et ferme la porte. La répétition technique s'est bien passée. Il ne reste plus que les derniers essayages avec la couturière ce soir. La première a lieu demain.

D'autres fleurs sont arrivées. J'en reçois chaque jour désormais, cela n'a donc rien d'extraordinaire. Néanmoins, mon cœur bat à tout rompre lorsque je découvre le mot qui dit :

Mon cœur à nu.

Rien d'autre. Aucun nom, aucune signature. Je déballe le bouquet, saisie par la peur. Mais les fleurs sont magnifiques… et intactes.

Peut-être ont-elles été envoyées à toute la troupe, et le fleuriste s'est contenté d'inscrire le titre de la pièce.

Allongée sur le petit canapé, je me livre à quelques exercices de mémoire sensorielle, essayant de recharger mes batteries avant la venue de la costumière. Difficile de se concentrer. Les paroles de Henry tournent en boucle dans ma tête. *Je vous protégerai.*

Je repense à son geste également. Sa façon de me pincer l'épaule. Peut-être suis-je trop sensible aux comportements masculins, mais il y avait quelque chose d'étrange dans cette marque d'affection.

Et soudain, tout se met en place, tel un décor de scène qui coulisse sur des rails dans mon esprit.

Henry.

La première fois que j'ai été interrogée par la police, je m'en souviens, je leur ai demandé s'ils avaient aussi questionné Henry. Frank m'a dit que oui. Mais, en tant qu'ancien flic, Henry savait très exactement quelle attitude adopter dans une telle situation.

Il savait comment éloigner les soupçons… et les orienter vers moi.

Il l'a dit lui-même : sans doute va-t-il bientôt perdre son emploi. Il avait besoin de l'argent de Stella. Habitué des missions d'infiltration, il avait eu la présence d'esprit de maquiller la scène de crime pour faire croire que ce n'était pas un simple vol.

Ai-je servi de bouc émissaire ?

J'étais la candidate idéale. Le cabinet voulait se débarrasser de moi à cause d'un prétendu crime. Henry pouvait utiliser les accusations de Rick, ce salopard d'avocat, pour faire de moi une menteuse patentée, en plus d'une voleuse.

Il m'avait même convaincue de rencontrer Stella avant, donnant ainsi l'impression que j'avais eu le temps de tout planifier. Que lui avait dit Stella ce soir-là ? *Je savais que c'était une erreur*. Comme s'il l'avait persuadée d'exécuter ce plan.

Certains se laissent happer par les zones grises, et ils ne peuvent plus en sortir.

Je secoue la tête pour me libérer de ces pensées. La police avait enquêté sur Henry, ainsi qu'ils l'avaient annoncé. Cette main qui me pinçait maladroitement l'épaule trahissait un sentiment protecteur, rien de plus.

Et peut-être que, si je veux être honnête, il fantasmait un peu sur moi depuis qu'il m'avait auditionnée pour la première fois, dans ce bar.

Henry me protège. Je dois arrêter d'être aussi parano.

On frappe à la porte de ma loge.

« Qui est-ce ?

– Coiffure et maquillage. »

Je vais ouvrir. Un jeune homme se tient devant moi. Il a les cheveux courts, parfaitement coiffés, un grand sourire, et il porte un soupçon de fard à paupières. Sur son épaule pend une de ces valises dans lesquelles tous les professionnels du maquillage trimballent leur matériel. Un laissez-passer se balance autour de son cou.

« Bonjour, mademoiselle Wright, dit-il gaiement. Je suis Glen. Comment allez-vous ?

– Oh… bonjour. » Je sais que Laurence et Nyasha avaient insisté pour que figure dans leur contrat la présence d'une maquilleuse et d'une coiffeuse, mais je pensais me débrouiller seule. « Entrez, je vous en prie. Et appelez-moi Claire.

– Ravi de vous rencontrer, Claire. » Il fait glisser la valise de son épaule et l'ouvre. La partie supérieure se déploie en une série de plateaux remplis de brosses et de pinceaux. « Si on se mettait au travail ? Je vais vous demander d'enfiler un peignoir.

– Oui, bien sûr. »

Aidan tient à ce que mon corps soit tout entier pâle pour la scène de la statue. Tournant le dos à Glen, j'ôte mon chemisier et passe un peignoir. Ce faisant, je jette un coup d'œil dans le miroir.

Glen m'observe.

Ce qui, de prime abord, trahit une absence de professionnalisme. Mais peut-être regarde-t-il simplement la matière sur laquelle il va travailler. *Je dois arrêter d'être parano.*

Je m'assois. Ensemble, nous examinons mon visage d'un œil critique dans le miroir.

« Si vous pouviez faire quelque chose pour ça… », dis-je en montrant un bouton sur le front.

Même si j'ai cessé de prendre le traitement du Dr Banner depuis dix semaines, ma peau réagit encore.

« Aucun problème », dit-il en prenant ma tête à deux mains pour l'orienter d'un côté à l'autre. Malgré les gants en latex blancs qu'il a enfilés, je sens ses doigts froids. « Quand j'en aurai fini avec vous, vous serez le plus beau cadavre que ce théâtre ait jamais vu. »

Je tressaille. Je ne peux m'empêcher de penser à Nyasha.

« Je joue une statue, plus exactement. Et dans une seule scène. »

Glen soulève un plateau de sa valise pour choisir un fond de teint dans un des compartiments.

« Super-spectacle, soit dit en passant. J'ai assisté à la répétition technique. Tout le monde était très bon, mais vous, je vous ai trouvée fantastique.

– Merci. »

Il applique le fond de teint sur le front d'une main experte, en décrivant de petits cercles qui se rapprochent du bouton.

« Pour être franc, ajoute-t-il. J'ai une passion pour Charles Baudelaire. »

Il prononce le nom à la française, comme Patrick. Sans faire sonner le s de Charles.

Il me regarde dans le miroir et cite, d'un ton rêveur :

« Laisse-nous en paix, toi mon âme triste et agitée.
Tu réclamais le Soir ; il descend, le voici.
Il nous enveloppe de son étreinte sombre,
Aux uns portant la paix, aux autres la peur. »

Je constate que j'ai la chair de poule.

« Vous récitez très bien.

– Merci… Vous savez comment ça se termine ? »

Je secoue la tête.

« C'est Patrick, le spécialiste de Baudelaire, pas moi. Vous devriez aller lui parler. »

Je doute fort, cependant, que Patrick apprécie d'être dérangé par ce fan.

« Oh, Patrick ! *Le traducteur.* » Glen agite le pot de fond de teint dans ma direction comme s'il me montrait du doigt. « Pour les véritables aficionados, certaines de ses traductions peuvent sembler un peu trop libres. Pas celle-ci, de l'avis général. On dirait presque une berceuse, non ? Une berceuse de mort. »

Sans me quitter des yeux, il poursuit :

« Le soleil moribond s'évanouit :
La mort, triomphante, surgit des flots.
Entends, ma chère, entends approcher la douce nuit.

C'est toujours dans les yeux. »

Cette lueur de satisfaction quand Glen a prononcé le « *mort triomphante* ». Pourquoi ? Quelle raison a-t-il de triompher ?

Il se penche pour ranger le fond de teint dans sa valise. Je découvre alors que les niveaux inférieurs sont remplis d'outils métalliques : scalpels, aiguilles et vilains crochets qui auraient davantage leur place dans un cabinet de dentiste.

Et brusquement, tout s'assemble.

Les images. Les fleurs. Les poèmes.

Mon cœur à nu.

Ce n'est pas Henry. Ni Patrick. Ni personne de ma connaissance, finalement. Mais cet inconnu à l'air si doux, avec sa coupe de cheveux impeccable et son sourire éclatant.

« Vous pouvez me passer mon texte, s'il vous plaît ? Il est juste là.

– Bien sûr. »

Il se retourne. Au même moment, je me lève et ma chaise bascule sur le sol. La tête de Glen pivote brusquement. Sa main plonge dans la valise et en ressort avec un scalpel.

Je fais un bond en arrière, mais la loge est minuscule et je me cogne contre le canapé. Je me retrouve dos au mur, littéralement. Je n'ai aucune échappatoire.

Le visage de Glen, alors qu'il avance vers moi, exprime une joie intense. Un gamin sur un manège dans un parc d'attractions.

À tâtons, je cherche le pistolet de Jess sous les coussins du canapé. Quand il verra l'arme, me dis-je, il s'arrêtera. Mais non. Je n'ai plus qu'une fraction de seconde pour prendre une décision. Une fraction de seconde qui dure une éternité.

Ne réfléchis pas. Agis.

Alors, j'agis.

97

Ils ont fermé le théâtre.

Ils n'avaient pas vraiment le choix. Même les partisans du « show must go on » ne peuvent ignorer les exigences pratiques d'une équipe de la police scientifique chargée de passer au peigne fin le lieu où a été commis un meurtre. Sans parler de tous les interrogatoires.

J'ai enfreint la loi, évidemment. Même en Amérique, les étrangers ne peuvent posséder une arme sans autorisation. Mais l'avocat engagé par Patrick a pu utiliser l'argument de la légitime défense.

Mon agresseur se nomme Glen Furman. La police a rapidement découvert qu'il se préparait au métier d'embaumeur. D'où ses connaissances en matière de maquillage, qui lui ont permis de donner le change. Par ailleurs, il nourrissait une véritable obsession pour *Les Fleurs du mal.* Ils ont découvert à son domicile une dizaine d'exemplaires, lourdement annotés.

Dans sa valise professionnelle se trouvait un appareil photo numérique, prêt à envoyer directement des images sur le site de Necropolis.

Le temps que la police en ait fini avec moi, on est déjà le lendemain. Épuisée, je vais rejoindre les autres membres de la troupe au studio de répétition, où ils doivent prendre une décision : essayer de monter le spectacle ailleurs ou tout annuler.

Laurence est partisan de l'annulation.

« Réfléchissez au thème central de la pièce, souligne-t-il. C'est la question que le procureur pose à Baudelaire lors du procès : Et si vos poèmes incitaient un individu à faire le mal ? Quelle serait votre responsabilité, alors ? » Il nous regarde tous. « Et si, en montant cette pièce, on favorisait la naissance d'un autre détraqué comme ce Furman ? Comment ferons-nous pour vivre avec ça sur la conscience ?

– Claire ? » demande Aidan en se tournant vers moi. Il paraît épuisé lui aussi. « Quel est votre avis ? C'est vous qui êtes le plus affectée par cette histoire. »

Je ne réponds pas immédiatement. Sans savoir pourquoi, je revois avec précision le jour où je suis arrivée chez Gary et Julie. J'avais été chassée de ma précédente famille d'accueil après quelques semaines seulement, et toutes mes affaires tenaient dans des sacs-poubelle. Car si les services sociaux avaient toujours de l'argent pour payer les taxis qui me conduisaient d'une famille à l'autre, ils n'avaient jamais les moyens de m'offrir une valise. Même si, quand j'étais gamine, voyager – déménager – constituait mon activité principale.

En soulevant un de ces sacs-poubelle, je me souviens d'avoir pensé que, s'ils l'avaient pu, les services sociaux m'auraient mise dedans moi aussi, avant de balancer le tout. Car je n'étais rien d'autre à leurs yeux : un déchet encombrant.

« Je pense qu'on devrait continuer, dis-je. Une telle occasion ne se représentera jamais. Pour moi, en tout cas. »

Tous me regardent. Comme si j'étais une sorte de monstre. Mais la vérité, c'est que j'ai raison. Alors que Laurence se contente de répéter des platitudes qu'il a sans doute lues sur Twitter.

Aidan décide de procéder à un vote. Je suis la seule qui souhaite continuer.

Patrick me ramène chez lui. C'est à ce moment-là que je m'effondre. Secouée de sanglots et de haut-le-cœur, je me repasse encore et encore la scène du meurtre. L'unique chose qu'ils n'arrivent jamais à rendre dans les films, c'est la mort. Les êtres humains ne tombent pas et ne demeurent pas immobiles pour que l'action puisse se poursuivre autour d'eux. Le corps ne veut pas mourir. Il sait que c'est fini, et pourtant il ne s'avoue pas vaincu. Il saigne, il se contorsionne, il halète. Il lutte, encore plus énergiquement que les secours qui s'affairent autour de lui. Le corps refuse d'accepter l'inévitable.

Qui aurait cru que ce vieillard aurait encore tant de sang dans le corps ? J'avais prononcé ces paroles sur scène, un jour, quand j'avais seize ans. J'ignorais alors ce qu'elles signifiaient réellement, même si les gens avaient qualifié ma prestation de brillante.

Parmi toutes les images qui défilent dans ma tête, celle dont je n'arrive pas à me débarrasser, ce n'est pas le moment où j'ai tiré sur Glen Furman une première fois, car ça l'a à peine ralenti. C'est la seconde fois où j'ai pressé la détente, quand il est tombé à genoux devant moi. Ses lèvres remuaient, il essayait de dire quelque chose, mais la balle avait perforé le poumon et sa voix n'avait plus assez de pression pour former des mots. Ce n'était qu'un sifflement vide. Un ballon qui se dégonfle.

C'est ce que je ressens à cet instant. Je suis vidée, comme s'il ne restait plus rien en moi.

98

« Nous irons en Europe. J'aimerais te montrer Paris. »

Je ne désire qu'une chose : dormir. Mais c'est impossible.

« Tu oublies que je viens d'Europe. Je suis allée à Paris avec le collège quand j'avais quatorze ans. Avec une copine, on a fait le mur pour aller voir les travestis au bois de Boulogne.

– Ce sera différent. » Patrick me caresse les cheveux tendrement. « Je te montrerai les endroits où je sortais quand j'étais étudiant. Quand j'ai découvert Baudelaire. Ça nous fera du bien de changer d'air. On pourra parler pour de bon. J'ai quelque chose à te demander. Mais je ne veux pas le faire ici. »

Je devine au ton de sa voix que c'est important. Mais ça me va. Conséquence de la mort de Glen Furman : Patrick et moi sommes enfin libérés de nos soupçons respectifs.

En outre, je crois deviner ce qu'il veut me demander dans la capitale de l'amour.

« Je suis impatiente », dis-je.

Sa main continue à caresser mes cheveux.

« Qu'as-tu ressenti, Claire ? »

Je ne fais pas semblant de ne pas comprendre à quoi il fait allusion.

« Sincèrement ?

– Sincèrement.

– Je me suis sentie fière, avant tout… Fière d'avoir réagi si vite. Grâce aux jeux d'improvisation de Paul, je pense. Agir dans l'instant, ne pas prendre le temps d'analyser la situation. J'ai pensé… » Je lève les yeux vers Patrick, presque honteuse d'avouer cela, mais je sais désormais qu'il m'aime *pour moi*, et que je peux lui confier ce qu'il y a de plus sombre dans ma tête. « En pressant la détente, j'ai pensé : *J'ai bien joué cette scène.*

– Et ensuite ?

– Ensuite, j'étais horrifiée, à la fois par ce que j'avais fait et par ma réaction. Mais ça n'a pas duré longtemps. Je me sentais… »

Là encore, j'hésite. Je ne sais pas si je peux avouer ça à quelqu'un.

« Oui ? fait-il pour m'encourager.

– Je me sentais *réelle.* Après avoir tué Glen Furman, je me suis sentie plus réelle que jamais. »

Être totalement honnête avec une personne en qui vous avez confiance, il n'y a pas de sentiment plus agréable au monde.

99

Cinq jours plus tard, nous prenons l'avion pour Paris.

« Il faut que je te dise quelque chose », m'annonce Patrick sur le trajet de l'aéroport.

Un rien dans son maintien, la manière dont il garde les yeux fixés sur la route, m'indique qu'il doit s'agir d'une chose qui lui tient à cœur.

« Eh bien ? dis-je en voyant qu'il n'enchaîne pas immédiatement.

– Il y a longtemps, à l'époque où j'étais à la fac, j'avais une petite amie. Elle était belle, intelligente, et j'aurais embrassé le sol sur lequel elle marchait. Du moins, je le croyais. »

Il s'interrompt, sans doute pour rassembler ses pensées.

« Et puis, un soir, j'ai vu une fille. Debout sur le trottoir. Une prostituée. Je ne sais pas ce qui m'a poussé à l'aborder... Ç'a été une révélation. Soudain, j'étais libre de faire toutes ces choses qui s'entassaient dans ma tête. Et elle était à la hauteur. Quoi que je propose, elle m'encourageait à dépasser encore mes limites. Elle m'obsédait. »

Nous passons sous un tunnel. Les lampes à sodium strient son visage. Il ne semble pas dérangé ; il regarde fixement un élément de son lointain passé.

« Continue, dis-je tout bas.

– Une nuit, c'est allé trop loin. Un accident a eu lieu. Elle connaissait les risques qu'on prenait. Disons que… elle n'a pas eu de chance. »

Ses mains sont immobiles sur le volant, il roule à vitesse constante. Mais je vois la tension crisper ses épaules.

« Elle est morte », ajoute-t-il.

Je suis incapable de parler. *Rentrez en contact avec vos sentiments*, disait Paul. D'accord, mais si vous ne savez pas ce que vous ressentez ? Si tout est trop intense ?

« Je te le dis aujourd'hui, reprend Patrick, car je ne veux plus qu'il y ait le moindre secret entre nous. Et parce que tu as le choix. Dans mon sac, outre les deux billets pour Paris, il y a un aller simple pour Londres. Si tu le souhaites, tu peux retrouver ta vie d'avant. Ou bien tu peux rester avec moi. À toi de décider, Claire. Mais, avant de faire ton choix, sache que je t'aime. »

Nous ressortons du tunnel. Je contemple longuement le tissu urbain sans fin qui défile à travers la vitre.

MOI

Je veux rester avec toi.

Je lui souris, heureuse. Car en réalité il existe une chose encore plus formidable que de partager vos secrets, c'est lorsque la personne que vous aimez partage les siens avec vous.

100

Patrick nous a réservé une chambre dans un tout petit hôtel situé près de l'Arc de Triomphe, un havre de paix et d'élégance très XVIIIe siècle. Après avoir défait ma valise, je me détends en prenant un bain dans la grande baignoire blanche alors qu'il sort.

À son retour, il refuse de me dire où il est allé.

« J'ai pris quelques dispositions », répond-il de manière sibylline lorsque j'insiste.

Je crois deviner la présence d'une petite boîte carrée dans la poche de sa veste, alors je cesse de l'interroger.

Le lendemain, il m'emmène visiter la ville, en suivant un itinéraire personnel, calqué sur la vie de Baudelaire. L'hôtel de Mauzun, où Jeanne et le poète ont vécu ensemble. La statue d'Apollonie nue, signée Clésinger, au musée d'Orsay. Les Deux Magots, le célèbre café où Baudelaire et d'autres artistes bohèmes se réunissaient pour boire et débattre.

L'après-midi, nous explorons les lieux que Patrick fréquentait dans sa jeunesse estudiantine : la rive gauche, le Café de Flore et, surtout, les rues pavées et tortueuses des quartiers populaires, à forte population étrangère, où nous mangeons du couscous accompagné de vin rouge servi dans des bouteilles sans étiquette. Des narguilés apparaissent derrière les vitres de certains cafés ; nous entrons dans l'un d'eux et Patrick me montre comment aspirer le tabamel qui passe à travers de l'arrack dilué dans de l'eau. Le mélange me fait tourner la tête.

« Attends-moi ici », ordonne-t-il et il disparaît au fond du café.

Il revient avec une bouteille, sans étiquette là encore.

« De l'absinthe, explique-t-il en versant un liquide d'un vert vif dans deux petits verres. Juste pour parachever l'expérience. Elle contient un hallucinogène léger. »

Il prend une cuillérée de sucre, la trempe dans le liquide et la tient au-dessus d'une bougie. Quand le sucre commence à bouillonner, il le dissout dans l'absinthe.

« On ne risque pas d'avoir la gueule de bois ?

– Si, bien sûr. Mais, contrairement à Baudelaire, on pourra acheter de l'ibuprofène. *Santé !*

– Santé. »

Le restant de la journée se déroule dans une sorte de brouillard, de vagues souvenirs de couleurs animées et de vertiges dignes d'un manège de fête foraine. Patrick récite ses poèmes préférés, pendant que mon cœur se dilate en douceur, comme gonflé à l'hélium.

Le soir, il me demande de m'habiller chaudement.

« Pourquoi ? »

La soirée est encore ensoleillée, beaucoup plus douce que l'automne glacial que nous avons laissé à New York.

« On va dans un endroit où il fait froid. »

Avant de sortir, il prend un sac à dos.

Le chauffeur de taxi nous dépose devant le cimetière du Montparnasse. Nous franchissons un portail de pierre imposant pour pénétrer dans un parc traversé d'allées boisées, soigneusement ordonnées. Par contraste, les tombes – plus de trente-cinq mille, d'après Patrick – présentent une anarchie de styles, du gothique à l'Art nouveau.

Patrick me conduit vers un coin tranquille, presque au centre du cimetière.

« Baudelaire a droit à une tombe et à un cénotaphe, un monument funéraire, m'explique-t-il. Le voici. »

Il s'agit d'une sculpture en marbre blanc, de presque deux mètres cinquante de haut. Une créature ambiguë, mi-ange mi-démon, toise l'effigie du poète sur son lit de mort. Sur la surface de pierre sont éparpillés des tickets de métro, une dizaine environ, maintenus par des cailloux.

« C'est ainsi que les gens lui rendent hommage. En montrant qu'ils ont fait le trajet exprès. »

Patrick sort nos cartes d'embarquement de sa poche et se penche pour les ajouter aux tickets.

Nous nous rendons ensuite sur la tombe, modeste, où repose le poète, à côté de sa mère, et nous quittons le cimetière en suivant la rue Froideveaux. Là, nous nous arrêtons devant une petite grille rouillée, fixée dans le mur. Derrière, une volée de marches semble descendre vers une sorte de cave.

Patrick sort alors une clé, avec laquelle il ouvre la grille.

« On a de la chance, dit-il. Je craignais qu'ils n'aient changé la serrure. »

Du sac à dos, il extrait deux lampes électriques.

« Où on va ? je demande, alors que nous franchissons la grille.

– Dans les catacombes. » Il referme soigneusement la porte derrière nous, allume sa lampe et me fait signe d'avancer. « Il existe des dizaines d'entrées comme celle-ci. Elles sont verrouillées, mais on peut se procurer les clés au marché noir. Des étudiants y organisent des fêtes parfois. »

Je descends les marches. Un léger courant d'air venant de l'obscurité charrie une odeur de moisissure sèche. Et un silence total.

« Je n'entends aucun bruit de fête.

– Ça ne risque pas. Ces galeries s'étendent sur plus de deux cents kilomètres. »

Le faisceau de la lampe éclaire une voûte de pierre. Nous avançons sur un sol en gravier gris, crayeux. Nous n'entendons que le bruit de nos pas et celui de l'eau qui goutte.

« Au départ, c'étaient des carrières. Certaines datent de l'époque romaine », dit Patrick dans mon dos. Il n'y a aucun écho ; les sons semblent absorbés par l'environnement. « C'est seulement au XVIIIe siècle qu'ils ont eu la brillante idée d'y installer des sépultures. »

Il balaye de sa lampe l'espace qui nous entoure. Je sursaute. Ce que je croyais être des murs sont en réalité des crânes humains empilés, noircis par les ans.

« Dans ces galeries se trouvent les ossements de six millions de Parisiens. C'était un des endroits préférés de Baudelaire. »

Nous traversons d'immenses cavernes aussi hautes que des églises. Peu à peu, nous laissons les squelettes derrière nous. Patrick s'arrête enfin.

« Par ici », dit-il en tendant le bras.

Nous avons atteint d'autres marches, taillées dans la roche. En contrebas s'étend un bassin d'eau claire comme du cristal, totalement inerte. Patrick me précède, il se baisse pour recueillir dans sa main un peu d'eau qu'il laisse couler entre ses doigts.

« Quand les carriers avaient besoin de se laver, ils descendaient là. Cette eau est plus pure que de l'Évian. Et deux fois plus ancienne. »

Il sort de son sac à dos un petit chandelier en argent, une serviette et une bouteille de champagne.

« On va se baigner ? je demande, tandis qu'il allume les bougies.

– Oui. Mais pas tout de suite. Je veux te montrer autre chose d'abord. »

Je perçois la tension dans sa voix. Il ne s'agit pas d'un simple parcours touristique, mais d'une sorte de performance, au sens artistique du terme, et je suis le public. Je décide de me laisser aller, de vider mon esprit afin d'accueillir ce rituel.

Ayant laissé nos affaires au bord du bassin, nous nous enfonçons dans des galeries de plus en plus étroites. Et nous descendons de nouveau. Finalement, nous nous retrouvons dans une sorte de cul-de-sac, une caverne de la taille d'une chapelle, creusée dans la pierre, bordée de plusieurs alcôves. Il n'y a aucun bruit. La lumière des lampes fait apparaître deux autres sacs à dos, appuyés contre la paroi.

« C'est pour nous ? »

Patrick acquiesce.

« Des provisions.

– C'est ça que tu as préparé hier soir ?

– D'une certaine façon. » Il promène le faisceau de sa torche sur la voûte de pierre. « On se trouve juste en dessous de sa tombe. Je suis content que tu sois avec moi, Claire. C'est un endroit très important pour moi. »

Il pénètre dans une alcôve, qui s'emplit d'une lumière jaune, chaleureuse, lorsqu'il allume une lampe à pétrole.

« Je trouve ça super, dis-je en contemplant les parois brutes. Très *hygge*. »

Pas de réponse. Soudain, j'entends un bruit. Bizarrement, ça ressemble à un sanglot.

« Patrick ? »

Toujours pas de réponse. Je marche vers l'alcôve la plus éloignée.

Timidement, je demande :

« Il y a quelqu'un ? »

Soudain, deux mains jaillissent de l'obscurité vers mes pieds. Je fais un bond en arrière, en poussant un petit cri. Les mains disparaissent. Mais j'ai eu le temps de remarquer qu'elles étaient ligotées par un morceau de tissu.

Patrick me rejoint, sans bruit. Il tient la lampe à pétrole.

« Qu'est-ce qui se passe, Patrick ? »

Il soulève la lampe. Le halo éclaire une femme, jeune, à la peau foncée, recroquevillée au sol. Ses jambes sont attachées par une laisse, reliée à un anneau en fer fixé dans la roche. Une autre bande de tissu fait office de bâillon.

« Oh, mon Dieu », dis-je dans un souffle.

J'ai la tête qui tourne. Il n'y a qu'une seule explication possible, mais mon cerveau refuse de l'assimiler, il refuse d'admettre que je me suis trompée sur tout.

« Glen Furman n'était pas le seul à rencontrer des âmes sœurs sur Necropolis, dit calmement Patrick. C'est une communauté étonnamment florissante. Et même si nos passions restent ciblées, Internet nous a permis de nous trouver. Et parfois de nous aider. J'ai ici, à Paris, des amis qui se sont fait un plaisir d'organiser tout ça.

– Qui est-ce ? » je demande, horrifiée.

Patrick ne regarde même pas la fille tremblante.

« Elle s'appelle Rose, je crois. Elle n'a aucune importance. Sauf pour toi.

– Comment ça ?

– Ce sera ta première. Comme cette fille sur le trottoir l'a été pour moi.

– Oh, non, non. Tu ne peux quand même pas imaginer que…

– Stella a échoué à un test similaire. Si tu savais comme je l'aimais. Mais, à partir du jour où elle a su la vérité, elle n'a pas pu l'accepter. Elle n'était pas aussi forte que toi.

– Tu l'as tuée… Tu l'as tuée parce qu'elle savait.

– Oui, je l'ai tuée. Mais pas à cause de ça. Elle avait trop peur d'aller trouver la police. Je l'ai tuée à cause de quelqu'un que j'ai rencontré ce soir-là. Une fille. Dans un bar. Elle a lu un des poèmes avec moi. Et sa voix… C'était un moment parfait, rempli de promesses, de possibilités. J'ai compris alors que Stella devait mourir. » Il avance d'un pas vers moi, ses yeux clairs ne me quittent pas. « Dès que je t'ai rencontrée, j'ai su que tu étais une personne extraordinaire, Claire. Celle avec qui je pourrais tout partager. Mais, maintenant, tu dois le prouver. Me montrer que tu peux le faire.

– Non, je ne peux pas, Patrick. Je ne peux pas…

– Tu l'as déjà fait. Tu as tué ce pauvre garçon qui n'avait rien compris. Tu l'as dit toi-même, tu as eu le sentiment d'exister. Je t'offre ce sentiment de nouveau. Mais, comme tu l'imagines, ce sera beaucoup plus intense.

– Je t'en supplie, Patrick…

– C'est le moment du jeu de confiance suprême, ajoute-t-il comme s'il ne m'avait pas écoutée. Tu dois la tuer. Et si tu refuses… As-tu conscience du risque que je prends, Claire ? Il se peut que je sois obligé de te perdre. Comme j'ai perdu Stella. »

101

Je suis prise de nausée. Quelle idiote j'ai été ! J'ai cru que Patrick me conduisait dans ce lieu pour me demander en mariage. Alors qu'il m'emmenait là pour que je tue.

Une fois de plus, je répète :

« Je ne peux pas, Patrick. »

Mais, déjà, une infime partie de moi-même, terrible, songe : *Vraiment ?*

« Si, mon amour, tu peux. Je sais de quoi tu es capable. » Il parle tout bas, d'une voix calme, hypnotique. « Je t'ai observée. Je t'ai testée.

– Je… j'ai besoin de temps pour y penser. S'il te plaît ? »

Il réfléchit. Puis, se tournant vers la fille, il lui parle en français. Ses yeux terrorisés s'écarquillent, elle hoche la tête frénétiquement.

« Très bien. »

Il sort un couteau, avec lequel il tranche la laisse reliée à la proie, dont il ne libère pas les mains. Puis il dépose le couteau par terre, à quelques pas devant elle. Et se retourne vers moi.

« Je lui ai expliqué que, si elle voulait sortir vivante d'ici, elle n'avait qu'une seule option : te tuer, explique-t-il, nonchalamment. Maintenant, tu dois faire un choix, Claire. »

Rose s'approche du couteau.

« Tu sais, il existe un poème de Baudelaire qui parle de ce dilemme. » Patrick sort d'un des sacs à dos un pistolet qu'il me tend. « Il décrit une ménagerie, un zoo rempli de toutes les formes de vice. Et il nous propose une énigme : quel est le monstre qui surpasse tous ceux-là ? La réponse est : nous, les lecteurs, qui pouvons savourer les horreurs de ses poèmes sans être obligés d'avoir du sang sur les mains.

– Ne ramassez pas ce couteau, Rose », dis-je, désespérément.

Elle semble ne pas m'entendre. Je ne sais même pas si elle comprend ce que je dis.

« Aujourd'hui, tu dois te salir les mains », ajoute Patrick.

Rose hésite, puis se jette sur le couteau, qu'elle peine à saisir à cause de ses mains ligotées.

À contrecœur, je prends le pistolet.

« Très bien, murmure Patrick. Vas-y, mon amour. Maintenant. »

Tuer ou être tuée. Cette scène a le parfum irréel d'un rêve. Je suis incapable de faire le tri entre toutes les émotions – répulsion, terreur, incrédulité – qui me submergent.

Et quelque chose d'autre également : l'effroyable constatation que cet instant était programmé. Et que, plus ou moins consciemment, je l'avais toujours su.

Je l'avais *désiré*.

102

Chaque enfant placé en famille d'accueil est là pour une raison différente. Certains ont des parents alcooliques ou drogués. Certains sont orphelins. D'autres ont été délaissés ou maltraités.

Je racontais aux gens que j'étais orpheline. Mais ce n'était pas vrai. Mes parents avaient traversé ce qu'on appelle « une mauvaise passe ». Certaines disputes duraient toute la nuit. Une fois, mon père avait fait irruption dans ma chambre et m'avait réveillée pour insulter ma mère devant moi ; il voulait me faire savoir que c'était une pute. Je revois ma mère à moitié cachée derrière lui, essayant de l'éloigner de moi, et mon père qui pivote, bras tendu, aussi négligemment que s'il semait des graines. Je revois sa main qui heurte le visage de ma mère, projetée au sol. Aux yeux d'une enfant, cela ressemblait à un mouvement de danse.

Une autre fois, il avait cassé tous les meubles du salon et utilisé un pied de table pour l'assommer. Sans cesse, elle le flanquait dehors, mais il revenait toujours, en répétant le même mantra : C'est *ma* maison, *ma* fille, tu ne peux pas m'en priver.

Quand ils se battaient, je me cachais sous mon lit.

C'est là qu'il m'a trouvée cette fameuse nuit.

« Sors d'ici, Claire. Maman s'est fait mal. »

« Il faut que je m'en aille, me dit-il, alors que j'étais assise sur le lit. Laisse maman se reposer, OK ? Elle a besoin de dormir ; elle se sentira mieux après. Et demain matin, essaie de t'habiller toute seule pour aller à l'école. Si quelqu'un te pose la question, ne dis pas que maman est au lit. Dis-leur qu'elle va bien. Tu peux faire ça ? Tu peux faire semblant ? Pour moi ?

– Oui, papa.

– Tu es une gentille fille. Je t'aime. Et toi, tu m'aimes ?

– Je t'aime très fort. »

Lors de son procès, ils m'ont proposé de témoigner par vidéo ou derrière un paravent, mais je n'ai pas voulu. Je voulais qu'il me voie raconter devant tout le monde toutes les choses que j'avais dû garder secrètes jusqu'alors.

Le juge m'avait dit que j'étais un des témoins les plus courageux qu'il avait vus dans une salle de tribunal.

Après quoi, il a condamné mon père à la perpétuité pour meurtre. Je ne suis jamais allée le voir en prison, pas une seule fois.

103

INT. CATACOMBES, PARIS – NUIT

Patrick me parle calmement, d'un ton apaisant.

PATRICK

Tu as déjà vécu ça, Claire. Tu as pressé la détente. Tu te souviens à quel point c'était facile ? Crois-moi, ça le sera tout autant.

Comme si je répétais une scène, simplement, je me retourne. Je lève le canon de l'arme. Et je tire. Je tire sur Patrick. Le monstre que j'aime.

104

Je presse la détente. Le pistolet produit un clic. Patrick soupire.

« Quand je disais que je te faisais confiance avec ce pistolet… c'était une métaphore. Il n'est pas chargé. »

Il m'arrache l'arme des mains et y introduit plusieurs balles. Puis il le pointe sur Rose et lui reprend le couteau. Elle sanglote à travers son bâillon, tandis qu'il rattache la laisse à l'anneau fixé dans la paroi.

« Viens, me dit-il.

– Où on va ?

– Je ne sais pas. Nulle part. Partout. Je ne voulais pas que ça se passe de cette façon, Claire. Je voulais que tu le fasses. Je voulais que tu me comprennes. Que tu partages mon univers. »

Nous revenons sur nos pas, jusqu'au bassin. Les bougies, presque entièrement consumées, tremblotent dans le faible courant d'air aux relents de renfermé ; leurs flammes creusent des ombres dans la roche.

Patrick sort une bouteille de son sac à dos.

« Bois ça. Pour anesthésier la douleur. »

J'avale une longue gorgée. Je reconnais le goût de l'absinthe.

« Et lis ça pour moi, dit-il en me tendant un livre. Lis à voix haute. Comme la première fois. »

Je prends le livre et, d'une voix monotone, je commence à lire :

« J'ai plus de souvenirs que si j'avais mille ans… »

Des larmes coulent sur le visage de Patrick. Je lâche le livre et continue de mémoire.

« Un gros meuble à tiroirs encombré de bilans,
Cache moins de secrets que mon triste cerveau. »

Il referme ses mains autour de mon cou.

« Constantinople, dis-je.

– Quoi ? »

Il fronce les sourcils.

« Mon mot de passe. Celui que je disais avoir oublié. Le mot qui voulait dire : venez me chercher. Immédiatement. Constantinople.

– Et alors ? » demande-t-il, sceptique.

Quelque chose dégringole dans la caverne. Un objet rond, métallique. Du coin de l'œil, je le vois rouler sur le sol. Il heurte la paroi et s'immobilise.

Pendant une fraction de seconde, rien ne se passe. Puis il se produit une explosion de lumière aveuglante. Suivie d'une détonation sourde, si puissante qu'elle nous projette à terre tous les deux. Une sonnerie stridente envahit mes oreilles. Des faisceaux lumineux transpercent l'obscurité enfumée, tandis que des silhouettes noires en uniforme envahissent la caverne de tous les côtés.

L'une d'elles s'agenouille à côté de moi et soulève la visière de son casque.

CHEF DU COMMANDO

Claire ! Claire ? Ça va ?

Ses mains glissent délicatement sous mes aisselles et il me soulève dans ses bras.

« Frank, dis-je. Vous êtes venu. »

105

La Martine, à la périphérie de Lyon, a connu une longue histoire en dents de scie. Asile d'aliénés à l'origine, elle a ensuite servi de lieu d'interrogatoire à la Gestapo. Aujourd'hui, elle abrite une des prisons les plus sécurisées d'Europe. Du fait de sa proximité avec le siège d'Interpol, c'est devenu ce qui se rapproche le plus d'une prison internationale.

C'est là que débarque Kathryn Latham par une matinée glaciale de décembre, comme beaucoup l'ont fait avant elle, pour mener un interrogatoire. On l'introduit dans une pièce exiguë aux murs couleur pastel, où autrefois ceux qui posaient des questions utilisaient des morceaux de tuyaux en caoutchouc, des baignoires d'excréments, des matraques et des tournevis.

Elle est venue avec des feuilles et un stylo, un petit magnétophone et un paquet de cigarettes françaises.

On fait entrer Patrick Fogler. Il porte l'uniforme des prisonniers : jean ample et chemise de la même étoffe. Des menottes aux poignets.

« Je vous ai apporté des cigarettes, lui dit Kathryn, alors qu'il s'assied. J'ai entendu dire que vous vous étiez mis à fumer.

– Tout le monde fume ici. Ce n'est pas comme en Amérique.

– Vous êtes bien traité ? »

Il hausse les épaules.

« Qu'est-ce que ça peut bien vous faire ? C'est supportable. »

Elle pousse les cigarettes sur la table.

« J'ai une proposition, Patrick.

– Ah, oui ? ironise-t-il. L'intrépide universitaire et sa quête de la vérité. Sans parler d'une promotion à la clé. La pression pour publier est si forte de nos jours, hein ? Nul doute que vous espérez tirer de moi une bonne grosse monographie.

– Vos relations avec les autres utilisateurs de Necropolis, dit calmement Kathryn. Je veux savoir comment ça fonctionne. Qui alimente qui ? Furman et vous étiez-vous des rivaux ou bien vous considériez-vous comme deux artistes qui collaboraient à travers des modes d'expression différents ? Certains de vos propres désirs se seraient-ils concrétisés sans les images qu'il créait ? Ou bien aviez-vous l'espoir que vos traductions trouveraient toujours des disciples tels que lui ? Il y a là énormément d'informations, Patrick, et pour nous, c'est un monde totalement nouveau. Si vous coopérez, je pourrais peut-être faire quelque chose pour vous en retour.

– Curieusement, je ne pense pas que je pourrai négocier ma peine, professeur Latham.

– Je ne parlais pas de ça. Je vous propose plutôt un échange. Vous répondez à mes questions… et je réponds aux vôtres.

– Qu'est-ce qui vous fait croire que j'ai des questions à vous poser ? réplique-t-il, cassant.

– Je le devine. *Une* question au moins. »

Elle le tient et Patrick le reconnaît, d'un hochement de tête contraint.

« Vous voulez savoir quelle était la part de réalité dans tout ça. Y avait-il une parcelle de vérité dans tout ce que vous a dit Claire ? Ou bien a-t-elle suivi nos ordres depuis le début ? »

Patrick se cale au fond de sa chaise.

« À vous de me le dire.

– C'est une personne remarquable. Et une actrice tout aussi extraordinaire. Quand nous l'avons découverte, elle suivait des cours de théâtre qui consistaient à s'immerger à fond dans un rôle. C'est elle qui a suggéré d'appliquer la même méthode au rôle que nous lui demandions de jouer.

INT. BUREAU DE KATHRYN LATHAM – NUIT

Kathryn me briefe.

KATHRYN

Vous devez devenir une version plus extrême de vous-même. Et vous devez être ce personnage 24 h/24, jour après jour, même si vous avez le sentiment d'avoir été trahie par les personnes en qui vous aviez le plus confiance.

MOI

J'en suis capable.

KATHRYN

Ce n'est pas tout… Vous allez devoir faire quelque chose, pour que tout soit crédible.

MOI

Je sais.

« Je lui ai expliqué qu'elle devait tomber amoureuse de vous, déclare Kathryn. Et je lui ai expliqué qu'elle devait suivre la logique de ce sentiment, où qu'il la mène. Si déloyal, fou ou dangereux que cela puisse paraître. »

Patrick ferme les yeux, brièvement.

« C'était donc un mensonge. Du début à la fin.

– Vous ne comprenez pas. Pour elle, il n'y a aucune différence. Elle vous aimait. Elle s'est mise en situation de vous aimer. Voilà ce qu'on attendait d'elle.

– "*Les vertus de cette femme sont un masque*, cite-t-il à voix basse. *Sa beauté n'est qu'un visage peint.*" » Il lance un regard noir à Kathryn. « Et Necropolis ?

– Eh bien, quoi ?

– Vous avez infiltré le site, n'est-ce pas ? D'une façon ou d'une autre. Avec le FBI. Mais, au lieu de le fermer, vous nous avez observés. *Étudiés*, devrais-je dire. Comme si nous étions des insectes dans un bocal. Je suis même prêt à parier que c'est vous qui m'avez envoyé les images de Furman au départ. » Il se penche en avant. « Savez-vous que vous êtes complice de tous les meurtres qui ont eu lieu à partir de ce moment-là ? Celui de Stella inclus. Pauvre Stella. C'est peut-être moi qui l'ai tuée, mais c'est vous qui avez enclenché le processus. »

Kathryn enfonce une touche de son magnétophone.

« Interrogatoire de Patrick Fogler. Enregistrement numéro un. »

106

INT. BAR DU DELTON HOTEL. 44e RUE OUEST, NEW YORK – DÉBUT DE SOIRÉE

Assise dans un coin tranquille, j'essaie de faire durer mon verre le plus possible. Vous penseriez certainement que j'attends un rencard.

Mais, en voyant un homme d'un certain âge, baraqué, se laisser tomber dans le fauteuil situé face à moi, vous changeriez d'avis.

Je lui souris par-dessus la table.

« Qu'est-ce qui vous a retenu, Frank ?

– La paperasse. De nos jours, faut être un as du clavier pour être inspecteur. »

Il fait signe à la serveuse, commande une bière et se retourne vers moi.

« Ça va ?

– Euh… ça va, dis-je. Merci.

– Non, je voulais dire… Vous voulez boire autre chose ?

– J'avais compris. »

Frank glisse la main sous sa veste et sort une enveloppe qu'il fait glisser sur la table.

« Tenez. Il vous suffit de la signer et de l'envoyer par la poste. Vous devriez recevoir votre carte verte dans une semaine. »

Je regarde l'enveloppe. Sans la prendre.

« Il se peut que je retourne en Angleterre, Frank. »

Il hausse les sourcils.

« Oh ?

– Il y a une fête d'anniversaire pour ma mère adoptive. Ça serait bien que je sois présente. Et puis, toutes ces choses que je voulais fuir… Elles ne me paraissent plus aussi effrayantes. Comparées à… »

Je laisse ma phrase en suspens.

« Oui, sans doute », dit Frank. Et il ajoute : « Si vous avez besoin de quoi que ce soit… »

Je souris.

« Je dis juste *Constantinople* ? »

Il sourit à son tour.

« Exact. Et je rapplique. Avec un commando et quelques grenades paralysantes. »

Je regarde d'un air affectueux cet homme avec qui j'ai partagé tant de choses. Mon ange gardien. Penché devant ses écrans de contrôle, écouteurs sur les oreilles, guettant à travers les parasites le mot magique, celui qui provoquerait l'écroulement de toute l'illusion.

Même quand les semaines sont devenues des mois, pas un instant je n'ai douté qu'il serait là si j'avais besoin de lui.

Je savais dès le départ qu'ils monteraient un coup tordu, pour m'aider à franchir la carapace de paranoïa de Patrick et l'inciter à me faire confiance. Ils avaient proposé de m'en informer, mais j'avais décliné. J'improviserai, leur avais-je répondu. Je me servirai de ce que vous me donnez. Ça fera plus authentique.

Toutefois, moi-même je n'avais pas imaginé jusqu'où cela me conduirait. Mais je me servais de ma seule expérience amoureuse antérieure pour nourrir ma mémoire affective, et mon instinct ne pouvait m'entraîner que dans une seule direction. *Trois légères entailles latérales dans le pli du coude. Vous auriez mis des heures à vous vider de votre sang.*

Idem quand j'avais entraperçu Frank dans le parc. Au lieu de réagir en tant que Claire Wright, par un sourire ou un geste de la main, je m'étais interrogée : *Que penserait mon personnage ?* Et je m'en étais servie pour faire croire à Patrick que je me méfiais toujours de lui. Et par conséquent, il n'avait aucune raison de se méfier de *moi*.

Je lui laissais entrevoir un esprit presque aussi pervers et sociopathe que le sien. Sans jamais cesser de suivre ma ligne conductrice, l'unique et obsédante vérité qui poussait mon personnage un peu plus dans ses bras.

« Je l'aime toujours, dis-je tout bas.

– Qui ça ? » Frank fronce les sourcils. Il ne comprend pas immédiatement. « Ce cinglé ? Pourquoi ?

– Il s'avère que Kathryn avait raison… ça ne s'enlève pas avec le maquillage. Je me suis obligée à entrer dans sa tête. Et une partie de moi-même a du mal à en ressortir. »

Il m'observe.

« Dites-moi une chose, Claire. Jusqu'où seriez-vous allée ? Si nous n'étions pas intervenus. Auriez-vous pu tirer sur cette pauvre fille ?

– Toute la question est là, non ? Où s'arrête la comédie ? » Je secoue la tête. « Non, bien sûr que non. »

Je dis cela avec tant de conviction que moi-même je serais surprise de découvrir que c'est un mensonge.

Car ce n'est pas la bonne question. Loin de là.

Frank aurait dû me demander ce que j'aurais fait si Patrick avait voulu la tuer lui-même. Aurais-je ôté mon masque, me condamnant à mourir entre ses mains ? Ou bien aurions-nous fait l'amour à côté du cadavre encore chaud ?

Frank est un sentimental, comme tous les Américains. La fin hollywoodienne que je lui offre l'aidera à se sentir bien, comme une boîte de pop-corn au beurre.

Qui est la véritable Claire Wright ? La femme qui est assise là, devant sa précieuse carte verte, en train d'échanger des amabilités avec l'homme qui la lui a procurée ? Ou la femme attirée par les ténèbres qu'elle devine dans les profondeurs du seul homme qu'elle n'a jamais pu séduire ?

Qui joue la comédie : celle que j'étais alors ? Ou celle que je suis maintenant ?

Certains se laissent happer par les zones grises, et ils ne peuvent plus en sortir.

Frank me regarde un peu bizarrement.

« Peut-être que vous devriez vous souvenir de ce que disent les comédiens sur un film, Claire.

– À savoir ?

– Pendant les tournages, ça ne compte pas. »

Je lève mon verre pour trinquer. Le drôle de regard qu'il vient de m'adresser – de l'inquiétude mêlée de peur – est aussitôt rangé quelque part, dans mon système d'archivage.

Je m'en servirai un jour.

La caméra invisible à l'intérieur de ma tête recule lentement, elle nous libère et nos voix se fondent dans le brouhaha des bavardages d'un bar new-yorkais en fin de journée, tandis que le mot FIN s'estompe pour laisser défiler le générique.

REMERCIEMENTS

Il y a dix-sept ans, sous un autre nom et sous un autre titre, j'ai écrit un roman sur une comédienne à qui on confiait une mission d'infiltration. Il a obtenu de bonnes critiques et a été traduit dans plusieurs langues, puis, comme beaucoup de mes livres, il ne s'est pas vendu. J'en ai gardé un sentiment de frustration, non pas à l'égard de mes éditeurs, qui avaient fait tout leur possible, mais envers moi-même. J'avais l'impression d'avoir gâché une idée intéressante.

Avance rapide. Presque deux décennies plus tard, grâce au succès de mon roman *La Fille d'avant*, j'ai eu la possibilité de republier cette ancienne histoire. Mais je ne voulais pas redonner au public cet ouvrage mal ficelé. J'avais envie de tout recommencer, de tout réécrire.

Ce que j'ai fait. Ce roman, s'il est construit autour de la même idée, s'il contient certaines scènes identiques, est totalement différent en termes d'intrigue, de personnages et de structure.

Dans ma postface antérieure, je remerciais pour leur aide le professeur Chao Tzee Cheng, Michael Ward, Clark Morgan, Anthea Willey, Mandy Wheeler, Ian Wylie, Sian Griffiths, Brian Innes, Sam North et mon agent, Caradoc King.

À ces noms, j'aimerais ajouter Kate Miciak, Denise Cronin, Kara Welsh et toute l'équipe de Penguin Random House, ainsi que Millie Hoskins et Kat Aitkin de chez United Agents. Et Caradoc King, encore une fois.

Je remercie également Tina Sederholm et le Pr Emma Fergusson pour leur aide si précieuse sur une première version.

Dans le roman original, j'avais donné le nom de Durban à l'homme le plus honnête, loyal et inébranlable que rencontre Claire et j'avais dédié ce livre à mon ami et collègue Michael Durban. Dix-sept ans plus tard, pour les mêmes raisons, je récidive.

Cet ouvrage a été imprimé en France par
CPI Brodard & Taupin
Avenue Rhin et Danube
72200 La Flèche (France)

pour le compte des Éditions Fayard
en août 2019

Photocomposition Nord Compo à Villeneuve-d'Ascq

PAPIER À BASE DE
FIBRES CERTIFIÉES

Fayard s'engage pour
l'environnement en réduisant
l'empreinte carbone de ses livres.
Celle de cet exemplaire est de :
2,500 kg éq. CO_2
Rendez-vous sur
www.fayard-durable.fr

N° d'édition : 76-8333-6/01 - N° d'impression : 3035243